滕固／著
沈寧／編

遺忘的存在　　封塵的再現　　發現的驚歎

被遺忘的
存在——滕固文存

滕固小傳

　　滕固，字若渠，江蘇寶山月浦鎮（即今上海市）人，1901年（光緒二十七年）生。1918年自上海圖畫美術學校畢業後，1920年東渡日本留學。因接受五四新文化運動和歐洲文藝思潮影響，對宗教、美學、文學、戲劇等產生興趣，並進行系統研究。他與早期創造社成員郭沫若、郁達夫等過從甚密，並在創造社刊物上發表文學作品。1921年加入文學研究會，與沈雁冰、鄭振鐸等十三人發起成立民眾戲劇社，編輯出版《戲劇月刊》。1924年獲東洋大學文學士學位後歸國，與方光燾等人組織獅吼社，編輯出版《獅吼》等雜誌。1920年代中、後期是滕固從事文學創作的高峰期，繼小說集《壁畫》（1924）之後，他還出版了詩文集《死人之歎息》（1925），中篇小說集《銀杏之果》（1925）、《睡蓮》（1929），短篇小說集《迷宮》（1926）、《平凡的死》（1928）、《外遇》（1930）等。其創作傾向接近創造社，小說偏於傷感的自述，既詛咒社會的冷酷壓迫，又描寫追求享樂的幻夢破滅之後的病態、頹廢和自戕。後期的作品中新浪漫主義創作方法向現實主義轉變，使得他的作品，貼近了屬於自己的真實和體驗。此間他還利用國學和外文根柢，致力於對十九世紀以來歐洲文化史（哲學、美學、文學、藝術諸學科）的研究和介紹，於1927年出版了《唯美派的文學》一書。1925年由商務印書館出版的《中國美術小史》，就是從當時影響巨大的進化論角度來描述中國美術史的進程，從而奠定了他在中國美術史研究的地位。

　　自日本回國後，滕固一度任教於上海美術專門學校及金陵大學等校。1928年他棄教從政，任國民黨江蘇省黨部執導委員、宣傳部長，不久因為內訌被開除黨籍並受通緝。1930年赴德國留學，專攻藝術史。他是最早用西文在國外發表關於中國文人畫之論文的學者，他的論著對西

方漢學產生了積極的影響，因此而被德國東方藝術學會推為名譽會員。
1932年獲得德國柏林大學哲學博士學位，使之成為首位以藝術史學獲
得此項學位的中國人。自1933年起，滕固任國民政府行政院參事、
中央古物保管委員會常務委員、中山文化教育館美術部主任諸職，潛
心於中國美術史、藝術理論和考古方面的研究和編譯工作，所著論文
頗多，散見《金陵學報》、《東亞雜誌》等刊物中。1933年5月出版
的《唐宋繪畫史》，在方法論上借鑒了當時占主導地位的形式分析學
派，並對中國美術史的分期及對唐宋兩代繪畫風格的發展和山水畫的
南北宗問題發表了獨到見解，詳征博引，語出有源，使之成為滕固美
術史論的代表與傳世之作。他在擔任中央古物保管委員會常務委員期
間，與朱希祖、李濟、梁思永、黃文弼等考古學家對蘇、豫、陝等地文
物進行勘察，起草制定了相關文物保護條例和措施，撰寫了專題研究論
文，並著有《征途訪古述記》（1936）、譯著《先史考古學方法論》
（1937）等書。

　　1937年，教育部舉辦第二次全國美術展覽會期間，滕固參與籌備
工作，舉辦專家演講會和主持編輯《教育部第二次全國美術展覽會專
刊》。同年5月約集馬衡、朱希祖、宗白華、胡小石、常任俠等二十餘
人發起成立中國藝術史學會，被推為常務理事，開展會務，不遺餘力，
直至生命的最後時刻，還在關心學會的推進。

　　1938年6月，滕固受教育部委派出任國立藝專校長，在人事調整、
課業恢復、校址遷移諸方面，力圖改進，逐漸使學校教學走上正軌。出
於一個美術教育家的責任感，為宏揚中國固有藝術，增加民族至高文化
至精之信念，他呼籲發展國畫藝術，培養中小學美術師資隊伍。1940年
滕固辭去校長職。同時，擔任教育部美術教育委員會常務委員，兼教育
部中央學術審議委員會委員，並在重慶中央大學講授古代藝術史。事業
上的心力交瘁，肌體上的病魔困擾，家庭生活上的不相適宜，造成了他
惡病不起。1941年5月20日滕固因患腦膜炎醫治無效，在重慶中央醫院
病逝，年僅四十歲，他的英年早世，使中國文學藝術界蒙受了巨大的
損失。

※滕固與劉海粟在比利時布魯塞爾（1930年）

※照片中人物：朱偰（前右）、朱自清（前左）；後面左到
　　　　　　右分是：馮至、蔣復璁、徐梵澄、滕固、陳
　　　　　　康。（1932年6月14日攝於德國柏林）

被遺忘的存在──滕固文存

書信

文論序跋

文學創作

小說、散文、詩詞、劇本

壁畫
上海獅吼社
1924年初版

平凡的死
上海金屋書店
1928年3月初版

睡蓮
上海芳草書店
1929年初版

死人之嘆息
上海挹芬室
1925年初版

銀杏之果
上海群眾圖書公司
1925年初版
此1928年5月重印本

骷髏洞（義俠小說）

秋深矣，勃里司園中，衰草一片，成灰白色，黃葉蕭疏，又如釀落花飛絮天矣。蕭殺之氣，不言可喻。時僕人勞克，斜依鐵柵，對此衰景，不禁興懷，已而歎曰：吾執役於老主人勃里司伯爵家十年，主僕未嘗有間言，今老主人既死於非命，而小主人不第苛待吾，且逐吾矣。然吾以老主人故，不欲與之抗。言已，徐徐登土阜上，指西北之隱約荒村間，切齒言曰：可恨者，五十連環黨也，吾老主人之金錢生命，盡犧牲於若五十連環之手，吾誓除而黨，為老主人揚眉吐氣於地下也。然則……言未畢，忽聞電鈴一聲，勞克大驚，不得已，悻悻去。

勃里司伯爵者，世居米泊斯城中，城之西北境，盜窟如林，蓋其地偏於法蘭西邊境，政教所不及也。盜窟中尤以五十連環黨為最著，勃里司伯爵擁鉅資，盜垂涎者久矣。一日，由加爾麥銀行挾資返家，將欲大興土木，不期為盜所偵悉，劫於途，且致之死。今勃氏門庭衰落，不如曩昔，家中惟子婦及僕勞克耳，子名昔夫泥而，不克繼乃父志，儼然一市井少年，且賦性刻薄，非復伯爵之仁厚矣。縱是勞克雖竭忠於主人，主人不知也。時方下午，昔夫泥而徘徊室中，現不豫之色曰：勞克，時計已二下，汝可行矣，否則將不及乘第三班氣輪。勞克應聲曰：然然。乃負行囊，告別昔夫泥而曰：吾親愛之主人，吾行矣，望主人日日康健。昔夫泥而佯笑還答之。

勞克返家後，與其婦金樓，牛衣對泣，無以為生。勞克轉輾自思，設長此赤貧，朝不保暮，決非久計。乃命婦執役紅十字會，而己則奔走天涯。計定，夫婦各分道行。勞克業負販，凡二月，奔馳鄉間，差足糊口。一日，踽踽獨行於海灘，忽有水手招之曰：密司忒勞克，汝何為而至此耶。勞克愕然，久之，乃道及曰：汝其密司忒吉缺羅耶。曰：然，十年闊別，故人非復如昔矣。相與握手道故，不勝今昔之感。吉缺羅

曰：予自一九一○年，執役於達哥而軍艦，今及五年，艦主頗信任予，然則勞克今何業耶？勞克告以貧乏之故，吉缺羅唏噓久之，已而慨然曰：吾艦中尚需人，惟駐此須三月，為時殊久，他日開行時，當為君言於艦主，謀一席地也，汝今寄居何處？勞克慘然曰：席地幕天，餐風飲露耳。吉缺羅曰：吾今若與賃廡六郎特同居可也？勞克呼：汝當知六郎特其地者，盜窟也，五十連環黨亦匿於此，汝亦聞之耶，何為冒昧至此，不於遇，汝其殆矣。勞克頓色變曰：五十連環党耶，匿於此耶？好，好好好，吾得所矣。蓋吾老主人勃里司伯爵實死於五十連環之手，乃一一告以故。於是二人立誓復仇，謀殺五十連環。五十連環者，共五十人，生同生死同死，此其取義也。

　　距六郎特凡七里許，五十連環之盜窟在焉，神出鬼沒，不可捉摸，雖久居是地者，亦率不獲其詳。蓋狡兔三窟，非同外人可得而窺也。時群盜以土曜日會議之日，另有會場，則此五十人例當不在窟中，勞克與吉缺羅乃偕往，一探其究竟。行七里間，但見荒山中渺無人跡，止遇一老農，問之，答曰：此盜藪也，汝二人請遠返，否則有性命之虞。今日雖外出，然反窟在即。二人視農夫，乃一誠實君子，答曰：無傷，吾先人死於盜，吾等為先人復仇，死亦無憾。老人仁愛，請告吾以五十連環之居處。農夫即遙指山坳處相示。時日將暮，老農負耜返，二人徑向坳處行，則一巨洞，黑暗無光，縱橫荊棘間，如有小徑焉，遂徑入則骷髏遍地，所在皆是，意者即入其境而為所戮者乎？噫，慘哉。二人方咋舌間，忽聞人馬聲自遠而至。勞克與吉缺羅值此途窮日暮，進退維谷，不得已，暫匿荊棘中，戟刺著體不顧也。未幾，果來。二人從隙中窺之，默數過者果五十人也，由洞入，遂無聲響，一長髯者將巨石自右而撥，則石門呺然啟，眾隨之入。勞克與吉缺羅此時膽已少壯，卻不欲私返，將窺究竟。約二小時許，五十人又出，長髯者又自左一撥，石門閉矣。二人仍匿荊棘中，盜竟不之覺。盜既出，二人亦徐徐出，立將巨石如法自右一撥，則石門亦啟，入門，地窟中石室三間，金銀珠寶玉帛無數，二人取最貴之品各挈一囊，仍用左撥法閉石門。時夜已半，月明如水，二人負囊返。

　　無何，五十連環當歸矣，檢點貴重物品，已不翼而飛，且器物錯亂，相與大疑。長髯者召諸盜問，無一知其底蘊者，乃選派一人，明日往查此事。詰日。盜一人獨出，適遇老農，叩之曰：昨日是否有人來此地者？曰：值有二人自六郎特來。然則二人居何處？曰：塞布街轉角。盜即往六郎特。於勞克與吉缺羅所居門上，畫一紅粉三角為識。二人晨興，吉缺羅見而疑之，謂勞克曰：此何謂耶，吾將有術以對付之。因於逐家門上識一紅三角。未幾，長髯者飾負販人至塞布街，見紅三角之識，固無家無之，憤而返，殺所識人。則又命一人往問農夫，農夫如前言，其人又識十字形於勞克與吉缺羅所居門上。吉缺羅複見之，又如前法遍識焉。長髯者至，益大憤，又殺其曹一人。如是者凡三十餘人。向之所設五十連環者，今只十數人矣。長髯者念手足已失，當別求良法，以圖報復，乃親問農夫，農夫亦如前言答之，長髯者點首而去。

　　一月後，此事絕無聲響，勞克與吉缺羅每不安於心，因又乘間往啟石室，則已渺無一人，金銀珠寶玉帛亦杳然，惟異香一陣，則內室大鍋中所煮之牛肉也。吉缺羅探懷出毒藥，盡傾入鍋中，急偕勞克出，匿荊棘中，半時許，盜十七人返，仍不之覺也。良久良久，聞衝撞聲甚厲，吉缺羅私念曰：此藥性烈，食之必跳躍而死，驗矣。又一小時許，遂絕無聲息。吉缺羅呼勞克出，時勞克戰慄無人色，吉缺羅啟石門入，見盜盡死，皆橫陳於地。勞克大奇，蓋尚未知吉缺羅之計也。吉缺羅曰：彼死我不死，彼不死則我必死，彼此不能兩立。理固然也，若先告子，恐子之怯，故忍以有待耳。

　　勞克既達目的，又挾重金，欲辭吉缺羅返。吉缺羅亦以達哥而軍艦，行將開發他處，竟與作別。勞克既返，招其夫人金樓，說如此，金樓大喜，亦不復司役紅十字會矣。維時勞克為勃里司伯爵復仇，殺五十連環之聲，已滿布四方，昔夫泥而夫婦，立變其惡性，感謝勞克不已，深悔當時無禮。勞克雖一僕人，其能感化若此。

【注釋】原載《小說新報》1919年5卷8期，署名若渠。

酬勞品（社會小說）

　　高樓一角，明窗四闢。周文新大律師，方據案作書，忽僕人進謂律師曰：蔡家小學生，又來訪主人矣。律師曰：又來耶，請渠在會客室中，略待片刻。僕人轉身出。律師離座，搔首沉思曰：此事將如何解決，乏味甚矣。言已，衣冠而出，至會客室，執蔡家小學生之手曰：小世兄，……勞小世兄矣。小學生曰：不不。急解包袱，出半尺左右立方體之楠木箱，箱為舊物，已有剝蝕痕矣。持以奉律師曰：周先生，請毋庸客氣，先生當知我家自母親以下，若兄弟姊妹衣也，食也，住也，皆依賴我父親一人，今先生出我父於冤獄，是無異活我一家也，隆恩大德，銘感實深，故此區區者，願為酬勞品耳。律師曰：是惡可，予與汝父夙稱莫逆，有難相助，亦我輩分內事也，故此物仍請歸趙。小學生曰：先生，上次帶回，我已受父母之責，故今……。語至此，即啟箱，則一銅香爐也，指以示律師曰：據我父云，此為我祖父遺物，祖父在時，酷好古玩。此香爐尤為渠心愛之物，聞共有一對，吾祖嘗以重金求其偶，凡數十年，卒未之得，今以此奉先生，自覺侷促甚矣。律師但曰：是何言。小學生見律師弗再辭，乃告別律師而去。律師稱謝之。

　　小學生去後，律師將楠木箱中之銅香爐，攜至辦公室，忿然作色曰：若輩老古派人，真昧於事理甚矣，要之我輩行事，持金錢主義者，為人了一案，目的在金錢。是詹詹者有何用。室中若書記員收發員等，一一將銅香爐玩視一過，都作不屑狀，且效律師言曰：是詹詹者有何用，以和律師。律師不顧，擲銅香爐於室隅，搔首而去。至樓上，隱几而坐，嗒焉若喪其偶。已而歎曰：蔡瑞香歷年頗有所蓄，胡今日以破香爐為酬勞品耶，令人不解殊甚，且予意中以為必有重金作報，若此予有何望耶。此案之精神時間，不啻犧牲於無有之鄉，乏味乏味！雖然，亦

有用焉。語至此，直造辦公室，持銅香爐，舉謂眾曰：得矣得矣，此物將送之朱醫士處。上月予患咯血症，今得以痊癒者，朱醫士之力也。此詹詹者亦可為酬勞品耳。眾極口稱善。律師笑曰：廢物利用，亦無傷也。即以新聞紙包楠木箱，上書「專呈朱梅笙先生」。書畢按鈴，移時，僕人至，律師將新聞紙包與僕，曰：此物送至朱第，千萬請其受領。僕唯唯而去。

　　醫生得銅香爐後，玩視一再，歎曰：周文新雖身為大律師，而吝嗇之狀，曾不稍減。渠月前病咯血，幾瀕於危，所延醫生，皆盲人騎瞎馬耳，予嘗耗去一晝夜心血，為渠醫治，得以至今無恙，渠嘗言當以重金為酬，不圖今茲以此詹詹者為酬勞品，不其吝嗇之尤者耶，且我此間室中陳設，皆按照西人矣，何用此物裝飾為？此物之來我家，實無容身之地。因玩視一過，又言曰：雖然，周文新尚有一點天良，渠平日不肯拔一毛而利天下，矧此詹詹者耶！此詹詹者為酬勞品，在渠意中，以為盛情厚意，無以復加矣，不亦可笑之甚耶。言已，將銅香爐置寫字臺上一擲，弗之顧。

　　明日，有一老人，年垂周甲，而精神猶矍鑠，患足疾，登門求治。朱醫生驗畢，問老人何業。老人曰；業骨董四十年矣。朱醫生詫曰：老先生業骨董耶？何種骨董？老人曰：舉凡瓷銅玉石書畫古玩在在均需。朱醫生曰：老先生業此多年，鑒別真偽，定當別具隻眼矣。因以寫字臺上之銅香爐，示老人曰：此詹詹者不知尚值幾何？老人詳察再四，謂醫生曰：此香爐為八蠟銅所鑄成。因又指爐底款識示醫生曰：大明宣德年制，迄於今日尚可值五十金。醫生驟聞之下，不禁喜形於色，且曰：此詹詹者可值五十金耶，老先生得弗欺我？曰：胡欺也，所刊花紋精緻異常，先生試察之，當以我言為非謬也。醫生摩挲一過，細視之，疑信參半，謂老人曰：寶號亦在東門外否？曰：然。醫生曰：然則此詹詹者可否售寶號耶，不識寶號需此否？老人曰：可。乃約日交款。醫生自得五十金後，雀躍萬狀，向之所不足於周文新者，今已為五十金戰勝矣。而周文新為何如人，醫生之腦中已易吝嗇而為「寬宏大量」矣。噫，金錢之魔力有如此。醫生乃作書謝周文新。

　　周文新未得醫生書前，已聞其事，既得醫生書，皺其眉而蹙其額，於辦公室中，繞室行，長喟一聲曰：早知今日，何必當初。因又顧謂眾曰：吾始以為此詹詹者不值半文，視之一至可憎之物，故轉嫁他人，不圖今日如此，是以天下事每為人意料所不及者，然則朱梅笙負我矣。我負蔡瑞香矣。周文新律師方指點手劃，將懷怒蓄怨之事，宣洩於眾，而僕人又報曰：蔡家小學生來訪先生矣。律師曰：不知有何事擾乃公？急易怨恨之容，而為和藹之容，至會客室中，小學生向律師一鞠躬，律師執其手曰：小世兄午膳否耶？曰：未。曰：父親母親想康健？小學生曰：然，謝先生。言已，又解其包袱，出一楠木箱，以奉律師曰：吾父今日至東門外，見骨董鋪中陳列之銅香爐，與吾祖父遺物無異，吾祖父求之數十年未得，今一旦得於無意之間，湊巧極矣。故吾父以重金購之，囑吾仍持以奉先生，以為酬勞品也。

　　若渠曰：周文新與朱梅笙，雖一言一動，靡不沉浸於利，其醜態百出，更無論矣。然則天下之人，無一非周文新朱梅笙之品匯四疇也，獨念如蔡瑞香一片至誠，其人者，求於風塵中，竟百不一得，悲夫！

【注釋】原載《小說新報》1919年5卷12期，署名若渠。

魔術（短篇小說）

　　那一天是星期日，華君剛從獄中出來，聽說他住在D旅館裏，下午五點鐘光景我去訪他，他住的是四號房間，當我踏進這房間的時候，已有幾位朋友在房間裏，說說笑笑地嘩鬧。多時不會見的孫君越發肥胖了，坐在靠窗口的沙發上，那只沙發好像量了他的身子做的，剛巧坐個飽滿，正在瞇縫了眼睛，一語一喘地講些女人的事情。沙發的靠手上，斜簽著一位中學校長汪君，右手擱在沙發的靠背上，拿的一徑「司帝克」，畢直地豎在孫君的腦後，活像替孫君裝上了一條尾巴，直挺挺的蹺著。我看了這幅神情，忍不住好笑起來；在我發笑時，坐在鏡臺傍邊的張君，橫靠在床上的楊君和華君，一齊站起來招呼了一下。我向華君的面上身上打量了一下，思忖著說：

　　「華君吃了一個多月的鐵窗風味，一點沒有改變樣子，今天的華君，還像往日的華君，往日的風采不曾減卻；只是神態之間比較沉靜一點了。」我便緊緊地握住了他的手，說不出話來，華君也只微微而笑。忽然孫君在背後拍了我的肩兒說：

　　「老丁，你還記得這一間房間嗎？」他突然問我，我呆了呆，回答說：

　　「是呀！是那一年，那一……」

　　「你記不起了嗎？就是蕙的房間！」孫君說了，華君皺了眉兒湊上前來說：

　　「這還提起她做甚嗎？」那位多感的楊君，也便插進嘴來說：

　　「呀！真的，差不多有八年了，往日的影事，像在眼前。」這時孫君又瞇緊了眼兒說：

　　「那時我們何等的高興，鎮天的顛倒在花天酒地裏，什麼事都不管，我還記得……」他沒有說完，張君迅速接下說：

「我還記得……，記得你這胖子膝行在老四面前，哀哀求告，這醜態還在眼前。」說了，全房的人大家都嘩笑起來，楊君也嘻開了笑口，橫到床上去。於是孫君括著臉還報楊君說：

「誰像你來……」說時，口角裏的涎沫，掛了下來，汪君拖著他的下頷說：

「你們看，他回想起來，也還有點餘味，所以流著饞涎呢！」全房的人又復大笑起來，連孫君自己也口都合不攏來了，一隻眼兒只剩一條細縫，口角裏的涎沫，越發流掛得利害了，他忙的摸出手帕來揩抹，帶笑帶罵地咳嗽著，全房間的人，看他愈看愈好笑了。

忽然孫君站了起來，搖擺地走出房去，汪君忙的喊道：

「阿胖，你到那兒去？」

「WC」孫君頭也不回的說了，張君呸了一口說：

「老華，我們倆又給他尋了個開心呢。」

「他還是個趣人，雖然在官場中混了幾年，老是這樣，也難得的了！」華君這樣說，楊君也點頭說：

「這倒是實話，像那幾位老潘、老徐一般人，富的富，貴的貴，早已眼高於頂了。」接著張君披了披嘴說：

「去管他甚麼呢？」

這時汪君聞言微笑，敲著手中的司帝克，探首在室外張望了一歇，說：

「阿胖扯謊，你們看他又在那兒和那個蕩婦戲謔，斯人焉，而有斯疾也！」他說到末來，一頭轉蕩著斯文腔，一頭奔出去，我們也都擠到房間門口去，的確看見孫君正和一個婦人在回廊裏說笑，回頭見汪君追躡上去，忙的拉了那婦人回避，汪君便抓住了孫君的衣領，一路嘻嘻哈哈地推背而來，孫君在隨笑帶喘地說：

「老汪，你真不應該呀，寡人有疾，寡人好色。」大家又一哄而笑了。

「阿胖，那婦人究竟什麼樣的人，素來認識的嗎？」我問他說。

「哈哈！耶穌自有道理，誰不知道我老孫帶領娘子軍的，區區私貨，有甚麼希罕。」

「呸！」張君有點不平，接下說：「虧你老臉，自負不凡，上客棧的私貨，誰都勾搭得上，誇你甚麼臭口。你不過在官場中廝混了幾年，學得了這些吹牛本領，算了罷！」久不發聲的楊君，歎了口氣，插進嘴來說：

「近來私娼之多，幾乎俯拾即是了，生活程度，一天高似一天，墮落的女子，也便一天多似一天；加上了不休的內亂──像去年江浙戰爭後，平白地添出了無數的饑寒女子，她們不得已走上這條路了，咳！……」

「算了，算了，你年紀未老，動不動吐出嗚乎哀哉派的語調，我們聽得厭煩極了。我肚子裏卻和我過不去，在咕嚕嚕地喊出響來，還是去圖一個醉飽吧！」張君截住了楊君的話說了。我們隨即一同到消閒別墅去，算是公宴華君，當做華君出獄後的洗污筵。

座上張君的酒量最豪爽，還沒上菜，他已嚷著：

「酒來，……拿酒來！」等到菜碟搬齊，他一個人已連喝了七八杯，孫君笑指著他說：

「這個人真的是酒癆蟲！一見了酒，便這樣的醜態百出。」

「呸！你好色，我好酒，道不同不相為謀，關你甚事。」孫君聽了，有眯縫了眼睛，說：

「你在外邊容得你使氣，要是在你夫人面前，也敢如此，我才佩服你呢！」他說到這兒，喘了一口氣。向華君接下說：「老華！你還記得嗎？有一次你在蕙的家裏請客──那是一個暑天的晚上，他假裝醉瘋的纏擾不休，甚而赤了膊，跣了腳，硬拉著蕙家的老七，心肝寶貝的叫個不休，那老七急的什麼似的喊起來！引得滿房間的人，沒一個不笑的打跌；虧的我附了他的耳朵，輕輕的說：你的夫人在外面喚你呢！他聽了慌的穿衣著襪都來不及，連一雙簇新的絲襪，繃裂了一隻，他急得只管頓足；幸而他的腳寸不很大的，向蕙借了一隻，穿了出去，這一齣《空城計》，總算把老七救出重圍。……他要口硬，只須他夫人來，便像小鬼見閻羅了！」張君候他說到這兒，忍不住了，還報他說：

「啊！誰像你那樣的：你的那個老四，誰都知道一隻出名的『矮腳虎』！虧你老臉，哀哀地求到了手，到現在還管頭束腳，什麼都不自由。

你還記得嗎？在大菜館中，只叫了一個堂唱，給你那虎嫂偵得了，橫跳一丈豎跳八尺的大肆咆哮，嚇得你縮了一團，匍匐地在虎爪跟前求饒呢！」

「這也未免形容得太過頭了。」華君帶笑的說了一聲。張君又接下說：

「哼！你還幫襯他呢；只可惜你的蕙已嫁給了S城的那個老頭兒，便少了一個見證；那時幸虧蕙和老四是要好姊妹，由蕙從中勸解，才得無事；否則他的那個肥臀上，又要嚐嚐閨刑的滋味了！」

「聽他胡說，菜來了，喝酒吧！」孫君說了，像就此下臺的樣子。忽兒奪去了張君手裏的酒壺，給在座的人一一斟倒，單單跳脫張君，然後把酒壺，放在自己的席面上，左手緊緊抱著，向在座各人瞅縫了眼，一聲不發的喝酒。

「哈哈！你這胖東西，也有敗北的一日，把酒搶了去，就算報復嗎？……」張君裝著不希罕的樣子鼓掌說了。那時上的菜是一碗奶油翅，孫君的筷頭上，已夾了一大塊，正想送到口中；張君出其不意，疾忙舉其雙筷，打從張君的筷頭上搶了過來。孫君把筷子擎上去，想要搶回來，張君已直送到口中，這時孫君不知不覺地把左手鬆去，恰好酒壺又被張君奪了回去。合席的人看了這個情形，一頭笑，一頭吃。孫君坐定了，兩手捧在肚子上，幾乎喘不過氣來。他本來以健啖出名的，望望那碗奶油翅，早已精光的了。便連聲的歎著說：「咳！反了，反了。」張君終於過意不去，忙的打躬賠禮；孫君也就一笑而罷。這時楊君突然搖頭慨歎的說：

「像這樣的打趣，已多年沒有的了，回想以前，鎮天的嘻嘻哈哈，恍如隔世，真教人不勝今昔之感……呢！」汪君聽得不耐煩了，擎起杯酒，向著楊君說：

「我真不懂，你以前也是一個活潑潑地少年！怎麼忽然一變，變做了嗚呼哀哉的尚饗先生了。你的肚子中，究竟有多少牢騷，動不動就長呼短歎起來！人生行樂耳，大家還是喝酒罷！要是你不開壞，豁他幾拳也行。」

「好好！本來儘喝悶酒，也覺乏味，還是響幾拳的暢快！老丁，你來司酒罷，我要加入戰團哩。」張君站起來，把酒壺放在我的面前——這是向來的老例；為的我不能喝酒，逢到酒戰，總是我當司酒的差役。

「阿胖！你須得預備才行！莫再連輸三十六拳，喝的嘔吐狼藉，歸去給老四臭罵一頓。」華君向孫君提出警告。

「不打緊，好在……」孫君眯縫了眼兒，撫摩著他的隆起的大肚子，笑著接下說：「好在我這天生的大肚子，不比以前，盡可容納得下，未必就會顯醜；倒是蕙已嫁給了S城的老頭兒，沒有人給你把酒上棧房，那才有些危險哩！」

「這倒不用你耽心，我在獄中沒事，除掉看書，簡直沒有一天不飲，早把酒量熟練好了。」華君昂頭說。

「啊！獄中可以飲酒嗎？」楊君問。

「什麼都可以，只要有錢；或者有面子的。」

「那末，可抽鴉片煙嗎？」張君問。

「可以，我原說什麼都可以，獄中煙犯，沒一個不暗藏煙泡的，比較體面的——就是有錢的，還可裝著槍燈來吸，所苦的是一輩窮漢，真是作孽，煙癮來時，滿地打滾亂爬，向在沙漠中斷了水患渴的樣子！」

「那末黑暗極了！」汪君忿慨地說。

「唉！此之謂中國的牢獄！此之謂中國的司法！」楊君又拉長了斯文調，這樣地湊進依據。這時孫君聽得呆了，忽而笑嘻嘻的開口問道：

「我想有一件事，是萬萬辦不到的罷……」他還沒說完，嘴角裏的涎沫，又不在意地流下了！我早想到他問的所以然了，忍不住對他說：

「不錯，要是你做了罪犯，那末要死挺了！」

「這是什麼緣故？」汪、楊二君同聲的問。

「這不消說是婦女問題！倘然胖子入獄，真個要患渴而死，假使胖子滿地亂爬，那幅形狀，倒也好看！」張君緊接著說，合席的人聽了張君的話個個發笑，孫君也是凸起了肚皮，靠在椅背上，像彌勒佛般的只管嘻開了嘴唇笑著！

「這也辦得到的。」華君喝了口酒，笑著說了一句。孫君急忙說：

「啊！這也辦得到嗎？雖然我在官場中混了幾年，倒沒有聽見過，你說，你說，……」孫君說的慌忙了一點，呼吸很促迫，汪君便指著他說：

「你們瞧，好一個色中惡鬼！」張君也就含譏帶諷地繼續下去說：「他只要女子，便是不做官改做囚犯，他也情願的。」

「你說話留神一點，老華剛做囚犯出來，老華，休去睬他，你說為什麼辦得到？」孫君揩著嘴角說。

「該罰，該罰，我來喝杯罰酒罷。」張君舉起面前的滿杯子酒，一喝而盡，就把杯子向我照著說：「老丁，篩酒。」又轉向汪君說：「開拳罷！」他就同汪君五魁八馬的亂喊起來。孫君還是嬲著華君，要他說出辦得到的原由來；卻給張君挨次猜拳，打斷了話頭。孫君不覺負氣起來，別轉了頭，只管自斟自酌，以不應戰為抵制；雖然經張、汪二君，幾次的伸拳挑戰，他一味的裝聾作啞，睬都不睬，自管自揀著好的菜肴，不住的向嘴角裏塞進去。

「不好，我們儘管鬧著酒，卻給胖子占了便宜去了。」汪君說了，提醒了張君，也說：「不好，不好！」於是大家爭著舉起筷子，和孫君向碗中爭食，可憐一碗魚餛飩，給他們在筷子上戰爭，打翻在桌子上；雪白的台毯上，無端受了一大塊絕大的污點。孫君這才擲筷而起，捧住了肚子，只是笑個不止。

「這一來，我想起了小陳，雖然他是個吃慣白食的大家，可是不幸生了一雙近視眼，碰到席上爭食，他終歸敗北。前幾天還給我們打了一回趣，他直到終席沒有吃到幾筷的菜肴，我想起了，還覺得好笑哩。」汪君笑著說。

「可是今天卻給我們瞞過了，這人委實討厭，我很不喜歡他。」張君似笑非笑的說。

「還說不定呢！你們看他定會來的……他是個秘密偵探，什麼都偵探得出。」楊君說。

「喂！老張！你雖說不歡喜他，只要他說幾句稱你心兒的話，怕你又要歡喜他了，他是個握著魔杖的術士呀！」汪君拿了紙煙且燃且說。

「這不見得罷！」張君把嘴唇嘻了一嘻說。

「可是我很歡喜他，雖是他對什麼樣人，說什麼話。從不挖出真心來，不過他的天資卻不錯，要是他學問上有了實在功夫，也可成家

呢。只可惜……」華君還沒說完，一個年輕的女子，提了一隻胡琴，走了進來。

「大少，可要唱一隻嗎？」那個女子很柔聲地問了一句。孫君嘻開了笑口，對她招招手兒，她便陌生生地走到筵前，遞上一把戲目扇子來。孫君接在手裏，並不展看，卻是瞇緊了眼兒，有搭沒搭的問她：

「你叫什麼名字？……你今年幾歲了？……你幾時起賣唱的？……」他問過了，一雙小眼，逼視著她，口角的涎沫，又不在意地掛了下來！那女子有點不耐煩起來，單說：

「大少！要唱什麼？請點下來。」孫君便把扇子還給她說：

「你歡喜唱甚麼，就唱甚麼罷！我想你唱得一定很好，因為你的臉蛋兒生得不錯！」那女子不自然地微笑了一笑，向那靠壁的凳子上坐了下去，說：

「那不見得。既這麼說，唱一隻知心客好嗎？」那時我們也都說好，獨是華君倏的抬起眼來，向那個女子看了幾眼！

「啊，老華！以前蕙唱的好一口小調兒；尤其知心客，她唱得最好！別人教她唱，她不肯唱；你吩咐了她，總是輕圓婉轉地唱的非常動人；只可惜她已做了S城的良家婦，許久不聽得了。」汪君吸著紙煙說了。華君點了點頭，不說什麼，似乎有些兒淒然不樂的樣子！順手燃了一枝紙煙，用力吸著，一縷縷的青煙，連接地從口中噴出，嘴唇上不住的顫動著！

「啊！我不該挑起你的傷感來。」汪君彈著紙煙說。

「不！」華君頓了一歇，悄悄地說下：「我記起臨別的一夜，她連接地為我唱這調兒總有十幾遍，別的話一句沒有，我也久不聽得……」說到這裏，又用力地吸著紙煙。

「老華，我至今還不懂你是甚麼意思？向蕙待你那樣好，誰也見了眼紅的；卻偏偏各走各路，半途分散。你也不是養不活這麼一個人，我至今還怪你矯情哩。」張君停了酒杯子說。

「你那裏知道，老華自有苦衷！」楊君說。

「不錯，他自有他的見解。」我這樣湊進了一句。

「以前種種中，譬如昨日死，我想竭力忘掉她，為了這賣唱女子一來，無端又挑動我的悵惘了！從今以後，還是不談為妙。」華君擲去了煙尾說。

「喂！唱呀！什麼望了出神？」孫君走進那個女子說，那個女子抬起頭來，望著孫君說：

「怎麼……唱什麼？」她拉了幾弦琴聲，唱不下來，神思恍惚，望著孫君發呆！

「咦！奇怪！你在思忖甚麼？你把自己說出的調兒都忘記了嗎？莫是看中了這孩子嗎？」孫君嬉皮涎臉的指著我說下：「不錯，他年紀最輕，而且……哈哈！臉兒也漂亮，是不是？」

那女子的臉兒，倏忽紅了起來，有些慍怒的樣子！卻還勉強地裝作笑臉，別轉頭去，扯長了弦弓，低低的說：

「要唱什麼調兒？請吩咐罷！」

「阿胖，莫要多纏，這也是人家的女兒；不過窮了一點，我們應該憐念她一點才是，我的意思，唱也沒有意味，不如給她幾個錢，叫她去罷。」華君很莊嚴地說了。那個女子倏忽回過頭來，眉頭動了一動，向華君望了一眼，顧盼之間，發出異樣的媚妙！神情也活潑了許多，自然而然的微笑著。

「你又要假裝道學了，雖說賣唱不賣身，其實……」孫君說到這兒，轉向那個女子說下：「恐怕我說的是罷！要是你願意誰，你說了，我便給你做媒人，究竟那孩子可好？你說……」孫君只管眯縫了眼睛，扯開了笑口，任情地調笑。

「唉！阿胖好色之心，怕到死不會改變罷！年紀這麼大了，還是這般的狂騷，這真是國家將亡，必有妖孽了！」楊君隨歎隨說。

「你動不動唉聲長歎，這是短命的預兆，終於嗚呼哀哉了才休！你死了，我來給你讀祭文。」於是孫君放直了喉嚨，拉起古文調來：「嗚呼先生！生而不行，死而不靈。」他且念且笑，氣喘的習慣，又復發作，他念不下去了。合席的人大家笑了一陣！

「這人真不是好東西！」那個女子也笑倒了，披著嘴巴說。

「怎麼？」孫君睜出了小眼睛，瞅她說下：「沒良心的小娘兒，我給你拉生意難道不好嗎？」

「誰要你……」那女子縮住了口，說不下去。孫君笑著，又回到自己的座上，對她說：

「好好！本來我的身子太胖，拉起來太吃力了。」

「你來拿錢去，莫要和他多纏。」華君向那女子說了，摸出一塊錢來，放在桌子的邊上。

「何用你破鈔，自有招她的人呢。」楊君攔住了說。

「多謝！那有這規矩呢？我沒有場，怎麼就好拿錢。況且我們不比窯子中的姑娘，我們唱一隻，兩三毛錢，已算多了，大少們既來照顧我，待我唱了再拿罷。」那女子理了理弦索。重複抬頭說：「唱什麼？」

「看不出這女子，倒很有志氣，只可惜受了生活的壓迫，操著這賣唱生涯。」汪君很注意似的向那女子望了一會，又向她說：「你讀過書嗎？」張君聽了，笑看說：

「校長先生難道要收弟子嗎？」

「讀過的，……」那女子點了點頭，頓了一頓，複低低地說：「還是前年輟讀的。」

「啊呀！原來是一位女士，失敬了，多多冒犯，幸勿見罪，恕我肚皮太大，不能彎腰賠禮。」孫君畢恭畢敬地站了起來，捧了肚皮說。

「這人真是一個花面的小丑，什麼都做得出來！」那女子笑了一笑說。

「嗏！……」孫君垂著兩手，應了一聲，合席的人，個個覺得好笑；上菜的堂倌也忍不住掩口而處。汪君皺著眉頭說：

「阿胖總是胡纏。」張君也哼了一聲說：

「裝你什麼臭架子，動不動官樣十足，我瞧著最是討厭」。他又把酒杯子湊到口邊，向那女子說下：「聽你的口音，是S城人不是？」孫君也便回到座上，撅起了嘴唇，不說什麼，那楊君又搖著說：

「去年江浙戰爭，S城也是遭受兵燹的所在，這女子恐怕也是受了軍閥的恩賜，才到上海來的？咳，……！」

「你自己吃了兵亂的虧，於是隨便什麼，終是牽涉到戰爭上去，也許不是呢？」我這樣地說。

「不錯的，我是去年……」那女子忽然眼眶裏水汪汪的像要落眼淚的樣子！咽住了說不下去。歎了一口氣，才得說下：「咳！家破人亡，至今還歸不得家鄉呢！」

「如何？」楊君昂了昂頭，復歎息著說下：「唉！可憐可憐！……」

不知怎樣的，我也覺得不快活起來！抬眼看那合席的人，都默默地不做聲；便是慣會打趣的孫君，也是悄沒聲兒的坐著，尤其是華君，嘴唇又顫動了！他眼睛注視著那女子，瞬都不瞬，像要說什麼似的，卻是一句話都沒有。光亮的電燈，此時也似乎漸漸地暗淡下來，滿室幽然地沉浸在靜默之中！……約摸二十秒鐘的光景，忽聽得：

——今朝冤家又來了，嗳喲！問聲你好不好？——

很低微的幽細的歌聲，打從隔壁傳送過來；接著一陣笑謔的聲浪。華君聽得了，突然抬起頭來，臉色很不好看，呆呆的向承塵上望著，嘴唇顫動個不止，自言自語地說：

「啊，知心客……」那女子聽了，只道是華君點的調兒叫她唱的，當時答應了一聲，拉著弓弦，待要唱時，覺得弦音不和，她便舉起左手來，把琴弦慢慢地旋緊，忽然「嘣」的一聲，琴弦斷了一根，孫君皺眉頭說：

「啊！斷弦了，這是不祥之兆！不知誰是倒運者？」張君也便笑起來說：

「恐怕應在虎嫂身上罷！」說的孫君直跳起來，指著張君罵著說：

「呸！你這不死的促狹鬼！你的，你的……」他喘著說不下去，引得滿室的人，齊聲大笑；正在愁感的華君，也忍不住破顏而笑。

「好啊！你們既有宴會，怎麼不關照一聲，也好讓我搭個份兒，為何偷偷地瞞過了我？這真個豈有此理！誰作的東，應該賠罰。」陳君很斯文的踱步而入，直踱到酒席傍邊，用手推了一推鼻上的眼鏡，探頭到席面上望了一望，皺著眉說：「啊，已剩了殘肴咧，僕哀，添一副杯筷來。」

「我早說他是一個秘密偵探，果然又給他偵到了。」楊君微笑說。

「奇怪！這小鬼著實會鑽，不知他從那裏打探得來，這倒也叫人佩服的。」孫君詫異地說著。陳君向他瞅了一眼，不疾不徐地說：

「啊！老胖！要知我是個先知，什麼都瞞不過我。」說著，自己動手，拉了一個座位，挨在孫君的下首坐了。隨手把孫君面前的瓜子，抓著就嗑，笑向華君說：

「老華！恭喜你出獄了，是不是今天來的？」華君點了點頭，他一眼瞧見張君面前放著一筒紙煙，便說：

「老張，請你給我一支香煙。」張君假作沒有聽得似的，別轉頭去，和汪君談話。他就立了起來，自己伸手，抽了一支，湊到眼下，瞧了一瞧，接著說：「哦，大長城，怎麼不買白金龍？雖然價錢貴些，煙絲好得多哩！」

「白食先生，原諒點罷，本來不是預備請你的。」張君披著嘴說。

「陳先生！」

陳君正在劃了火柴，湊到口邊，在吸著紙煙。忽聽得有人喚他，忙回過去，見那女子坐在靠壁的凳子上，便說：「是你麼？」他蘭花般的指頭，夾了紙煙踱到她的面前，伸頭瞧了一瞧，昂著頭說：

「哦！原來是小媛！我倒沒有留心到。啊，你今天交了好運咧！這幾位都是闊大少，也是我陳先生的朋友──是要好不過的朋友！你唱的好，一定可以多給你幾個錢，你唱過了沒有？」

「可是有一樁佩服的！小陳的夾袋裏，藏著不少的女娘，醜的、俏的、老的、少的、高的、低的，什麼都有。這個真不知道他挾的什麼魔術！」孫君挺著肚皮說。

「可是恰好配合阿胖的胃口。」江君笑著說了一句。楊君搖著頭說：

「恐怕胖子也是小陳的夾袋裏的男子罷！」張君聞言，喝乾一杯子酒說：

「恐怕我們誰也免不掉罷！是他認識的，都是他在魔術中搬弄得傀儡！」張君說了，把手裏的空酒杯子，在桌上旋轉著。陳君吸著紙煙說：

「這何敢。老實說了罷：我在魔術中搬弄的傀儡，確是不少；不過你們都是我的老朋友，憑著良心講話，實在沒有把你們當作傀儡的

意思。因為把人做傀儡，也不是容易的事，也不是個個人能夠給我做傀儡的。像他……」他吸了一口煙，又指著孫君說：「有時或者把他搬弄一下，為的他有一種弱點，容易給人加利用，」孫君跳起來說：

「好好！今天我才知道你這人真不是好人！呵呵，我一晌給你矇在鼓裏，原來我也是你的夾帶中的木偶人！」

「莫吵，要是我真心把你做傀儡，今天也不給你說了，就使有時候把你搬弄一下，也只能怪你自己不好。」

「怎麼要怪我自己呢？」

「誰叫你好色！」

孫君不覺自己好笑起來，捧著肚皮說：

「那我知道了，以後倒要防備你一點哩。」

「哈哈！這話免說罷。你與其防備，不如不好色的好！」

「小陳的為人，就是這一點還算可取，對於我們還能實話。」楊君點著頭說。

「哼！這一來，你已受了他的催眠術了。你還認做他真個憑著良心講話嗎？老實說：他對我們這樣地說，就是試演魔術的無上妙訣！他正在把我們當作傀儡看待，預備把我們搬弄上場呢！」張君正色地說。

「這未免言之過甚罷。」陳君彈了彈紙煙灰，笑著說下：「其實呢：人即傀儡，傀儡即人，人生的路上，正不留著多少的傀儡的蹤跡，以往的漸漸地消滅了，後來者又在預備袍笏登場；臨了一場忙碌，究竟為著誰來？如此看來，萬般都假，老張何必認真呢？」那女子聽了，忽然發著紓長的微歎，汪君也便鼓掌說：

「好啊！小陳不愧是個魔術大家！這一奧秘的魔術，搬演得委實不錯。」華君也便點點頭說：

「小陳的使人歡喜，也在這一點上，對什麼人，說什麼話，這也不是容易的事。我到很願意做他的傀儡，比較做任何人的傀儡好的多哩！」

「啊！小陳！你得到了一個忠實的信仰者了。」孫君拍著陳君的肩頭說。

「哼！你怎知其中的虛玄，老華也在試演魔術呢？」陳君說：

「這個，我可不懂你的話。」孫君搖著說。

「要是你懂得，不成為魔術了；惟其不懂，你就做了被催眠者！」

「沒有這事，阿胖，休去睬他。」華君說。

「哈哈！你又在試演第二術了！」陳君笑著把紙煙湊到口邊，吸了一口，覺得煙已熄了，他就慢慢地劃了火柴，側著頭，把紙煙吸著。孫君瞪著一雙小眼睛，呆了半晌，只管搖頭，陳君見了，指著他說：

「你們瞧，胖子已變作呆鳥，這不是老華試演魔術的眼前成績嗎？」說的在座的人，沒一個不笑起來，那女子也望著孫君發笑，孫君自己也只好笑著說：

「管你們魔術不魔術，我還是自管自好我的色。」他又轉向那女子說：「你叫小媛，可是不是？」那女子披了披嘴，並不答話，卻向陳君喚著：

「陳先生！你來……」

「怎麼？」陳君銜著紙煙，走進那女子身傍，那女子的一雙眼睛，不住的瞟到席上，向陳君低低地不知說了些甚麼，但見陳君點了點頭。接著那女子仍是低低地說著，忽地陳君拋棄了吸剩的紙煙，詫異似的說：

「啊！有這事嗎？」他便向那女子低低地說了幾句，那女子即堆著滿面的歡愉，點了幾點頭，立了起來，像要出去的樣子。

「且慢……」孫君急忙忙地趕到門口，長著兩臂，攔住了去路，笑著說下：「你們唧唧嘍嘍地講了些甚麼？須得說給我聽了，才許出去。」小小的餐室之門，給他橫闊的肥胖的身子遮住了，沒有多大的餘隙。他因為奔了幾尺的急步，已經喘的不成樣子，張開了嘴，再也說不出話來。陳君便拉了他的臂兒說：

「你這胖東西，動不動歪纏，快些讓她出去。」孫君給陳君拉開了，那女子就在孫君脅下出其不意的鑽了出去。

「喂！這錢拿了去。」華君取了桌子邊上的那塊銀錢，揚著手說。卻見那女子已經走出，隨即授給陳君說：「你去給與她罷，快去，此刻去還追得上呢。」陳君搖搖頭說：

「在先，她或者受領你，此刻就是唱了幾隻，未必再肯受領，好在日子長呢，留著後來給她罷。」陳君把那銀錢仍放在桌子上面，華君不由的有些疑惑起來，問陳君說：

「這是什麼意思？況且我往後未必再遇見她。」陳君便笑起來說：

「哈哈！這便是魔術中的一門，好在幾個鐘頭，就可明白，等著罷。」陳君一頭說，一頭回到自己的座位上，推了一推眼鏡，豎著筷子，向席面上望了一望說。

「菜都吃殘了，而且也冷了，誰是主人翁，可否添一味來？」他伸長了頸項，復自言自語地說：「啊，誰知這麼一纏，竟誤了我的大事。」

「小陳，你還有什麼大事？我看你天天閑著呢。」汪君問。

「不錯，我小陳天天閒著，沒有事。」陳君仍是在席面上張望個不休，忽地尋到了寶貝似的，眉毛眼睛都動了幾動，張著口說：「哦！這一鍋開窩鴨肉，倒還有幾塊鴨子和海參。」他把筷子夾了一塊鴨肉，湊到眼鏡外面，側著頭，瞧了一瞧，繼續著說：「我小陳別無大事，只有吃食是我一生的大事。」他把鴨肉塞進口中，咽嘟著嘴，又說：「休說我小陳，恐怕任何人都忙著此事，而且自生至死忙著此事。」他一面說著，一面又把筷子插到飯碗裏去了。

「這話倒有些意思。」華君點頭說。

「有什麼意思不意思。」陳君又夾著一塊鴨肉說下：「這原是人生的謎中一套猜不出的大魔術！雖有稱我做演魔術者，獨是這一套魔術，我自己搬演了二十多年，實不相瞞，連我自己也莫名其妙。」他指著筷頭上的鴨肉，又說：「這東西一入了我的嘴巴，終是變出些臭東西來，而且一定不易的，這可奇怪極了！」說得合席的人，誰都聽了好笑。汪君點點頭說：

「這雖是滑稽之談，倒很有些道理。」楊君也歎了一口氣，承著陳君的語氣說：

「唉！這一個人生啞謎，顛倒了古今來無量數人，卻一個個的做了那魔術中的試驗品，人生有什麼意味呢？」單是張君有些不佩服的樣子，舉著酒杯子說：

「什麼意味不意味，管他呢？我還是喝我的酒。」

「這也是消遣人生的一法！」華君似乎很表同情。孫君也就嬉笑地說：

「那麼，我的好色，也是消遣法中之一法了。」他說了，眯縫了眼睛笑著。我瞧著也有些好笑，執著酒壺起立說：

「你們應該公賀小陳一杯酒，因為他在試演魔術上得到了勝利。他又這本領能夠是你們在不知不覺中，做他的登場傀儡！有的為了他唉聲歎氣；有的為了他顛頭播腦；有的為了他……」

「你呢？」汪君不等我說下，向我含笑地問。

「當然逃不了──為了他執壺起立。」張君說。

「啊！象牙筷子夾海參，真不容易呢！」陳君自言自語地說下：「我也為了這殘肴剩汁，在做你們的吃食傀儡，究竟誰是演魔術者？我意還是公賀上帝的勝利罷！」陳君又說：「但是還有一套未完的魔術，差不多就要試演了；這又似乎我是一個搬弄者，其實呢：還是上帝握著魔杖在搬弄著！」陳君又夾了一塊海參送到嘴裏，略頓一頓，嚐了嚐酒說：「喂，僕哀，酒冷了，煮一煮去。」

「啊！上帝在搬弄著！上帝在試演魔術！誰也跳不出這傀儡之場啊！人生有什麼意味呢？」楊君歎著氣說。

「小陳，怎麼一回事，說甚麼未完的魔術？」汪君問。

「好在快要開演了，停刻兒自然明白。」陳君說了，倒了一杯酒喝著。華君兩手籠在袖子裏，慢慢地說：

「本來我這傀儡之身，也要的厭煩了，離合悲歡，串了不少的戲劇，在我自己想來：倒很想從此下臺，做一個袖手旁觀的看客。小陳，你既然還有什麼未完的魔術，我倒要欣賞一下呢。」

陳君正在揀著殘餚，向口裏亂塞，聽了華君的話，只把一雙近視眼，向華君瞟了幾眼，他只管忙著吃喝，並不答話。忽然筷頭上落掉了一隻蝦仁，他還是伸長了頸項，向席面上亂找，終於不知誰吸剩的一段小小的香煙屁股，給他筷頭上夾了去，向嘴裏直送，他嚼了一嚼，慌得他把滿口的佳餚，完全嘔了出來。合席的人見了，個個揚聲大笑！他才皺著眉頭，把筷子向桌上一擲，立了起來，把手背抹著嘴說：

「這有什麼好笑，魔術中應當有些兒滑稽把戲，這才覺得不寂寞呢！」他又仰著頭望瞭望壁上的時鐘說：「咦！怎麼還不見來？」

「是小媛不是？」孫君接了一句。陳君搖搖頭說：

「不，魔術中的木偶人！但是也可說是活動的機械。」他復望著華君說：「你想從此下臺嗎？早哩，早哩！你的應做的魔術，還沒有完呢！休說是你，恐怕我們誰何都沒有完罷！但是終有完畢的一日──就是你我的鼻子裏面沒有氣息的一日！你要做看客，這完全是妄想罷！」他又說：「你不是說情願做我的傀儡嗎？那麼，我的魔術快要開幕了，就把你搬弄上場，委曲你串一齣喜劇──也可說是悲劇，倒很可以博得觀眾的歡賞！你願意嗎？」華君不由得歎著說：

「哦！如此說來，我的傀儡的責任，還沒有完畢；那麼，你要搬弄，由你去搬弄，什麼都願意，可是究竟是怎麼一回事，卻要搬弄我這不合時的傀儡之身，可怕我這過時的串劇者，不合觀眾的眼光，那不是吃力不討好嗎？」張君已喝的醉眼模糊，聽了，也擦了擦眼睛說：

「小陳，你可給我留個配角。我覺得既做了這世間的傀儡，不串戲也是乏味，喜劇也好，悲劇也好；只要有個角兒做做，也就不寂寞哩！」

「哈哈！老張是個倔強者，獨是喝了些酒，又要發憂鬱病了。只是這一套魔術中，沒有你的份兒。不過，你等著罷，你的上場的機會，正多著呢！此刻我們還是吃飽了肚子再說。看來這一套魔術，要到D旅社中去試演了。」陳君就喊著：「僕哀，上飯來！」

「你們瞧，他真像是個握著魔杖的術士！居然指揮著我們起來。」汪君說。

「吃飯是人生的刻板文章，何須我指揮；倒是老華快要登場，才是一齣值得一瞧的妙劇！」陳君捧著飯碗說。

「你只管打著悶葫蘆，給你悶的頭都漲了，是怎麼一回事，儘管爽爽快快地說。我最不喜歡的，說話兜著圈子，要是再是這樣，哼！給你兩下耳刮子。」孫君揚著手說。

「莫吵，想你放心不下那個小媛，待我去找來是了。」陳君擲筷而起，點了點頭，又說：「對不起，我先走一步，你們到D旅社中等我罷。」他戴上帽子，匆匆地出去，臉都沒有抹。

「這人雖則沒有正業，卻還不俗。他天生的一隻會說的嘴巴，自會說的你滿心歡喜，這倒也不容易的。」汪君說。

「所以他能夠在這生活高貴的上海，天天不名一錢的廝混下去，衣食住一點都不愁；都是全靠他一隻會說的嘴巴。就像我，一見了他，就覺厭惡，不知怎樣的給他三言兩語，自會得不厭惡而歡喜起來，這真是一個神秘的魔鬼！可是有一樁可取。他只圖過得去，沒有什麼作惡的壞心思，這是應該稱許他的。」張君醉意醺醺的說。

「就在這一點上，可見得這人還不錯。」我說了一句，華君也便點點頭說：

「是啊！本來取人只須取心地，行為上可莫問，盡有規行矩步，而其心術竟是不可問的。不過他說今天要搬演魔術，要把我拉做角兒，這未免有些奇怪，不知道他究竟掉著甚麼虛玄，我倒有些惶惑不定哩！」孫君笑了一笑，接著說下：

「不是我好色之人，處處不脫色字，據我看來：諒必又有什麼動人的女子——像以前費老五之熟讀《紅樓夢》，孟家老七之能背誦古唐詩，——能夠投我們的所好，特地喚來給我們見識見識，也未可知。但看他和小媛的一番舉動，就有些明白了。」他一面說著，一面抹著口角裏的涎沫，微微的喘著。楊君點了點頭，卻又搖著頭說：

「也許是的。但是他單單的拉入老華，可又是什麼意思呢？」孫君見問，便略略地思忖了一下，眯縫了眼睛說：

「這個——大約因為老華對於女人很會講話，便拉他做個對手者；或者憐念老華在獄中孤寂了許多日子，特為他拉一個出獄後的伴侶，也未可知。」華君聞言，笑起來說：

「要是這樣，我是沒福消受的，只好讓給胖兄去享受。」

「這未免太謙虛了。美色當前，誰不要攘為己有，還肯讓給我嗎？」孫君說。

「這倒不是老華的違心之言。他自從蕙嫁給了S城老頭兒之後，絕跡不到窯子中去，閒花野草，什麼都不在心上，這是我們都知道的，並不是我一個人的私言。」楊君為華君辯白說。

「哈哈！這原是我打趣的話，要是這樣，我正求之不得呢。」孫君抹著臉兒說。

「算了，我們還是回到D旅社去罷，去瞧一瞧小陳究竟弄的甚麼虛玄。」汪君立起來說。我們也都立了起來，一哄的出了消閒別墅，回到D旅社去。

四號室的房門，正虛掩著，房裏的燈光，從門隙中穿漏出來，射出在華君的面上，卻見華君呆呆地露著驚訝之色！忽然那房門不動自開，即見門內站著一個人，正在笑嘻嘻地瞧著我們，緩緩地說：

「來何遲也？魔術就此開演罷！」

「啊！我倒給你嚇了一跳，我想怎麼無端的門已開了，原來你躲在裏邊。」華君一面走進房去，一面又說：「說甚麼魔術，究竟怎麼一回事？」

「咦！小媛，你又來了嗎？」孫君一眼看見小媛坐在鏡臺傍邊的凳子上，他便走近前去，剛說得一句，忽然房中添黑，對面瞧不見人，不知誰把電燈閉熄了。

「誰？動手動腳的做什麼？走開……，」這是小媛的聲音，在暗中呵叱著，就聽得孫君在格格的笑著。

「這是魔術中應有的步驟，閉了光，便可搬演了。」陳君在黑暗中朗聲地說。即聽得張君大聲地說：

「小陳，打什麼趣，開啊！」又繼續聽得華君吃驚似的喊叫起來：

「啊呀！誰睡在這床上？小陳，快把燈開了！」

「是誰？老華！」汪君問。

「我怎麼知道。小陳，把燈開了！」華君答。

「哈哈！這就是魔術啊！」陳君說著，燈也忽地亮了。即見床前睡著一個梳著S髻的婦人，雙手捧著臉兒，一聲不響的伏在折疊著的衾上。身上穿著黑花緞的舊襖子，和玄色呢的大腳褲，腳上穿一雙白線

襪，後跟上已打了一個補釘。我們見了，都莫名其妙；回頭見那小媛，正把食指抵在牙齒上，嘻開了嘴唇在微笑！

「你可知這房間以前是什麼所在？」陳君在孫君的肩上拍了一下說。孫君仍舊坐到靠窗口的沙發上，挺起了肚皮說：

「以前這弄內都是門戶人家，這一間房間，華君的戀人蕙也曾居住。」

「但是據我所知，以前這房間的主人，便是那床上的人！」陳君微笑地說。

「這有什麼稀奇。在蕙的前，蕙的後，做過這房間主人的，有⋯⋯」孫君凸起了肚皮，立了起來，搖擺著走到床前，傲然地說。

我們聽了陳君的話，再瞧那床前的人，奇怪！卻已伏在華君的胸前，在低低地哭泣！華君的頰上，也淌著兩顆淚珠，垂倒了頭，在慢慢地理著那婦人的鬢髮。我們誰也見了詫異！大家呆視著，說不【出】話來。單是陳君在獨自一人低聲的念著：

「這都是上帝的魔術！
把泥土捏出一個亞當來，
把肋骨變出一個夏娃來；
說甚麼肉中的肉，骨中的骨？
這都是上帝的魔術！」

【注釋】原載1926年1月10日出版《小說月報》第17卷1號，署名滕固。

十字街頭的雕刻美（短篇小說）

　　尹先生生長在華美的家庭裏，父親是一個富有才思的文人，母親是一位熱情真摯的女詩人，他稟有愛美的遺傳，在學校裏念書的時候，衣服美，談吐美，宿舍裏裝飾的美，有愛好文藝的美；他早就成了著名的愛美者。他的愛美的心情，一天熾烈一天，可是從沒有滿足過一次。

　　尹先生負有出眾的天才，他長到成年了，他能做詩，他能繪畫，他刻意要求索美的所在，凡是構成美的一切材料，他不憚煩的搜集攏來，要體會出美來。可是美仍舊不來接近他，他幾乎陷於絕望的境地了。

　　有人對他說：「美這樣東西，是寄在酒精裏。」於是他鎮天的跑到酒館裏，今天喝葡萄酒，明天喝紹興酒，今天喝高粱酒，明天喝麥酒，喝得爛醉如泥，神經一天天的衰弱起來，昏亂起來，但是美這樣東西依舊沒有玩味出來。

　　有人對他說：「美這東西，是寄在女人的靈魂裏。」於是他找了一個女人，天天和她到大菜館裏吃飯，到戲院裏看戲，住在闊綽的旅館過日；她要甚麼，就供給她甚麼；他為了她花費了不少金錢，漸漸走入貧困的國土；這女人就和他離異，所謂美，依舊沒有抉引出來。

　　他到修道院裏，專心一志的修行，要想在聖壇下求得一點美來；但是嚴重的戒律威迫著他，素性放縱的尹先生，那裏禁得起這種拘禁。他心裏想：美大約不在這兒罷！便離這修道院而去。

　　美不在現世界上嗎？也算了罷。何苦去求索呢！尹先生近來時常這樣想，他的求美的熱心，冰消了去，有一夜，北風吹得緊緊的，他為了什麼事情跑到街道上，人跡稀少，間或有幾輛摩托車，迅疾地飛過。他站在十字街頭，看見對面站著的一個印度巡捕，披了一襲斗篷，左手叉在腰圍裏，右手托出了一干短棍，儼然中世紀的勇士，僵挺挺的聲色不動。他心裏忍不住讚揚他道：

「雕刻美！雕刻美！……美找到了，美在這兒。

「他負著大英帝國的使命，……

「啊，啊，威權之下，必有美的！……

「最有威權的是帝王……有美的宮殿，美的嬪妃……美的一切。

「中國沒有美，沒有帝王，那裏找得出美來。

「美是人生必需的，美的宮殿美的嬪妃，是人生必需的。中國人糟透了，連這點都沒有。……

「帝王，沒有人做帝王……我去做……」

尹先生想到這兒，中了濃酒似的沉醉倒了。他在迷迷糊糊的當兒，只是覺得幹那招兵買馬，平定天下，朝見文武百官……親幸姬妾嬪從的勾當。

不知過了幾時，他覺察了自己臥病在醫院裏，追懷往事，不由得掉了幾掛眼淚。那些醇酒，女人，修道院等以前經過的事情，無一不是美，美就在甜蜜的追想中。在當時不以為美，過去了幾時——又像死去很悠久了，咀嚼起來，那種回味就是美。他心裏便充滿一腔隱秘的忻歡。

他的病治癒了，偶爾到街道上閒逛，車馬雜踏，人群擁擠；十字街頭的印度巡捕，兇惡強悍的情意，在他面顏上躍露出來；穿著為候門走狗的制服，奴性深長，有種不能振拔而強自鎮定的怪態。在昔所見的雕刻美，這時纖微也沒有的了。他立刻驚異起來，覺得先前所謂「當時不以為美的過後才認識美來」，難道當時是美的現今——過後就不成為美了嗎？他認真一看，弄得莫名其妙，連對於自己自身，有點懷疑起來。自己自身何從而來？周圍何從而來？究竟有了自己才有周圍呢？有了周圍才有自己呢？究竟自己與周圍互相因緣而有的嗎？這些疑難，盤踞在他的胸中；周匝煩悶的氣氛，向他襲擊攏來，他回到家裏，操了刀子要自殺了，但是一轉念間，想像到虞姬的自殺，楊貴妃的自殺，何等美的一件事呢！不由得放下了刀子，作玄之又玄的呆想了。他想到最出神的地方，急急懷著刀子，回到人馬喧鳴的街道上，寒酸地窺視在十頭街角。等了好久，沒有什麼得到，無聊地踱進一家大商店。這商店正在減

價的時候，顧客擁塞，尤其大半是年輕女子，他提高了勇氣，在這兒穿進穿出，對每一個女子相視一歇，幾乎應接不暇。最後，到了一處珠寶櫃的旁邊，向著一個豔麗的女子審視了許久，便迎上去，左手把住她的肩兒，右手摸出光白的刀子給她說：

　　「你有資格自殺的了，請自殺罷！」

　　那個女子喊出尖脆而帶有驚惶的聲音來了，四面的人群頓時圍了進來；尹先生自己也忘卻了在做甚麼。不多辰光，就有一個巡捕緊執了他的手，把他推背出來。他對那個巡捕親昵說：

　　「夙昔尊敬的朋友！喂，我不願意你做這起起武夫，好勝之士的樣子。我但願你保持先前有過的尊嚴，深夜裏在十字街頭，挺出雕刻的美。」

十一月日記中的一節

【注釋】原載1926年1月16日《新紀元》第1期，署名滕固。收入張偉編《花一般的罪惡──獅吼社作品、評論資料選》，華東師範大學出版社2002年2月第1版。

龍華道上（短篇小說）

　　暮春，楊花浮在空中，時時蕩出音樂的波紋來，引誘人們怠倦地懶化在浩蕩的陽光裏。沿路希少的行客，都像浮腫了身子似的，蹣跚彳亍，喪失了勇往直前的氣力。我也行客中的一人，只有汽車馬車，從身旁突飛過去，還得暫時把我的心臟震盪一回。前面就是半淞園；那是多年闊別的舊遊地呀！袋裏摸索了一下，還剩著幾毛錢夠賞賜我再去走一趟的機會。

　　走進園門，灣灣曲曲兜過去；約略認了路由，周轉環行一回；覺得風景和設備，沒有怎樣大的變化。就停在一片草地上，喊了茶佔據一個桌子。這桌子的地位，正當來往的要衝。坐在這兒，真像一架活的鏡框；來來去去的紅男綠女們，少不得要送到我的眼裏來反映一回。但是我的神經不很敏活，兩臂擱在桌子上，使全身的重心毫不偏倚；一雙眼隨著有規則的呼吸，而注視到人物以外的空無所有了。

　　對面迎上來一位少年，戴著緞制的西瓜帽，穿著深藍色的緞子夾袍；右手裏撐著一莖司帝克。他優雅地把身體略微俯仰一下，將司帝克換到左手裏；對我伸出右手來說：

　　「你是密司脫T嗎？許久不見了！」這人我一時記不起來，只是臨時像有鬼怪來驅使我，我也握上他的手回說：

　　「許久不見了！……」我便請他坐下，斟了一杯茶敬他，他也不十分客氣的應接了。他站起來，把椅子向後移動了一些，交膝地坐下。雙手捧住司帝克，他的臉兒送上來對正著我，撇頭對我說：

　　「你還記得那位江北學究嗎？」他說了，臉上現出一種希罕的微笑。這種微笑的容態，婦人在受領情人的貽贈時才得發現一回，不料他也有這一來；便立刻把我靈府開發了，把我的精神提高了；於是我緊接回答他說：

　　「記得，記得！」的確我一齊記起了，江北學究，是我中學裏同班
的同學。這位少年，是在我下一班的同學D君。我們在當時都很親密的
朋友；尤其江北學究，是我們朋友中唯一的趣人；我們在中學時代扮演
的喜劇，無他不成事的；我便問D君說：

　　「他現在怎樣了？」

　　「他死了四個多月了！」

　　「真的嗎，……他怎麼會死的？」

　　「去年年底，他喝醉了凍死的。」

　　「你怎會知道呢？」

　　「我在去年，介紹他到一家報館裏當校對員；他向來愛喝酒，你是
知道的！當這小小的校對員，一個月七八元的進款，那能滿足他的牛飲。
於是把棉衣，皮衣，質典盡了。在隆冬的天氣，還是穿著單衣。……這校
對的工作，總是延到深夜裏的。聽說那天，他老先生喝醉了酒，坐在校對
室裏；冷酷的北風從窗隙裏鑽進來，他抵禦不住，就此僵死了去的。」

　　「呀，死得可憐！他天生就的一副短小精幹的皮骨，誰料他有這
們夭折的結果呢？」我聽了D君的一番說述，忍不住在恒常懷舊的哀感
裏，撥起一種讚揚他的浪漫的死法；我於是轉悲為笑的，對D君說：

　　「江北學究畢竟是怪漢！他這一死，也值得我們紀念的。」

　　「最可紀念的，他在生理學大會裏的那種勾當；你還記得嗎？」
D君說了，仰天大笑了一陣；我想起這生理學大會，是我結合朋友的起
點，更笑個不住，連涕泗都直噴出來。過了一歇，D君自己斟了一杯茶
喝了，他摸出一方手帕，揩了眼睛，再把面上的脂肪質拭去，又整了眼
鏡；站起來雙手提了一莖司帝克，做出十分之三的拱手式，連說一聲：
「再會，再會，」的辭別去了。D君這一副光潔而帶有女性的舉動，使
我再想起當時的盛況。因為我們在同學的時候，我們曾為D君取了一個
綽號，叫做蘇州阿姐。他是蘇州人，說話非凡的柔嫩，他的舉動羞澀地
一點沒有丈夫氣的，他的臉兒光滑圓潤；自有人工所不能及的紅白相間
的色調；尤其叮人歡喜。現在他也長到成人了，面上雖是略帶黝黑的人
生的苦味；那種伶俐的風度中，可還存有一點當年的秀美哩！

　　說到D君，聯想到江北學究，是個很適當的機會。他們倆是仇敵，又是一個很好的對照。因為江北學究，在那時我們朋友中算他年紀最大；臉兒茶褐色的，嵌進一雙赤紅而烏黑的瞳子，活像一個城隍廟裏的火神像。他的頭髮過了三四個月還不想剪去，是一個最不潔淨最奇醜的人。他的手裏，一天到晚拿著一卷油光紙石印的小字的書。無論到課室裏，到運動場上，只管看這們的小字書。於是把他的江北口音，和學究行為合攏來，便替他加上了這個頭銜。

　　我的宿舍裏有四張床鋪，我占在靠窗的一個位置。對面是Y君的位置，但Y君的家離學校不遠，時時回到家裏，這床鋪等於虛設的。其他二張：就是D君和江北學究二人面對面的床鋪了。我和江北學究，雖是同班的，但先前是不相來往的，從第二年同宿舍了後，才有講話的情誼。那時D君，是新入學生，一切事情，都聽從我的指揮；這間宿舍裏，我的勢力比較最大的了。

　　有一天，江北學究偶然住在校外去了。我和D君在江北學究的床底下，發現一堆亂書，大約就是他平常手不忍釋的東西。什麼《七俠五義》呀，《今古奇觀》呀，《珍珠塔》呀，《野叟曝言》呀，《玉蜻蜓》呀，《紅樓夢》呀，《再生緣》呀；這些大小不一的石印小字書，總共有一百多本。我又把他的床帳掛起來，他的被褥大約有幾個月不洗了，一陣汗腥的臭氣，直沖出來；接觸到D君的纖弱的神經，D君禁不住驚退數步。我細細的翻起棉被來一看，床角裏塞滿了汗衣和破襪一類骯髒的東西。在枕子的底下，又發現一本像經過多人或屢次翻閱爛熟的石印小字書；這本書叫做《男女衛生必讀》。這時才始驚異他是一個不可思議的人物。

　　後來我們的脾氣，大家一天熟悉一天了。我們糾集了鄰近房間裏的同學，組織了一個生理學大會；推江北學究做主席，每星期六晚間，大家約了開一次會議。開會的時候，江北學究一個人盤坐在自己的床上；我們七八個人大家一齊蜷縮在他對面的D君的床上，敬肅地聽他說法。他說話之先，舉起右手來，把他胡髭拈一拈，臉兒仰向在帳頂上，作思索的神氣。D君每逢他做出這們形狀，總是笑個不止。而他神色從

容，敬待D君笑畢，然後提出男子生殖器的什麼，女子生殖器的什麼，男女……時的什麼，女子乳房的什麼，男子女子……什麼等問題。不但有詳細地說明，而且做出手勢來證實。他講畢了，就請我們發問。我們中間偶然有質問他的，他也不憚煩瑣，引了許多證例來說明。散席的時候，他下床來，正正經經的向我們拱了手說：「亂道，亂道！」像他這種工夫，至少曾在國會裏當過幾屆議員，或是在大學裏當過多年教授；我們沒一個不佩服他的。到了鄰室的參加的同學們，回了自己的房間；D君再把自己床上的被褥細心整理，這時候江北學究就放出強暴的手段來，抱了D君在把在床上，吐出強調的溫言說：「吻香，吻香，」那D君被壓在他的身上，也咕嚕地吐出蘇州特有的怨言說：「討厭，」「鬍子加長，」「勿要操喤，」……他這痛快地一來，等到D君哭出眼淚來，或是經我調解了，才始休止。

江北學究他雖然有這種伎倆，可是在平常，—除了會議與脅迫D君以外—他深藏若虛，毫不露過些微奇異的動作。在課室裏，總是用功聽講。在自修室裏，也是埋頭的看書。在走廊裏，握了一卷小字書，踱來踱去，像在深思遠慮以應變大事的一般。在運動場上，他伏在牆角裏，有時呆望足球戰爭的劇烈緊張；有時默認隨手所帶的小字書。他的學生資格的破產，就在一年將近暑假的時候。那天上數學課，他伏在課桌上打瞌睡；睡得太濃了，不知不覺地離了座位，顛僕到地上了。於是哄堂大笑起來，功課無形停頓。那位數學教員是有名的利害傢伙，綽號叫做活剝皮。看了這番情形，就跳下講臺，一手把江北學究拉了起來；這江北學究經他用力一拉，胸懷裏藏著零星的東西，一齊掉下來。內中有乾牛肉，花生米，香蕉糖，咬過的江北麵餅，和一本石印小字的《男女衛生必讀》。那位活剝皮先生，檢舉了一下，怒不可忍把這些東西沒收了起來；把江北學究推在課室的門外。退課了後，我帶江北學究收拾數學練習簿和石板等類送到他的自修室裏。我偶然把他的數學練習簿翻出一看：除了前面二三頁，夾雜地塗了些阿拉伯數字，和排比了些未完成的算式外；後面幾頁，儘是他在生理學大會裏所講演的節目，他的研究的工夫，比較當時我們中學校教員，怕有過無不及。可

惜在這一年的暑假時，被校長借了「品行不端成績落第」的罪命，把彼除名了。

秋天開學，江北學究照例帶了鋪蓋箱籠來校，不料被舍監先生覺察了，請他出校。他第一次自己去央求校長，收回成命；校長不答應。第二次他聯結了幾位江北同鄉，請他們到校長前說情，懇求；校長仍舊不答應。他這老練而胸有城府的少年，終於涕泣出校。一輛黃包車把他的鋪蓋和箱籠拖出校門，他尾隨著車子漫步前行。我和D君及其他二三位同學，因為和他有特殊的情誼，便送他出校門。大家都懷著稀薄的哀情，似乎失去了這位喜劇的主角，間接就是我們的不幸。

離這件事有二個月光景，我恍惚聽人家說，江北學究在學校的鄰近租了一間房了住著。我就打聽得他的地址，那天星期日，我和D君去訪問他；果然他住在狹小的胡同裏，一家某某藥廠的樓上。他住的一間亭子間，滿裝著許多藥料，和化學實驗的儀器的一類東西。我問他幹甚麼？他說，和這藥廠合股制藥。這事的來歷也很有味，他說，自從出了學校後，寄住在小旅館裏足足有半個月；在報紙上看見這藥廠招請合股制藥的告白，便投到這兒來的。我們訪問他的時候，他忙於弄化學實驗勾當，我們就此匆匆辭別。有過了二個多月，我和D君去訪問他，他住的房間裏照舊佈置，只是藥料更備得豐富了。他逢到我們，有種特殊的欣喜，立刻叫傭人到菜館裏喊菜來，留我們午飯。他說，新近在那本《秘術成功訣》裏，照做了一種補藥，銷數大增，因此賺了一筆錢。……酒菜端來了，我們伴他喝酒，他喝了一杯又喝一杯，這樣的連連不絕。口裏一面嚼菜，一面講些天南地北的話。我們不好意思辜他的盛意，便在這兒一同吃了飯。那時他略帶幾分醉意了！硬要D君同他去攝影；D君含糊地也不答應，也不拒絕，而他恣意的和D君糾纏。我們見勢不好，就此辭別出來；他睜出獰惡的兩眼來，對D君點了點頭；活躍出一種失望後的神情。

隔了半個月，我和D君，在他住的那條胡同裏穿過；他跨出門來招呼我們，我們便站在藥廠的門口，交談了幾句話。左面鄰家，走出一個年輕的半女學生氣味的女子；她背著我們走去了。江北學究指著她，拍拍

胸襟說：她和我很有意思，你們看，不久就要做我的……說話時，滿貯著一腔欣歡的氣態。其時將近寒假了，我們考試了便回家去，沒有去看他。

第二年的春天，我和D君到龍華去看桃花；在一處芬芳的曠野裏，忽感到徒步的疲憊；就向附近的一所古寺走去，想進去歇息一下。走進寺門，從甬道上踱進去，直到大殿上。我在仰首觀望殿上的匾額和聯對，D君把我的衣角扯了一下；我回轉頭來一望，有個和尚在側廂裏走出來，認真一看，是江北學究披著僧衣了。他招呼我們到那間側廂裏坐，一間小小的僧房，佈置還算素雅；壁上掛了幾幅古書畫，正中供著一尊銅塑的佛像。室中靜寂，只盤嫋著一縷幽香。我和D君坐在炕床上，他斟了二杯茶給我們，自己端了一張破舊的椅子，坐在D君的前面，和我斜對著；我便問他：

「你怎會到這兒來的？」

「事情很複雜，……」他低頭思索了一回，接下：「去年我在那個藥廠裏專了幾百塊錢，這筆錢都化在我左方鄰女的身上了。她原說要嫁給我的，等到年底，她聽說我虧本，沒有錢償去欠賬；她便斷絕我，不來理我了，……你想，虧本欠債還是小事，她這一來，真是氣死我呢！」

「那麼誰介紹你到這兒的呢？」

「那是我自己投來的，這裏有個老和尚，非凡的和善。我進來的時候，向他說明了這個緣由，他也詳詳細細盤問我一番。他聽得我會做文章，會做詩，很優待我；不當我小和尚看待，當我客師看待的。……這裏有四個小和尚，我每天抽出半天來，教給他們念《大學》、《中庸》、《論語》、《孟子》，還要教給他們念《梁王寶懺》、《大悲咒》、《目連救母經》、《血盆經》一類東西哩。」他說話時，似乎又起勁了。

「這些經懺你怎會懂得？」

「裏邊的字都還識得，不識有字典呢！」

「你家裏也許你幹這回事嗎？」

「不，我的父親還以為我在學校裏念書。……不過上回報紙上有我父親尋找我的廣告，我不去理他。你看見我的同鄉，也不要說起，這是你千萬不要失信呢！」

「那末你還想回到家鄉去嗎？」

「現在我不想回去，待有得意的一天，回去咄吒一下，……你知道嗎？像我在去年年底的時候，金錢也化盡，女人也拿不到手了；要是回去，少不得又要被我的父親痛罵一場。我輩負有才器的人，怎能受辱！萬一到了山窮水盡的時候，這條路是唯一的道路了……」他的講話裏，雖然保持著舊有的從容，但略微帶些老成壯烈的苦味了。他講話時，D君默不發聲的注視他；他也有時流眄到D君的面上；D君未免有些瑟縮恐懼之情，在他簡單的心情裏，被江北學究的這重不可思議的怪異佔據住了。就是我在那時，對於江北學究也懷著一種說不出的狐疑，竟辨不明白自己置身在鬼蜮人域的了。

從這次，他像在生理學大會散席時的，拱著手送我們出寺院道別，不久暑假到了，暑假後，我也休學，離開上海，和江北學究分別了足足有六年，和D君分別也快六年了。

江北學究和我友誼的分量中，只有遊戲的成分，原沒有深切掛記的必要。但是這次我聽得他死了，不知不覺地把他的故事重溫了一遍，竟忘記自己坐在半淞園的茶桌之傍。陽光微弱地將近暮境了，我像從迷夢裏醒回來，覺得中學時代的一切事象，和中天的陽光一同喪失的了，越想去越發渺茫。我便付去了茶錢，動身回去，低倒頭走去；沿著曲折紆縈的道路，穿了半天；什麼草池，亭台，池塘，仍沒有發見這園子的大門。又兜了一歇，走到江上草堂的廊下，才認識出路了。這時，恰巧D君在江上草堂，又來招呼我去一同喝茶；我毫不遲疑的和他並坐在炕床上。忽然想起江北學究在僧寺裏會談的情形，我的胸中被江北學究這人壓住了，我第一聲就問他：

「江北學究從前出家了，怎又返服了呢？」

「這人正奇怪！……我也不十分明白。我前年當新聞記者的時候，到龍華護軍使署裏去，訪問關於江浙戰爭的謠傳；無意之間，碰到江北學究，那時他在署裏當書記官的職務。他對我說，曾經上了一個條陳給當道，便錄用他的。原來他要想做個參謀，可是得不到手，因此鬱鬱不樂，天天胡亂地喝酒。不久江浙戰爭真的發現了，護軍使署換了一個人

來主持。他逃出來，沒有事做，便來找我，要我替他謀一件事情，那末我介紹他到報館裏當校對的。」

「不料他有這種神奇不測的智略！」

「你真不知道，他在戰爭的時候，曾經對我說了許多的方略，不是沒有意味的呢！那次戰事的結果，他也預先對我說過，後來果然中他的話呢！……我想惟其這般膽大妄為的人才，才有督軍督辦的希望。」D君說了，斟了杯茶給我，我喝了茶，仰臥到高枕上，D君也照樣臥下。天光略帶昏黑的了，尤其室中滿布著慘澹的氣象。D君吸著捲煙，一聲不作得像在默想。我注視著D君噴出的煙霧，心中的思念，也隨了煙霧而彌漫；眼前甚麼也看不見了。忽然像在暮靄和熙的一天，我和D君在龍華辭別了江北學究，走上歸途。D君左手把在我的肩上，右手握住我的左手，在議江北學究這人。這人正像鬼怪一般，使我們倆耽了不小的虛驚。沿途風聲，樹聲，田間麥苗的搖曳聲，都像江北學究幻出了的幽靈來追襲我們。暮色逼上來，漸使D君抖顫得不成樣子；他的頭部藏在我的懷抱裏，我挾了他狼狽一般的前行。

「天光真晚了，」D君把我這剎那間的迷夢推醒了。園中的遊客們，都連接地出園，我和D君也混在眾遊客的中間，徐步躞出。這時我對D君懷著一腔說不出的親昵，想要和盤托出的獻上去；待出了園門，D君匆忙地握了我手，道別了一聲；他毫不關心的躍上車子，飛也似的去了。我這無名的悵惘，也就像化在清水裏，結果只濕了些灰白色的愧惡，前路黝黑無光，一陣寒風，迎面吹來；冥冥中似乎聽得有人唱Charles Lamb的詩句：

> I have had playmates, I have had companions,
> In my days of childhood, in my joyful schooldays;
> All, all are gone, the old familiar faces.

I have been laughing, I have been carousing,

Drinking late, sitting late, with my bosom cronies;

All, all are gone, the old familiar faces.

在小時代快樂的學校時代，

我有幾個遊伴，幾個相好；

往昔面熟的一輩子今已去了。

我曾與莫逆的朋輩相對，

夜深痛飲，飛觴喧笑；

往昔面熟的一輩子今已去了。

六月二十日稿

【注釋】原載1926年8月10日出版《小說月報》第17卷8號，署名滕固。

長衫班（短篇小說）

　　離上海不遠的S城，是一塊有名的斯文優秀的地方。要問：這城周圍一百里哪一個人頂有名望？那末城內外的居民一定異口同聲地說：住在北塘街的那位活剝皮頂有名望！

　　他的本名叫做惠博平，的確，從民國以來S城的天下，一直捏在惠博平的手掌裏。就是城中那些有前程的人家近來一代不如一代的衰落下去，沒有一家可以夠得上他的。他在前清時就進過洋學堂，革過命，見過大世面。最近十幾年在家鄉做事，買田買宅，年年發財；夠得上做唯一的紅人了。現在商會董事是他，城董又是他；中學校是他辦的，救火會又是他辦的。還有甚麼積穀倉，施棺所，平糶局，電燈廠一類的機關，總是也有他份兒的。有些人說：S城若沒有惠博平這人，怕就要坍塌下來呢！

　　他的左右有兩個好幫手，一個是中學校的主事劉守勤，一個是中學校的監學唐通；這學校辦得有名，也是他們兩個人的功勞。惠博平和他們兩人親昵得異乎尋常，天天在一塊兒，簡直拆不開來的。

　　近幾天，惠博平紛忙得頭痛。他雖然向商家紳富籌得了五萬塊錢，送孫軍出了縣境；而北伐軍的到來，一天逼近一天了。他想，又要輪到一樁困難的應付了，並且上海已有過炮聲，波及到S城是極容易的事。那天晚飯後，他特地走到中學校，和劉唐諸人商議這件事。

　　劉守勤接他到主事室裏坐下。這是設備得很簡樸的一間房間，那些什器完全是土做的；就是電燈也幽幽的像失了它的舶來品的本領了。他們倆對坐在賬桌之旁，劉守勤像已懂得惠博平的來意了，他先搶上來說：

　　──我們要想想辦法呢；

　　──是呀，我也這末想。博平微皺著眉。

　　──照報紙上看起來時候快了。

——有什麼確切的消息嗎？

——說龍華有了便衣軍了，清早的炮聲你也聽見的嗎？

——聽得的，唐先生還沒有回來罷？

——大概九點鐘可以回到城裏來，他來一定有些消息的。

——等一歇看吧！博平站起來蹀步。

他們靜默了，守勤托著水煙筒在波羅波羅地抽吸，從他的臉上的皺紋看起來，顯然也蒙著一重心事。博平蹀來蹀去，雖然還不失閒雅的常度，而他卻也不像平日那般多說話的了。

校役阿棠，像喝醉了酒似的臉紅漲著，他闖進了一腳說：

——外面放過幾槍了嘞！

——什麼地方？博平停了足問他。

——在南門外，大街上的人都聽見的。

——怕又是那些地裏鬼罷！守勤放下水煙筒說。

——聽說觀音堂裏來了許多許多的鄉下人。阿堂的話裏有些抖顫。

——逃難來的嗎？博平瞅著阿棠問。

——不，聽說夜裏來開會，我們這裏的阿寶，小橘子，李長腳，這幾天也鬼鬼祟祟地不知道在幹些甚麼？

——你去找他們回來，前門後門都該當心一點，守勤走近門口對阿棠說。

——還有外面的槍聲究竟是那一類人攪的，你去望望看！博平也叮囑了他，他便唯唯地退出。

他們二人，又復坐下，博平歎息地說：

——軍隊走了，怕那些革字頭又回來了吧？

——哼，不是咯，早晨在橫街上我看見逃出過的昌茂里的小夥計又在忙碌著；這些人實在是殺不可赦的。守勤沉重地說。

——現在革命，是這些赤腳露膀的小嘍羅去幹了！你看我們老同盟會中有哪一個肯出來？博平重又慨歎地說。

——革什麼命，現在是共產啊！守勤說了，又把水煙筒托過來預備抽吸。

　　──看他們到甚麼地步？

　　──不講道理總是難弄賬的，看來也得要防備一點！守勤說了，房門一響，唐通衝進來，一頭揩汗一頭說：

　　──上海失手了！他氣喘得說不下去了，他是一個短矮的胖子，守勤給他端了一把椅子來，便湊近賬桌坐下。

　　──是嗎？博平也緊張了。

　　──什麼時候失守的呢，難道早晨響了幾聲炮就失守的？守勤也急急地要明白真相。

　　──火車斷了，我沒有往上海去，就在H鎮上打聽一下。聽說是今天失守的，畢庶澄的兵一起被工人繳械了；今天夜裏工人還要衝進租界。

　　──那末這裏也要快了吧！博平焦急地說。

　　──自然要快了。唐通肯定地說。

　　──究竟誰的軍隊這裏來？守勤插嘴進來問。

　　──軍隊嗎，上海沒有甚麼軍隊過來，閒話少說，H鎮上已揭起青天白日旗了。

　　──我們也來照辦吧！守勤點了頭說。

　　──我想趕快預備吧！唐通的呼吸還很急促。

　　──有這麼快的事！博平說了，又站起來踱步了。

　　──那個青天白日旗是什麼樣的？守勤問。

　　──藍底子，當中一圈是白的，周圍有八九個三角尖的。唐通一頭說，一頭用鉛筆畫了個七歪八曲的圖給守勤。

　　──這裏到底有幾個三角尖？

　　──我記不清楚了，大概有八九個，拼湊得整齊就算了。

　　──這個找盛司務去縫一縫吧，教他打開錦昌和的門，剪一點布就去辦好！博平站近守勤說了，守勤便拿了一個圖樣走出去，吩咐庶務員去辦理。

　　他們忙了一陣，又圍坐下來，唐通搖著頭低低的說：

　　──這回看上去很不好，我在H鎮遇見由C縣逃難來的管老老，他家裏的契書不管活交絕交一起給那些債戶逼討了回去。有幾家不肯拿出來的不是被綁就是被殺。

——這算什麼，長毛時代曾經有過這樣的事，我的太公就死在那個債戶手裏的，這都是那些地裏鬼出的花樣！守勤歎口氣說。

——照這樣看來，的的確確是共產的了，那末這裏也不會安全的吧。博平有些膽怯了，在他也會有技窮之日，這是他所不料的。

——萬一不妥貼的話，叫個船在白魚灣，再趁輪船到上海去避一避。守勤說。

——船要叫好的，因為這是急不及待的事！唐通附和他說。

——好的，就這樣辦罷！博平站起來欠伸著。

這時阿棠又闖了進來，慌張地說：

——不好了，不好了，縣衙門裏有槍聲，一群鄉下人去搶奪縣衙門了。小橘子，李長腳，阿寶，通通跟他們去了！

他們聽得了這個消息，毫不猶豫地一同走出學校了。

第二天，S城變了個樣子了。

阿棠跑出去一看，滿街滿市貼著「打倒活剝皮」的標語。他又跑北塘街的惠宅去探望，那些鄉下人捏了棍子把守在門口，裏面出進的人特別的多；像在搬家或塗抹桐油，總之已不像昨天的惠家了。阿棠看了這個情形，像在做夢。

這城裏的知縣官也沒有了，先前逃出過的那個昌茂裏的小夥計和其他幾個革命黨，都坐起堂來在審官司了。學宮變成革命黨的總機關了；觀音堂裏的佛像一起被打毀了；俞小舉人的家產被充公了；李三爺家裏的寡婦跟人出走了。這些希罕的事情，一一送到阿棠的耳朵裏眼睛裏，使他不相信自己已經活到五十多歲了。

阿棠回到學校，往牆壁上一望，那裏花花綠綠的又貼著許多「打倒活剝皮一等走狗劉守勤」「打倒活剝皮二等走狗唐通」一類的標語。這可好玩了，什麼時候貼的，他一點沒有知道。他遲疑了一回走進去，學校裏像在做喪事一樣的人們手忙腳亂地紛擾著。他剛走到天井裏，他的同事小橘子鑽出來，不問情由地將他的鴨尾巴樣的頭髮一把揪住。隨即阿寶，李長腳，也出來揪住他的兩隻肩膀，他窘極了，他喊著：

——朋友，不要吵，我曉得你們是革命黨末，算了吧！

——我們要和你算賬了！小橘子凶憤憤地說。

——你走啊！阿寶把他的臂膀扭了扭說。

——不要對他說什麼，只管教他走！李長腳對小橘子撅了撅嘴說。

阿棠被他們三人扭到一所飯廳裏，然後小橘子摸出麻繩來把他紮綁在庭柱上。他呆了，窗外有許多頭顱在探望他，有的在笑，有的在叫鬧？這似乎捉到了一個賊，一切觀眾都在揶揄他。他異常地難受，他憤憤地發出帶有抗議的聲音說：

——你們當我什麼呀，我有什麼不是！

——你這老狗頭，我要問你：活剝皮到了那裏去了？小橘子舉起指頭對準他的臉問。

——我不曉得，昨天晚上便看不見他的。

——還有劉守勤這寶貝呢？李長腳問。

——還有唐通那個混賬東西呢？阿寶照樣地問他。

——我都沒有看見他們，要是我騙你們，我是吃尿的。阿棠急了，他的說（話）裏帶些悲戚了。

——我告訴你吧，現在我們的縣衙門裏已派人去捉活剝皮了，捉到了就要槍斃！小橘子得意地說。

——那兩個，劉守勤和唐通捉到了也要拷打啊！李長腳湊上去說。

——你是什麼東西，你曉得嗎？阿寶說了眼睛盯著阿棠，他低倒了頭，頹喪地默不應聲。

——他……他是活剝皮的末等走狗！小橘子上前去把阿棠的臉托起來說。

——朋友，饒饒我吧！他瞇縐了眼睛，苦笑了一聲說。

——我們要和你算賬了！李長腳嚴重地說。

——問你：扣我們的工錢扣了多少？小橘子切緊了牙齒，獰獰地說。

——我是五個月給他扣了五塊錢。阿寶說。

——我也給他扣了七八塊錢了。李長腳說。

——哪裡，我扣你們什麼錢？阿棠淒涼地回答。

——還說沒有扣嗎？小橘子擎起拳頭，像要打他的樣子，給李長腳阻止了。

——不要動手，蘇先生對我們說過的；我們送他到衙門裏去吧！李長腳說。

——好，這樣也好！阿寶表示了同意。

於是小橘子把繩子鬆開，三人一同揪住阿棠，走出飯廳。那些似乎在趕喪事的人，一起圍集攏來看他了。他無可奈何的低倒了頭，默不聲響。一路走到了東門大街了，街上的人們也堵集上來看他了，他更畏縮著覺得無地可容。

——這個人綁出去要殺了！一個十幾歲的小孩子從橫街裏衝出來尖聲地說。阿棠聽了，心兒勃的一跳，抬起頭來一望，街市上的人們堆湧著不可思議的臉龐，有的蒼白得像死了父母或走失了兒子，有的紅腫得像野獸；總之，他自己不覺得還在S城。

從東門大街經過劉海橋，繞到青梅弄，這裏的街市冷落了。阿棠被揪著往前走去，呼了一口氣，他想脫掉，可是沒有氣力。小橘子揪他的背脊捏得格外利害，他的喉嚨被領口切著，幾乎要喘不過氣來了。他以為還在做惡夢，不自主地被夾在他們的中間朝前走去。二座大石獅子湧現到他的眼前了，一群人站在照壁前看告示；這明明白白是縣衙門啊！他想，他就要進去挨打了，吃官司了。他惶恐得眼前慢慢地暗淡起來，他頓住了臀部不肯朝前；小橘子把腿膝往他臀部上一頂，他僕倒了，他昏瞶得全不省人事了。

過了一天，阿棠覺察著自己被關在牢獄裏。這狹狹的一間獄室，三面是砌得密密的，向陽的一面，有些窗櫺透進光來。室中有七八個人，在歎息著，呻吟著。他從硬繃繃的木板上坐起來，前前後後探視了一下，看見惠博平的舅爺楊某和東嶽廟裏的管家和尚也在這裏，他的膽子壯了一些。他問楊某：

——舅爺，你也來了嗎？

——真算倒楣，天底下有這種事的！

——惠大爺呢？

——老早到上海了，你不要多嚷。楊某說了搖著手，背向阿棠。阿棠站起來走近那個和尚問：

——老師爺，你為甚麼來的？

——去講他甚麼？廟裏的田契一起給他們搶了去，穀物呀洋錢呀沒有剩一些兒！和尚一壁說一壁還在手裏搬數佛珠。

阿棠又看了看另外三四個人，他不認識這些人，但也是衣冠楚楚的長衫朋友；他們無精打彩地蜷伏著，偎倚著。他坐到木板上，歎了一口氣，自言自語地說：

——那些白衣人，短衣裳的人，會得到天下，真是十希奇裏又要加上一希奇了……他還沒有說完，便被楊某做出手勢阻止住了。

阿棠靠在壁角落裏描想昨天的事情，他像迷霧中走路一樣，一種昏昏沉沉的氣味，把他沒頭沒腦地裹住了，使他呼吸不來。那三個，小橘子，阿寶，李長腳的影子，湧現在他的眼前，他切齒地惱恨著。他的一隻赤紅的眼睛裏，不自在地滴出了幾點圓滾滾的眼淚。

又過了兩天，北伐軍到S城了，S城又變了一個樣子。

前幾天在城裏活躍的那個昌茂裏的小夥計和他一道的幾個革命黨，被軍隊捉拿去了。另外一些和革命黨一起的人，走得乾乾淨淨。這可奇怪了，城裏的居民這樣地嚷著，一樣是革命，難道他們自己當中革起命來了嗎？還是來了一批另外的革命黨？S城全城，沉在猶疑的陷阱裏了。

阿棠被放了出來，他回到學校裏，前前後後探望了一過，一個人也不留；只有牆壁上和室內的板壁上的那些標語，還簇新的貼著。器物，設備，一切都沒有變動。一面青天白日旗吊在操場的木杆子上，憤怒地飄著，幾乎要飛出去的樣子。他仰天癡望了半晌，腳裏便覺得輕鬆起來。他回到門房隔壁的那間房間裏，抽著旱煙在休息；他呆呆地坐了十分鐘的光景，就有商會裏的差役阿根尋到他了。

——來，來，阿棠，你快去找惠大爺，朱團長請他去談心。

——惠大爺嗎？他到上海去了喇！

──不，不，他早上回來的，你還不知道？

──真的嗎？我一點不知道，那末讓我去找吧！阿棠站起來像要走的樣子。

──你請他馬上就去，團部在東嶽廟裏。阿根說了，撲轉身體就走。他們二人，就在學校門前分路的。

阿棠手腳鬆酥，他走路簡直像跳過去的樣子，比往常快捷了幾倍了。他在街市上轉了幾個彎，不多辰光，便到了惠宅。

阿棠跨進門去，第一個就遇見唐通，他便問：

──唐先生，惠大爺來了嗎？

──來了，他剛出去了呢！

──朱團長請他去嘟。

──他原是到團部裏去的。唐通說了，匆匆地走出去；阿棠望了望唐通的背影，還是那麼地矮胖，他放心了下去。隨後他走到廳堂上探望，走了一轉身又到兩廂房裏去勘視；他覺得這些房子裏的裝扮，也像學校裏一樣什麼都沒有變動。他又走到東廂房，他發見掛的那框惠博平的放大照相，被打毀了，擱在壁角落裏。他彎下腰去一看，玻璃碎成幾片了，那張照相的旁邊，什麼人寫著兩行「懸賞一萬元活捉惠博平」。他便把它捲了起來，望壁櫥裏一塞。

阿棠走出來，跑到街上，慢慢地跺到昌茂那家醬園的附近，有一群人圍在那店家的門前，街道被阻塞了。他走上去，湊進人叢中一看，阿呀呀，什麼，掛著一個死人的頭！他吃了一驚，再上前去一認，那就是做革命黨的那個小夥計的頭，還有鮮血一滴一滴地掛下來。他忙急退出來，縮回去，轉彎到劉海橋，走進一爿煙紙店。他靠在櫃檯上向店裏的那個老頭兒說：

──真是難得碰著的，昌茂裏的小夥計殺了，你曉得嗎？

──是啊，聽說剛才殺的。老頭兒靠近他，答應他說

──那個頭掛在昌茂的門前呀！

──真是作孽，革什麼命，把自己的頭都革去了嘟。

──還不應該嗎？

──哼，你被他們關了幾天？

──關了三天，那個小橘子幾時我也要做做他了。阿棠說到這裏，有些憤恨。

──你看，你們的惠大爺來了！老頭兒望著街上說。

──他在團部裏會客啊！阿棠驕傲地說了，也撥轉頭向街上瞭望。

惠博平後面跟著劉守勤，一路悠閒地走過來，街市上的人們以為惠博平總是比自己巨大，沒有一個不想瞻望他的。尤其阿棠的幻象裏，惠博平的頭高高地直頂到天上，他的膊可以挾起街市上兩旁的房屋，但是他縮成像平常人一樣胳不高不低的身材，他不過多穿了幾件長衣裳。他走過來，走過煙紙店了。

阿棠瘋狂般的踱出了幾步站在階石上，饑餓地釘住惠博平的背影，一直望去，望到他轉了彎望不見了，他才搓了搓手，昂著頭，搖搖擺擺地往街上走去。他一頭走一頭嬉開嘴巴說：

──到底還是長衫班的天下啊！

阿棠說這一聲的時候，解放了的S城剛巧重又落在活剝皮的手掌中。

二四，一二，一九二九。

附注：內有幾句俗語：

1. 有前程的人家，指前清科第和捐監的人家。
2. 地裏鬼，指地方上不安穩的人。
3. 長毛時代，即洪楊時代。
4. 太公，即曾祖父。
5. 《十希奇》，是一種俗謠。

【注釋】原刊《現代文學》第一卷第二號，1930年8月出版，署名滕固。

睡蓮（中篇小說）

自記

　　這篇初稿，原來不止這麼幾頁，因為種種關係，尤其有不利於發行的衷苦。存擱在亂書堆中差不多一年有餘，連自己也記不起曾經寫過這篇東西。

　　這次遷移，偶然檢了出來，正巧芳草書店問我索稿，於是粗粗地把它看了一遍；並且把那些難以發表的關節和處所，一起刪削了去。所刪的部分實占全書的大半，所以緊縮得拼湊得不像樣子了。由量的減少而至於質的變色，雖然自己也覺得有些可惜呢。

　　這篇東西在十七年初春開始寫的，那時還在南京某校裏教書。那時期裏生活異常不規則，時而回到若干年以前，時而憧憬著未來；饑寒，奔波，憂患則環迫而至；尤可笑的，自己躍入那個俏皮的圈套裏，在無力地作似是而非的追逐。有一天，課畢，走到學校附近平倉巷一帶，站在枯了的高原上，遠山，林木，屋宇疏落地浮到眼前來，在那悲戚的色調裏隱著和自己不相諧和的微響。遼遠火車的汽笛當刺進耳朵時而車站，列車，車廂的一角，鐵道，長途也同時鑽集到心上。回上海去——才這樣想如同真的回到了上海，因為關於上海的近聞也被勾起了。於是抱頭回寓，開始寫這篇東西，但不久擱置了起來。

　　後來續寫下去，時寫時輟，在這一年的初夏才寫完。那時白塵來京，我便請他校閱，預備把它出售。白塵看過了後以為書店裏怕不收受，要是不修改的話。關於這一點即有幾個處所干犯得太利害，自己也就覺察了，只好把它再擱起來。

　　自己寫的東西最怕再讀，因為發見了粗率淺薄的時候，至少要連接三四天的沮喪；說到修改，更缺乏這種勇氣。不是有用的坯子到底不會成器的，這回刪削而不是修改，也就是這個原因。

為了沒長進沒出息終於淒然地投落在像退伍兵三個字的陰暗裏。過去有些像煞是歡樂的經驗之泡影，現在只留下冷冷的譏刺；當頭迎上來的無非是那個龐大的否運。這算不得奇突呀！寫這篇東西的時候，原沒有多大的用意，刪去多少，也可說是把罪惡隱匿了多少呢。

不自中意甚至羞與再見的這小冊子，論理早該毀掉，另外有些曲折當然更沒有附加或贅說的必要。

一九二九年七月某日　作者

一

太陽已經直對著向南的玻璃窗，窗裏的人似乎還在追逐消逝了的酣夢，懶洋洋地翻了一個身。於是一陣疲倦的吟呻和著銅床的網繃轉動底聲響，衝破了這躲在都會之一角的嫩弱的岑寂。她一手揉著朦朧的眼，一手在床頭壁上摸她特置的電鈴，在遠處果然起了低微清晰的鈴聲，隨後被一聲「來了」所截斷。於是門被輕輕的啟了，一個傭婦提進一隻火爐放在床前。

她又靜止地休息一下，溫度漸漸高漲了，傭婦替她披上大衣，才充分地表現她的暇豫，慢慢地（穿）著她跳舞襪。到下了床，傭婦才從衣袋裏掏出一封信，遞到她的面前。

——他昨天幾點鐘來的？她一邊看著信問：

——五點鐘。

——你說我到那兒去了？

——我說同女朋友出去了。

——你打水去。再打個電話到祁少爺公館裏；不在公館就在他的公司裏，說昨天對不起他，今天請他在家守我，我就來；再打電話叫部汽車來。

那傭婦即刻送上水來，又匆匆下樓去了。她便移動那綿軟無力的身體到梳洗台前。在梳洗台的鏡子與玻璃窗旁的著衣鏡及門旁衣廚上三個鏡子裏面互映出這間房子裏的一切。她仔細偵察牆壁上蜜色的灰粉與金色的花紋有無脫落，看那盞乳白大懸燈上有無灰塵；看壁上的鏡框，那

是外國上等金色木框配裝的幾位世界著名藝術家小像，在下面還簽了她不能識別的他們底姓名。這個是使她莫明地崇拜的偉人！她極審慎的看它的位置有無變更；還有一隻小而精緻的鏡框，是掛在較低的位置上，這個是他最愛的，據說那也是一個文學家，他穿著武裝，因為他同時也是個英雄，曾打過仗，所以他是那麼威武而又瀟灑！至於他的名字，是叫──啊！她似乎有些記憶不起了！她再看一切乳白或淡青色的木器上有無斑污，……

　　她洗漱了後，檢出香粉，香蜜，胭脂，眉刷，口紅逐件地在臉上周密地加工了一番，使那本來的些微缺憾隱藏到脂粉中不能辨別。然後又檢出燙髮鉗，傭婦來說一切都預備好了，她便急忙的要燙頭髮。

　　當她把一隻燙鉗舉在手裏，將要向頭髮裏插進的時候，通通地起了一陣樓梯響，響得有些怕人！那聲音是超乎尋常的急促，並且是忙亂；還有一陣呼聲隨著上來，逐漸近了，才聽出那是他弟弟的聲音在叫：

　　──姊姊！姊姊！……

　　她在鏡子裏看見她弟弟在那麼匆忙的面色裏滲露出多少欣喜，兩手背在身後，喘息著，微笑著，兩眼釘住她在鏡子裏的臉。意思是有一個使她急於要知道的事在他的掌握中，而故意不讓她知道的樣子。

　　──羽純，什麼事？

　　──你猜？

　　羽純撒嬌似的歪了頭問。他是個十五六歲的孩子，一副天真的態度還沒消失。他又背轉身翻開手裏的一張報紙假意地在讀。她將眉峰一皺，半嗔半喜的問：

　　──快說！到底什麼事？

　　──姊姊！羽純又笑了，停一停又說：──你說董愷沒有信息了，可是現在，他做了革命軍師長哩！

　　她似乎被這個可驚可喜的消息所控制著，呆呆地看著她弟弟的面孔，什麼也不曾說。羽純也這樣想，知道她是那麼驚喜了，他不願再用那種突如其來的話使她驚喜不定，便搶前一步說：

　　──姊姊，你看，──他送上報紙──這不是？我，也要去革命！

　　頓時他將年來對於革命的同情和熱望儘量地循流著自己的全身而至於要衝出脈膊的樣子：頭高昂著，腰挺直著，似乎力量也立刻增加了起來。可是他立刻又氣餒了，眼看著他姊姊的面孔轉得鐵青，死板地漸漸難看起來，接在她手裏未看的報紙，也被捏得沙沙地響。忽然她勒圓了一雙眼，把手一指，一張報紙橫飛過來，羽純急忙躲過。

　　——革命去？你去送死？！

　　羽純是知道她的脾氣的，見她發怒也就不再說什麼，只餘一肚皮怨氣，心裏莫名其妙地在胡思亂想：為什麼告訴她這個消息轉要被罵？然而不敢上前去問，默默地轉身退出了門下樓去了。

　　羽純去了之後，她將燙鉗擲在一邊，撲身倒在左邊的一隻沙發上，心裏一陣陣在跳，自己勉力壓制這個躍動，用手按住胸口，上身又伏在沙發的靠手上，眼睛抵住地面。在一兩分鐘之後，心的震盪平靜了，四周緊壓的空氣也像解除了；忽然那張報紙的紙角像它自己會爬動似的爬進她的眼角裏來，並且在那張紙角上放出奇異的光彩，像指揮刀的鋒芒，像勳章的輝光，又像……總之，那是有最大的吸引力存在著，尤其像吸鐵石而她變成一枝小針，她迷惑於那吸力的偉大，不敢也不知是不想反抗，便降服了，——自願被吸引了，於是她的手不由自主地觸著那紙角。

　　報紙握在手裏，心又勃勃地跳個不止，自己憤怒地用拳頭搥著自己的胸膛，跳動果然平靜了。展開了報紙，每一行字都爭先地擠進眼來，結果什麼也看不見。到彷彿看見那「董愷」兩個字時，眼皮又覺得沉重而酸澀，不敢開視，於是那兩字又一閃地飛了。大約又過了一分鐘，她驚訝地叫了：

　　——啊呀！

　　後來便聽不見什麼聲響，她默默地像個大理石的浮雕，一手撐了下頷橫臥在沙發上，一雙眼睛釘住了屋頂，報紙又慢慢地從手裏溜去，舒適地睡在她的腳前。這時她僅著一件蜜色羊毛襯衫和短褲，隱約地顯現出她肉的均勻，發達，而知道她是個健康並且具有都會女性魔惑力的女郎！但她現在被某一種東西所迷惑了，不過決不是因為看了報紙的關係，因為她自己決不承認啊！

——小姐，汽車，……傭婦立在門口，見了她的樣子，囁嚅著不敢說下去。

——不要！不要！！不要了！！！

傭婦有些詫異，小心地退了下去。她抬起頭四面去看，一陣空虛的感覺觸著她，恍惚有件什麼悲哀的事被提起了，**鬱鬱地想哭**；但是她不會的，她覺得哭是示弱，而她不情願示弱，雖然這兒只有自己一個人。於是她勉強地立起來，自己遲疑而在態度上卻像肯定的說：

——同姓同名的人太多了，那會是他？！

這是一種甜蜜的安慰，夠安慰她自己了，她又向梳洗台前坐下去燙髮。不過今天像例外地燙得不好。別的不說，就是那左額眉上的幾絲頭髮，也故意淘氣，平常只要將末梢夾在鉗內，輕輕捲幾捲放下，便自然成個渦旋，俏皮而美妙地貼在額上；今天，左燙右燙，總不成個形，不是那渦旋不整，便是下垂得過長，結果吊在眉上像一條蟲！

——娘姨！娘姨！她竟忘了電鈴，氣急地叫。

——小姐，什麼？

——汽車呢？

——汽車，……來過了；因為小姐不要，駛回去了！

——我不要？

她氣憤的問，但「要」字的末尾聲音逐漸緩和了，因為她慢慢地想起似乎有這麼一回事的。於是說：

——那麼，快叫它再來！快！快！！

——但他剛在來時就說，今天要請小姐付錢，因是賬過多了！今天還……

頓時不假思索，解下她手上的手錶。

——快！！快去當！！！

她皺著眉在房間裏來回踱步。

二

坐在汽車裏，她捉緊了自己的思緒放在那位祁少爺身上。在腦子裏刻畫著他的小影兒，摹模出他的漂亮，他的舉止，他的闊綽，以及對自

己的愛情……啊！確實的，在這裏，他是一個如何可愛的人！在這裏，自己是如何幸福的人兒呀！

她將向一切去驕傲，彷彿地她已成為愛的王國裏最尊崇華貴的皇后了！

──至少，我不是失敗在誰的面前！

於是她卑視一切地自己在這樣想。剛才在家裏的一切不安，煩躁，顛倒，都擲諸九霄雲外！你看吧，現在她坐在汽車裏是如何舒適而又表示出尊貴啊！再也不像剛才那麼侷促得如同猴子一樣了！抬頭向左首一看，──這個抬頭是這樣的：將頭微微一動，使眼睛剛剛從帽沿下透出一線，射到那兩扇鐵門上。其實，在別人或許還不曾見得她動過。像這樣端莊妙曼的動作，才足以象徵她底高貴呀！──果然是那兩扇黑漆金花的鐵門了，便蹬一蹬腳，同時莊重而輕巧俏皮地叫聲「停！」汽車便煞住了。

汽車夫來開車門時，突然一種背謬的思想襲擊了她，定教她想：假使這門口有兩個雄赳赳地持槍的……

──你去請祁少爺出來。

她不願意下去，這麼輕輕地向汽車夫說了，腦筋裏就又昏亂了，倚在靠背上，沉沉地將自己沉在一種特殊的氣氛中。不知是什麼關係，她突然似乎在心裏生氣，睜開眼憤怒地看著那個人，──我們猜起來當然那是祁少爺──在她聽見他叫了一聲「亞犀」之後。

──亞犀！你下來坐坐可不好？祁少爺又笑嘻嘻的說。

她，──現在我們也稱她亞犀吧，──亞犀一雙眼睛睜得挺圓地，似乎深怪他不應叫她的名字；然而叫她什麼呢？在這時候，就是叫她一聲小姐，叫她一聲女士，也還是會給他一付白眼的呀！那末還有什麼稱呼呢？「密司」也不是她現在喜歡的，「你」，更加討厭了，……或許她聽到「我愛」兩字會歡喜吧？不，那是火上加油地惹她生氣了！最後只有一個方法，我們把亞犀所接受別人對她的稱呼來看，那只有一個「睡蓮」了！然而要在這個時候，這個地方，這個人……叫她一聲「睡蓮」，這怕又是一件萬分危險的事？

　　是個初夏的晚上吧？在遠東飯店的屋頂花園裏，同董愷互相依偎著坐在籐椅上，面向著跑馬廳，看那幢幢來往的幾個疲瘠的人影，馬影，藏在那金紫而濃重的餘暉之下底灰暗而陰濕的空氣裏，一個一個向更遠處消逝了。看那最後行將為黑暗所吞食的幾絲霞光，也成為一付苦笑的色彩了！晚風因而將一盤冰似的月兒吹上來，在他倆一回頭時，世界頓然又全變了！董愷突的從身後摟住她的腰，如半推半讓地隨著他站起向東披風踱了幾步，兩個為一種無形的束縛所束縛住的潛伏力，不由地膨漲了！董愷低聲說：

　　——到房間裏去吧！

　　——現在這裏景致多好！下去做什麼？她故意裝作不理會似的說。

　　然而她隨著董愷走進了房間了。

　　在他們吃著咖啡的時候，董愷低聲笑著說：

　　——你先洗澡嗎？

　　她不曾答應，然而浴盆裏放好了水的時候，她一轉身赧然向董愷看了一眼跑進浴室去了。忽然又轉身探出頭來說：

　　——愷！不要來胡鬧啊！

　　就像哄孩子似的，董愷也儘笑著不答，門就輕輕掩上了。過不到五分鐘，隱隱從鄰室裏傳過一陣淅瀝淅瀝的水聲，在這水聲裏，含有無限的神秘底感覺透過他的全身。董愷興奮地站起來，鎖好房門，向浴室走來，他把虛掩著的門輕輕推開，她忙的把身子沉下水去，用兩手矇了臉，尖聲地嚷：

　　——不要來！不准來！

　　——你為什麼不關起門來？董愷更走近些說：——亞犀！你不要拒絕了！你這樣一身豐美均勻而合度的肌肉，正該給我這愛好藝術底人鑒賞啊！

　　——胡說！快出去！不要你鑒什麼賞！她將水潑向他身上。

　　——亞犀，不要噪，我說句正經話，——他真正經地說：——前天不是說要送你一個名字？現在有了！看你嬌盈盈地裸露在這清水裏，真像那六月裏的蓮花睡眠在湖水裏啊！就在平時，你那嬌憨嫵媚的

樣兒，綿軟無力的姿態……已夠像個睡眠著的蓮花哩！不要再說現在了！……我送你一個名字，就叫「睡蓮」吧！

董愷那時僅著了一件汗衫一條短褲，所以一會兒，我們便聽到水的相擊聲，肉的相擊聲，低笑聲，喘息聲，和斷續地「睡蓮」聲，……而漸歸於無聲……

況且，祁少爺又那能知道叫她「睡蓮」呢？

她這時多麼厭惡自己這個「亞犀」的名字啊！她便也不願想到那種美妙悅耳的聲音，那聲音夠使她心跳面熟了，那叫「睡蓮」的聲音。當然，這在她僅僅一瞬就逝去的憶想，她只有拼命地躲過，轉眼向車門口看，他正在鞠躬致敬地要請她下去。

——祁芳！你不要這麼嚕蘇！上來坐！

啊！剛才那麼想像不過僅是想像啊！現在，那些又一一地破滅消逝了！你看啊，他那種笨頭笨腦的樣子，既沒有一些秀氣，又沒有一些氣概！倘使同……就同一般軍人來比吧，那英勇的精神，和這萎縮的形態；那緊密合身的軍裝，和這寬袍大袖的長衫，那精神十足的軍帽，和這垂頭喪氣似的呢帽；那黑漆的皮綁腿，又光，又挺，又精神！和這輕軟無聲的中國死人式的鞋子！還有那重要的是背在身上的皮帶，那是一件更光榮更威風的東西……比起來末，就像一個是活人，一個是半死了的人！

——小姐！到那兒去？汽車夫問：

——問他！她氣憤地將臉一揚說。

祁芳悚然不知所措，本來以為她要降臨是再光榮沒有的事啦！家裏什麼東西都預備好了，只等候她來；不圖她既不肯坐，而又是這付嘴臉……小心地坐在身旁正擬唯命是從的隨她去，但她又這麼說。

——到卡爾登好吧？

——隨便！她還是氣憤似的說。

——那末，到……？

——好！好！不要再嚕蘇了！

祁芳默默地不敢再作聲。

汽車開動了以後，兩人默默地沒有話說，亞犀的面孔，就像特地來和人淘氣似的鐵青死板著；祁芳呢，拉一拉呢帽邊沿，遮了目光想壓制下那股說不出的冤屈，免得再碰釘子。可是他又怕，如此冷落了亞犀，將要受更大的釘子，囁嚅了半晌，又想忍住了避免碰釘子的危險，終於斷續地發出他乞憐似的聲音：

——亞犀，……你到底……為了……什麼？不要氣……

——為什麼！誰同你氣？

——好啊！你不同我氣就謝天謝地……

祁芳喜得一面脫了帽子，身子在不住地動，各部都要變換個位子才好，——換句話說，他因歡喜而想發洩地動一動，然而又無處可措手足！可是他的話不曾講完，他的動作正在變動中，……

——不要做這些醜態！

一團喜氣頓然變做一團怨氣！祁芳呢，目瞪口呆了。

三

車子向左轉個彎，不多時已停在卡爾登門口。亞犀下車後，不再像以前挽住他的手臂了，遠遠地離開著，似乎怕人認識她倆之間有什麼關係。可是偏在這時，她又瞧見兩個熟識的人：——凌華和盧月秋。月秋是自己的舊同學，凌華偏又是董愷的好友，她們之間全都認識，並且全都知道，……亞犀唯恐給他們瞧見，搶前一步，右手插進祁芳的左臂裏，並且轉身背向著他們去買了票，便直上樓去。她偷眼見凌華是進了樓下座位，一隻手才懶懶地從祁芳的肘下落下……

忽然那劇場招待的制服，耀進她的眼裏，引起了多少聯想：那耀煌的金絲線，那貼緊地配身的式樣，那兩排密密地鈕兒……假使，再加上武裝帶，指揮刀，軍帽，皮綁腿，……要更加威武，威武得像個師長……不，是像個上級軍官！假使，在他這樣一個威武的軍官懷抱中……

她幾乎要打自己嘴巴，這真豈有此理，為什麼要想起那些？！於是端端地坐正了，息心靜氣的看戲。片子是著名的茶花女，演員是范倫鐵和南津摩娃。當然，范倫鐵呓是她崇拜的對象之一，然而今天不能引起

她如何地崇拜，尤其是那麼沒志氣，專與女人糾纏，不能創立功業而頹廢的樣子，瞧了使人不快！你看他在《四騎士》裏是多麼英武地著起戎裝！……這些片斷的思潮慢慢地引她離開了影片，連帶想起樓下的凌華和月秋，剛才幸虧躲過了，不然又要提起他來！以前，他們倆時常在她家走動的，自從董愷去廣東，也就不常見了！並且，他們倆的認識，還是亞犀的介紹呀！啊！那是三年以前的事啦！在一個秋天，凌華隨董愷到亞犀家裏來，那時凌華是多麼可憐的一個青年！他失掉了他的愛人，他每天要跑到吳淞海濱上對著海水去哭；一天不哭，便要發瘋。朋友們的規勸，是沒有用；大家為他心焦，然而也徒然無益。董愷和他的感情在朋友中為最厚，時時約他和亞犀在一塊兒耍。可是每當董愷與亞犀濃蜜情話的時候，他又背著人低聲地哭了！倘使敵人發覺了，他便大發牢騷，數說他的愛人底過去，和他的失戀，不說到聲嘶力竭，是不會停止的。那一天，也正是凌華咀嚼著過去的苦味向董愷亞犀訴說時，適巧月秋來尋亞犀，他倆便因此認識了。月秋在一旁聽了凌華的失戀故事，也不禁為他滴下同情的淚。後來，他們漸漸地熟了，凌華的悲傷漸漸為月秋的溫柔賢淑的性情所軟化，並且知道對於自己的同情，於是他們就成了好朋友，……說到月秋的性格，亞犀不禁悲從中來了！

　　那時——月秋和凌華相識的那年的冬天，董愷因為事業失敗，境況十分潦倒。亞犀呢，不知為的什麼同他的感情也逐漸地壞了。據她自己後來說，也說不出為什麼就變態，大概還是因為她不能滿足自己的心意吧？何處不能滿足她的心意呢？這連她自己似乎也不得而知。總之，她是說他的性情有些兒變了，他的愛情不再如以前的深密了！在耶誕節的早晨，亞犀定做的一件大衣，要去取來；只是去取的手續上還有一百五十三塊錢要付，那一幕悲劇便因此而開始了。

　　——愷，你替我去拿呀！她的聲音是那麼嬌嫩的地說。

　　董愷是一時沒有答復，並且深深地作了一個悲苦似的歎息，然後說，並且也是那麼柔聲低氣地說：

　　——這次只能請你原諒我吧！我的境況……你……

　　——什麼境況不境況！乾脆地說，你去不去拿？不拿就算了！

　　她是那麼不情願看人家皺眉頭的，說什麼即刻就答應最好；要是略為遲疑一下，她是不十分情願的；倘使再皺眉頭擺苦臉，立刻要惹起她的氣來。當時董愷也不曾發怒，但他也不能忍耐，還要說話惹她的氣，真可算得是個苯人！他先在鼻孔裏哼了一聲，說：

　　——算了？怎麼樣算了呢？我以前也不曾……

　　——隨你！永遠「算了」也可以！

　　——永遠「算了」也可以？好！你能……

　　——好就好，就算了吧！

　　但是當董愷說「好！」與亞犀說「好就好」的「好」之間，其用意並不是一樣，雖然一筆寫不去兩樣的「好」字來。

　　亞犀並且又感歎地而忿怒地補上幾句：

　　——我說的，這不是一次了！你要發生什麼念頭呢？儘管明白的說呀！何必如此呢？哼！

　　董愷立時臉紅氣急地指著亞犀說不成話地說：

　　——你呀！你！……良心……

　　——放屁！她大叫起來：——誰沒有良心？你這樣誣辱我！你簡直不要臉！

　　董愷氣得面孔鐵青，他氣喘了半天，但不曾講出一句話來，就忿忿地向樓下跑出去了。（現在，我們要知道一件小事情，在前五天，亞犀初次認識了祁芳。）

　　平時董愷每天來的，從此一去有幾天不曾來過。直到二十九日晚上，亞犀預備赴跳舞場去了，忽然董愷掩進門來，但她在覺到之後，扭轉頭裝作不見。

　　時間經過了五分，十分，她慢慢收拾好，從衣櫥裏取出一件新大衣，轉臉向董愷說：

　　——董先生！你是知道我取出大衣才來的嗎？那末，你也該知道，我不靠你董先生也有大衣穿呀！

　　她並且加上一個毒針般的冷笑，然後頭一揚，裹緊了大衣，挺著胸走出門去。

──你不能再聽我兩句話嗎？

董愷就像忍著痛說。但她只哼了一聲，故意擺動腰肢，停也沒有停向樓下走了。當她坐上汽車，汽車開了有十丈遠，還隱約聽得後面有腳步聲在追逐似的。

到三十日，月秋來了，她請求亞犀不要再拒絕董愷，因為現在的董愷同秋天的凌華一樣，他在凌華月秋之間，正同秋天凌華在董愷亞犀之間。她請求亞犀想想凌華那時的狀態便知道董愷的現在。月秋更為她解釋董愷的處境，董愷的困難，然而一個字也不曾擠進她的耳朵。在最後，她回答她一個堅決的回答：

──遲了！就是再恢復，也恢復不了破裂的愛情！我們的愛是永遠地斷了！

三十一日月秋來了，更詳細地向她解釋，亞犀還是那麼回答。於是月秋說：「愛情是永久不會斷的！你現在以為永久斷了，將來還會牽連著哩！與其將來……不如現在不要堅決到底的好！」可是那時候一個字也擠不進她的耳朵。

月秋整整勸了她兩天，終不得要領，在十三年元旦日聽說董愷空著兩隻手奔到廣東去了！

現在更想起月秋的性情真好，那時她的話也很對……

於是心裏又一陣煩亂，不知怎樣是好。祁芳在一旁東一句西一句地問，她有時點點頭或答應一聲「嗯」，有時睬都不睬，有時她根本沒有聽見。不知在什麼時候，忽然電燈突然亮了，大家都騷動起來，她也就隨著人潮向樓下走去。不知不覺到了門口，忽然有人在叫：

──亞犀！

原來凌華月秋在門口招呼她，她便獨自跑過去和他們寒暄了兩句就要走開，唯恐他們要說出什麼來。

──我還有要緊事呢，你幾時到我家來玩耍吧！

──好，我明天來！月秋也順著她的意說。

亞犀一轉身鑽向人叢裏去了。

四

從卡爾登出來，祁芳知道要碰釘子，然而不能不問，湊上前低聲下氣地，和顏悅色地請教她現在到什麼地方去？所幸是她怕凌華月秋還在後面，很平常地——就是不曾在面孔上變什麼花樣地回答說：

——汽車呢？

祁芳急忙叫了一部街車讓亞犀上去坐定，然後很抱歉地說：

——出來太匆促了，不曾將我自己車子開來！……

——誰要坐你的車子！

可憐祁芳正同孩子吃到甜味似的忽又嚐到苦酒，不敢作聲，連到什麼地方去也不敢問。車夫回頭要問時，她左手一揮，車子便彎到靜安寺路上向東駛去。開到西藏路口，被對面紅燈一亮，車子停住了。她忽然想起大西洋好久不去了，便叫車夫開去。

實際上她真不知道是否是餓了，然而她不能使自己有一刻兒安閒，菜單子送到她面前的時候，她看也不看，便說：

——每樣都要！

——好，但我只要一個……

——什麼？你不陪我？

——不是，我吃不了……

——不管！

——好，我就全吃，我就……

——酒！

——好，多拿酒來！

——是，是，是！……

這當然不是什麼奇怪的事，在這時候她要吃酒。從五點半鐘直吃到八點半鐘，弄得杯盤狼藉，酒潑油濺，也算雪白的台毯遭了不幸，給她糟污的不成樣子！她就醉眼惺忪，倒在一隻沙發上，眼釘著一張名人像片連一瞬都不瞬，面孔是紅著，嘴是張著。祁芳坐在一旁默默地吃著咖啡，不時講一兩句閒話。這房間裏是這麼靜寂，門外有些低語聲，笑聲傳進來。

忽然亞犀搖擺地從沙發上站起，握了一個剩有一半白蘭地的酒瓶，高高而搖晃地舉到那張像片目前。祁芳忙搶住她握酒瓶的手，制止她再喝。但她用一付奇異的眼光看著他，一手擋過他的手，在嘴角上微微哼了一聲。

──你又不安穩了！？

祁芳無可如何，退到自己原位上，聽她發酒瘋。於是她嚴肅地，端正地，──雖然她身體有些搖晃，立在那像片目前，舉起酒瓶，喃喃地說：

── 我知道你是個英雄，……雖然你不曾穿上戎裝！……來，來，……我敬祝你一杯……美酒！

瓶口放在嘴角上，將酒向口裏傾，而有一半從口角上流到衣上，滴到自己的腳上。過了一分鐘，在她對那像片靜觀之後，又舉起瓶子，超過了頭，嘴裏又哼著「英雄……戎裝……美酒……」然後又喝了一大口酒。如是三次，半瓶酒已經喝完，才頹然倒在沙發上，可是還舉起空瓶子儘向嘴裏傾倒，似乎還有什麼給她喝到。

祁芳將一杯咖啡送到她面前，對她說：

──這是一杯甜酒，你喝吧！

──甜酒？啊！我的苦酒吃完了，苦盡甘來，可是？

祁芳胡亂回答她幾聲「是」，一面開發了賬，一面打電話喚了自己的汽車來，便催她走。那裏去呢？祁芳自己不知道，又不敢問她。想送她回家，又怕她生氣。結果聽她的便，開了祁芳的汽車，迎著寒風，在馬路上兜圈子走，經過三馬路，被一陣喧天的鑼鼓驚動了，她硬要到大舞臺去看戲。

在花樓上選了兩個座位，祁芳剛要坐下，她雙眼一橫，從鼻孔裏起了吼聲，祁芳乘勢欠了腰問她什麼。

──你坐？

祁芳更不明白她的意思，睜了兩眼向她看；她更生氣了，手一揮，暗示她的意思說：

──站在這裏！

這大概是因為要祁芳充任她的僕役吧，她無論如何不肯和他同坐。這次祁芳可有些兒生氣，但被她幾個堅決的命令一叫，再一想她是喝醉了，也就忍氣吞聲，敢怒而不敢言，筆直地立在她身後，像個男僕，引得樓上觀客全向他注意。於是祁芳眼向著戲臺，動也不敢動，四周都是鋒利的針芒啊！

戲僅看了一齣《天女散花》，到演《斬子》的時候，亞犀跳起披了大衣就走，後面跟著一個祁芳。

出了戲院，坐上汽車，再兜一個極其暢快的圈子，從三馬路到愛多亞路，直駛黃浦灘，再折入大馬路，時間已在十一點鐘後了。這時候在亞犀往常不過剛進跳舞場，今天像是忘記了跳舞場似的，儘這麼胡攪一陣，弄得祁芳頭昏眼花，身心交疲，實在有些忍不住，不得不再冒險問她的行止。所幸她的酒困被風吹醒了一些，不曾發怒地說：

——我……今天不回去了，……

——那麼，……旅館裏去？……

一個聯想引起他的沉潛的意念，乘機試探了一句，雖然是那麼戰兢兢地問，但其中抱有多少熱望啊！而亞犀竟這麼平常地，不曾思索地答他道：

——好！

在一天疲乏的最後，得到這最後的安慰也不虛此日的辛苦！祁芳的精神頓然煥發，順便叫汽車夫轉彎，那又是西藏路橫在眼前。車到一品香，祁芳要停，亞犀伸頭向遠處一看，忽然心中不知一陣什麼感覺，只模糊地蒙了自己的思考，向祁芳說：

——不！前面……

祁芳不知所以，怔了一怔。亞犀見他如此，立刻就要擺出面孔，還算他眼快，立刻向車夫說：

——前面！

車子開了不遠，忽然聽她一聲「停」！

祁芳才知她要到「遠東」。

五

　　一走進房間，雖然並不是那一年那一個房間，可是它的狀態設置與以前還相彷彿！這是一種難過的回憶，但有什麼法子？這時她的酒也醒了，被一種潛在的衝動所激蕩，她將那過去的輪廓存在腦裏，而隱沒了那清切的一切，她只想獲取那過去經歷上的一種快感，——僅僅在快感上，其餘的一切只好付之遺忘，可是在遺忘中還留著一個淡淡的追逐的陰影！

　　她如法炮製，使茶房去放了水，然後轉身向浴室裏去。當一手帶上浴室門的時候，勉力地向祁芳獻一個媚笑；但一轉身一股空虛的涼氣逼上心房，自己覺得有些噁心，剛才的熱望不覺退減了許多。所幸浴盆的熱水使她又興奮起來，而祁芳的頭也探進門來了……

　　這次她卻做了主動，這真使她自己非常難過。而「聊勝於無」的觀念緊握著她不讓放過，她就不得不被屈服。在祁芳，當然欣喜如狂，一隻發見了羔羊的猛虎似的恨不能立刻扯破身上所有的衣裳。可是這個形狀映進她的眼底，當然立即會生出一個比較，而得到一個結論。這個結論，是屬於不好的一方面的，就同适才一進浴室時一樣……不過，她立刻又興奮起來，勉力忘去這一些，向那過去上想，希望得些好的印象。這似乎可能的，在她深沉於那甜蜜的過去的中間的時候，她果然使自己更加興奮而忘去了現在。

　　但水聲觸醒了她的知覺，一個現實的肉體接觸著她，倘使她不是神經混亂的話，她會明白這不是理想呀！真的，她不曾神經錯亂，她明明白白的看見，明明白白的這是一個現實的祁芳！並不是理想裏那過去煙影中底他！同樣在一個比較下得到個結論，這個結論，是覺得粗俗，愚蠢，笨拙，醜陋……總之，她的理智早被一種心理所佔據，所以她滿感覺到一種厭惡！於是一陣噁心幾乎要嘔出她的心來，就同勉強吃一種已嫌其臭而不能下嚥的東西一樣。立刻之間，覺得他的肉是腐臭了似的，從身上將他推下。……

　　——為什麼？祁芳驚慌地問。

　　——我突然的肚子痛！有病，不能夠……她勉強地這樣說；並且爬了起來。

　　——這是怎麼一回事！快快穿起衣服吧！

　　於是亞犀不再作聲，跨出浴盆，撿起浴衣披上，抱了自己的衣裳向臥房裏去，順手帶上門，——雖然那外面並不能鎖起，她要儘量做到避躲的可能處。

　　祁芳走出浴室，亞犀已經披上大衣要走。他問長問短地不休，亞犀緊皺著眉頭不理，最後不耐煩地說：

　　——我現在萬分的難過！不要再嚕蘇！

　　轉身開門要走，卻被祁芳一把捉住。問她那裏去，她說回家，祁芳即刻去叫了部汽車來親自送她回到家裏，然後垂頭喪氣地退了出來，獨自坐在汽車裏在滬西冷寂的馬路上奔馳。

　　亞犀回到家裏，並不曾驚動誰，因為她每夜回來總是很遲的緣故，她自己是帶有開門鑰匙在身上的。進了門，就叫祁芳回去，獨自又鎖上了門，便向她母親房間去。在未進門的時候，聽見她母親同誰在講話，便在門外停了步。

　　——我以前就說過，他的相貌很魁梧，將來必有作為！唉，可惜你的……她的母親不曾說下去。

　　——雖然三年了，我還記得他的態度，他對我真好，就像我的哥哥似的……脾氣也溫和，我記得媽媽那次病了，他服侍了一個禮拜沒有回家哩！

　　在羽純的聲音之後，她母親又加上一個歎息，在亞犀心底深處也答應了一個歎息，立時眼裏熱辣辣地滴下淚來，似乎感覺到一陣孤寂。這樣她覺得自己太不中用了，便拭了淚推門進去，她的母親還在說：

　　——三年不見，……便做了師長……

　　——媽媽，你的眼眶怎麼這樣小！一個師長算得上什麼東西！況且是不是他還是問題。他那樣人，莫說做個師長；做軍長，做總司令，也不值得我一眼呢！以後請不要講吧！

　　她的母親當然料想不到會碰到她來，當時笑了笑，教她坐在床沿上——因為她母親是已經和羽純睡在被裏了——一面向她笑著說：

　　──誰要羨慕他做師長？不過羽純說起他，想起以前的事講些廢話；偏偏給你這個尖耳丫頭聽見！你當然瞧不起，將來你的……怕不是軍長也要是個……什麼長……

　　說得羽純格格地笑了。亞犀也很鎮定地，談笑自若，沒有一點煩惱情狀。不過年紀大的人，總有些顧前不顧後，一些廢話講講又要重複過來的，她的媽從問她的行蹤便講到起居寒暖，因而又講到疾病；從一般的疾病講到自己的疾病，而又追溯到過去的疾病，在過去疾病裏最足紀念的當然是董愷的看護。於是她又說：

　　──他這人真是不錯！想起我病的時候！……

　　這不獨是她老人家如此，在亞犀又何嘗不曾想起自己病時他那般殷勤的看護呢？她何嘗不是在心裏回憶著：「想起我病的時候……」呢？雖然她是那麼說：

　　──媽媽！不要再講那些！他的虛偽的態度多哩！那都是他騙人的手段！

　　她的母親又知道說錯了話，便頓口不言。房裏便靜寂起來。羽純還沒有忘記早晨的事，默默不敢做聲，亞犀也想不起什麼事，便興辭退出。出來後彷彿還聽見她媽在說：

　　──唉！想起我病的……

　　回到她自己的房間裏，第一件鋒芒似的觸進她眼睛的是那張躺在地板上的報紙。她恨極了，用鞋跟狠命地踏上幾踏，恨不能將這張報踏成白紙；並且使同樣的報也全都變成白紙，從所有看報人的眼裏。又看見那個小鏡框，一掌打在樓板上。這位外國也有名的會打仗的文人也算倒了黴！繼而自己安慰著自己，在說：

　　──這那會是他？

　　果然，這種安慰代替了安眠藥水；不過那僅是三分鐘的事，而這一夜，……

　　這一夜的詳情我們不要管了吧，免得煩擾了我們清晰的腦筋，因為那是她在無常地反覆著。只有一個簡單的報告，那夜裏，有一付死了似的呆板的肉體，儘帶著使人嫌惡而至作嘔的色調，儘晃在她的眼膜上一直到天明。

六

　　亞犀一覺醒來，同昨天的辰光差不多，歷歷想起昨天的事，彷彿一場噩夢。這噩夢像是過去的幻影，但真切地認明了現在，現在仍是那噩夢的持續啊！她不禁一陣顫慄，連起身的勇氣都沒有了，懶懶地深思那一切：將來究竟怎麼樣呢？這簡直使她自己害怕！將來好像是一枝大樹，她由這現在實際底一個枝上要攀上那另一個希望底枝上。但是，現在這個枝子，她既不願一顧，急欲離開；而對於那一個枝子又不願去仰求攀援，只望它自行降低下來！可是它怎能自行降低下來啊？……她可不要踏空而墮在地上？現在的問題，一個是到底要不要急急離開這個枝兒？一個是如何得上那個枝兒？——倘使不須自己去攀。

　　在一陣混亂之後，她的腦波裡依舊不曾得個結果。傭婦卻推門進來了，進來的使命，是報告有兩個客人來會。客人是凌華和盧月秋。

　　她急忙從床上起來，收拾了衾枕，撿藏了地上的報紙，便請他倆進來坐下。他倆來的動機，雖然是昨天無意中的約會，而另一件事卻不由地想借此來說一說，所以在他們談話不到三分鐘的時候，凌華便藉故地問：

　　——董愷最近的消息您知道嗎？

　　——他有什麼消息呢？亞犀一面用梳子掠著頭髮，很不經意地反問著。

　　——他新近任革命軍第×軍一師師長哩！

　　——唔！竟有這樣的造化？她說話的聲音是那麼輕飄飄地表示出不曾驚異甚至瞧不上眼的態度。再轉過身來，和月秋並肩坐下，向她問些別後的狀況，音調也還是異常的溫和親切。最後月秋又反問她一些狀況，便接近到那一個問題，而就這麼問下來了：

　　——你對董愷的事感想如何？

　　——感想？她的口音帶些滑稽：——這怎能發生什麼感想呢？我聽到這樣消息，等於在天上看見一朵流雲，在田裏看見一根青草，在街上看見一個閒人，在書本上看見一個普通的字，這是平常到無可平常的地位，教我發生什麼感想？月秋，你或者以為我見他做了赫赫師長，因富貴榮華而有動於中嗎？

　　──不，不！我決不是這個意思！

　　──那末，我不曾有什麼感想！因為自從他去了以後，我的態度，始從如一；不會因他做了一個什麼師長而就改變了我對他的態度呀！

　　月秋知道自己的話有了語病，即忙向她解釋說：

　　──亞犀，你千萬別要誤會，因為我另外有些意思向你說：在董愷到廣東去之後，曾有幾次信給他──月秋指著凌華。──在信裏他還時時問起你，同時他又說要努力奮鬥，所以我們想，他雖然是去了，他是不忘你的，並且因為你而努力！他是始終在愛著你呀！現在，他的努力已經有一步的成功，我們想你對於他將要諒解了吧？倘使你能諒解的話，那末你們的愛情將有復活的希望！我們倆，感受你們倆過去的熱愛與扶助，得有今日成功，無一日不想以同樣的熱忱使你們已破的愛情重新完整，離散的幸福再度降臨！……這是我們的一些愚忱，你當能諒解？

　　在這意思的本身怎樣，我們不去論他；但她的熱忱是可佩的，她的態度我們不得不被感動的；何況亞犀是身當其境！實在的，她是感動得要落下淚來，竭力忍耐著才向月秋說：

　　──這些事都是過去的雲煙啊！還有什麼說的？不過他，……

　　這真是難說，不能將自己的話推翻啊！她雖想用一個「不過」急轉直下，轉過自己的話，然而良心在人面前是轉不過去的，她不能不暫停一停，然後說：

　　──不過，他這樣奮鬥成功，在除了愛情從剩下過去的友誼來說，我贊賀他，祝福他，……別的我沒有什麼……

　　在這同樣的空氣裏，各人所感受的卻不同。凌華和月秋是感覺這個空氣過於悲哀，因為這是一幕悲劇！在亞犀，那又進一步多感一層痛苦和焦急，雖然她是照樣的鎮定安靜。

　　月秋還不曾消除了自己的意見，她說：

　　──不能這麼說，愛情與友誼有深密的關係！沒有友誼，愛情建築在什麼地方？愛情是友誼的昇華，他不是單獨發生的呀！你能保存對他的友誼，就能恢復對他的愛情！亞犀，你不要固執，我們倆願竭力為你們恢復……

——理論是理論，事實是事實！事情是不可能的呀！我和他的愛情是已經決裂過了，我不能沒有我的人格！

——這談不到人格……

忽然門開了，闖進祁芳來，大家便立時默然不作聲。亞犀用普通朋友的形式為大家介紹了，月秋致問似的向凌華看一眼，凌華也輕微地一笑表示答復不錯。再說了幾句話，凌華使了個眼色，月秋也站起告辭要走。亞犀再三請留，但他們恐怕有所不便而決定走了。房間裏就僅留下他們兩人。

——病好些嗎？

——……她不曾答復。

——今天怎麼樣？

——……

——怎麼你不睬我？

——今天請你不要來，快點回去！你在這裏僅給我一些壞的印象！……請你快點去吧！

——為什麼？……我沒有一點什麼壞意……

——一切不管，只請你現在走！

——什麼時候可以讓我來？……

——我會來看你……

祁芳頹然地去了。亞犀鎖上了門倒在沙發上去做她的好夢。……

這是可能的呀！郵差會敲開門，送來一封信，那是情書。三年愛情的破裂，再回一封信便又重圓。革命軍不久會到上海，革命軍裏帶來了她的愛人……她將可以出入軍中，千萬的士卒將向她舉槍致敬！榮耀啊！那起起英勇的氣概，著起那戎裝，武裝帶，皮綁腿，指揮刀……而擁抱！

唉！白日的幻夢，多麼容易破滅飛逝啊！

七

這兩天她完全迷惑了，將那幻象疑為事實，終日在盼望著。雖然在各方推想起來，許有實現的可能，然而無情的蒼天竟不能如她之願啊！

祁芳是不敢來了，凌華月秋以為來也無益所以沒有上門，她獨自在家靜坐，靜候那一個渺茫的好音。她自信，昨天那個問題不是不能解決的，那希望的枝兒會自動地低降下來迎接她的呀！所差的，不過是時間問題。

那天，在她的熱烈待期已將疲倦的時候，卻給她一個興奮。她隱約聽見樓下在問：

——有人嗎？……汪亞犀女士……

這一種口吻，她彷彿聽慣是郵差的老調，雖說她不常與郵差接觸，這是可以猜度得出的呀！況且，聽覺報告她，剛剛又發現一個聲音，那是腳踏車被放置時候，輪機和水門汀碰擊的劃然一響。這個，確實地證明了那來人是個郵差！倘若是郵差，她直覺到決定有那封信！不會是別人的信！似乎別人的信就不會在這時候來的。她一面答應著樓下人「來了」，一面急忙找圖章，因為她又推想到，那封信絕不是平信，不是快信就是掛號呀！那末圖章一定要用，否則跑下去又要上來，徒費時間信還是看不到眼，豈不著急？……凡此種種，她都早早想周到了！

——從什麼地方來的呢？她問。

——福餘百貨商店……

——什麼！

——福餘……

亞犀頓然如同被冰水澆身似的啞口無言，從匆促的在樓梯上下奔的步伐裏停止向下一看，那來人像變戲法一般一瞬間從郵差變做一個夥友！她再沒有那樣的興致，慢吞吞地踱到下面接受那人手裏的條子說：

——今天來做什麼？

——小號一向是陽曆計算，明天就是年底啊！

——哦，……共有多少呢？……

——您自己看看，是三百五十元……？

——你去，明天我送來！

她不管來人說什麼，轉身上了樓，一股怨氣無處發洩，因而遷怒到那個娘姨，她為什麼不去接過條子，使自己受個沒趣？拼命按電鈴，卻跑來個羽純，他說：

——娘姨去到王家送信借錢去了，沒有回來哩！

她淺淺地勾起一些愁緒，閉了眼睛在默想，不久樓下又起了同樣的聲音，她這次再不高興去接，因為在潛伏的希望裏，要是真的來，在不希望中而竟獲得，要更值得欣喜哩！果然，她不去接，羽純自會送上來了，不過，結果是一樣，曼麗西服店的帳單又來囉！

事實在逼迫著亞犀啊！她將不能不捨去希望而應付目前的困難了！就是他有錢有勢，錢不能現在用，勢不能現在施，有什麼用？現在目前唯一的問題，只要有錢；勢，現在用不著。那末，唯一的道途，是仍舊要⋯⋯

——唉！⋯⋯亞犀也深覺著金錢勢力之逼人而感歎了。

在向晚七點鐘光景，她降格地坐上黃包車來到祁芳的家裏。當祁芳驚異地握住她的手的時候，她就給他一個婉妙的微笑。當然關於解釋這兩日不見他的緣故，和使他重行恢復崇拜的熱忱底術數，她自有充分的修養，無須我們為她焦心。只要看她輕輕的幾句話以後，祁芳便心服情願的竭力奉承她，就知道她的術數是奏效了。雖然他不能儘量除去懷疑，而現在已使他無懷疑的餘暇啦！在她每一句話裏，都能夠製造出他一個新的歡喜，他就在這不斷的欣喜裏漸漸地墜入一陣薄霧中了。

——不過，我的煩惱是不斷的，在精神上的壓迫除去之後，會再來另一個壓迫的！唉！我永在壓迫的勢力之下掙扎啊！⋯⋯這就是人生！人生為的什麼？

果然激起祁芳的焦急，他一把拖住亞犀倚在自己的懷裏。

——我的好亞犀，你千萬別要再那樣煩悶了，你煩悶起來，第一是我倒楣！希望你將你的煩悶告訴了我，我總有方法替你解除的。你的事可不就是我的？

——哼！她微哼一聲，停了以下又說：——但是，⋯⋯

祁芳在聽她下文，而她不再講下去，眼瞧著那窗外夜色，很像不禁愴然欲泣的樣子；接著，又長歎一聲。

——亞犀，亞犀，你再不要這個樣子！你說，你說，你有什麼困難儘管向我說⋯⋯

　　──但是，這個我不能向你說，我情願擔負這困苦在我一人的身上！否則別人將以我為何人！我不能以金錢污我的人格！雖然那不過是一兩千塊錢！我也是在困苦裏過慣了的……

　　在祁芳聽了她的話的時候，我們不能說他直接就答覆出下面那句話來：他確也在心裏生些狐疑，就像對於路上乞丐數說他的痛苦時所生的懷疑一樣，但立刻被他的熱情，──或許是他那時不顧一切了──所克服，而說：

　　──啊！這也算一件什麼壓迫！老實說，我早為你預備好了！你為我而那樣耗費了許多金錢，理應由我負擔……

　　──請你住口！她像發怒地說。

　　──你不要氣……亞犀！

　　──你要明白，我並不是來向你敲詐的，你這麼說，你眼裏還有我的人格嗎？

　　──啊！我錯，我錯！──他自己打著嘴巴說──不過，這是我一點誠意，你不要誤會！

　　──你的意思，我無論如何不能接受！我預先聲明。

　　──是的，是的，不過以朋友的名義借給你……

　　──不要再講這些！走走！上天蟾去！

　　祁芳也不再向下說，披了大衣，開出汽車向天蟾去了。

　　至於這天到天蟾舞臺以後的事情恕不詳細敘述，因為她自己都不願回想，在那晚以後。在我也得顧全人家將近沒落的身份，所以不願多寫，讀者也許能原諒吧。況且這個故事還沒有講完，並不是寫到這裏就算完結了呢！

八

　　在清償了年底債務之後，那是十五年最後一日的晚上了，亞犀忽然想起明天是他去廣東底三周年紀念啊！安知他沒有信來不是因為自己預備回上海而不寫了呢？安知他不是要適在三年將滿的那一天回來呢？這麼一想，自然一夜的好夢直到天明！

　　天明了不久，她就起身預備出去，這簡直是從來所未有的事。驚得她母親跑來動問：

　　——你這麼早起來做什麼？你要……

　　——我有點事，您別要管！今天是陽曆元旦呀！

　　——陽曆元旦？哦！說起陽曆元旦，董愷，他不是這天去的嗎？整整地三年啦！她自言自語地說。

　　——怎麼又提起那個死人呢？他死也要死化了灰了，還說他做什麼？

　　她母親又知道說錯了話，默默地退去。她自己也就出門坐車子向黃浦灘去。可是到了黃浦灘，不由她不失望，她想：——他從那裏來？這許多碼頭？不得已去問旁人，據說今天飯後有一隻從廣東來的船，現在沒有。她又到北車站去，因為她想：——怕他已離開廣東？或許到了別處，不從海路來呢？

　　在車站上，下車來的人有如潮湧！她立在收票員的身旁從上午到下午一點鐘，並不見有一個像他的人。她又趕到船碼頭去守候，迎接人的，被迎接的確實不少，可是直到旅客下完的時候也不見有一個模樣相仿的人啊！最後的希望，是他已經到她家裏而轉在候她了。在這希望湧現之後，立即像是已發現的事實，忙坐上車子奔回家去。她從車上跳下，急忙踏進門去，各房間裏都找過，可也找不出一些變動，或者有一隻旅行箱。

　　可是她心還不死，他以前對她那樣地多情，那樣地迷戀，為了她那樣地努力，——月秋也這樣說——想來不會不來吧？是的，她似乎還有希望，希望是未來的事實呀！於是她每天看看報紙上的新聞了，知道革命軍離上海日近，她心裏的希望也似乎快要成為事實了。可是一直到知道革命軍實在已到了上海，一陣巨大的震撼，驚動了每一個人的心意；而她的他還不見到來，或差個武裝的護兵送封信來。但她還不曾怎麼失望，有時雖也有恐怕的思想，可是這不吉利的想像會立即被自己打破而仍奔赴在希望上。

　　報紙上再也看不到他的行蹤。後來只記載著什麼關於工人糾察隊繳械的事，還有許多什麼關於黨的問題也喧鬧著，因而使她失望到不願再看報紙了——不，不是失望，只疑惑他不曾來到上海，失望的是報紙上沒有他的消息，不如靜靜的守侯吧！

　　一天，春光透得充分濃厚的一天，再耐不了那無邊的寂寞，便一人出門在那滬西靜寂的馬路上漫步。這時，她不常去找祁芳了，除在有所需要的時候。所以她每每獨自的閒遊，倒使她期待的心歸於專一。她從霞飛路向東，預備到華龍路法國公園去坐坐，一個人聽著自己的腳步，看著自己的鞋尖默默前進。忽然幻想在她心裏打旋，倘使現在有個他和她挽臂同步著，那將成個如何甜蜜美滿的境地啊！倘不是為怕路人見笑，她想狂哭一陣，高呼一陣，發洩出她所有的抑鬱……

　　太陽已經西垂，約在四五點鐘的辰光，路上三五個閒遊的人，也像走向公園去似的，在疏閒地徐步。可是最惹眼的，是一男一女聯臂同行，但亞犀的眼總是不屑地向他們一顧，意思是：「要是他來和我同行，看誰的威風？！」而他們還是麻木不仁的沒有感覺……亞犀真覺又好笑而又好氣。

　　華龍路已橫在面前，便一轉身向公園的大門走去。迎面兩行翠碧的街樹將接連成一片了，夕陽映在樹葉上，就像灑上了一層金水。左首一個法國小學校的學生底喧呼，已隱隱逼近耳鼓，她略略注意，知道已走到環華路與陶爾斯斐路的交點上，她向西一看，倘使沒有汽車，她將穿過馬路去……

　　——那是誰？

　　就在向西一看的時候，因為什麼東西都沒有，——除了這個人——所以她注意到了。不然，她是不會注意這樣的人呀！因為拿他的身份而言，至少得著一套漂亮西裝才有被她注視的可能。雖然那人也是著一套西裝，只是一套蹩腳西裝罷了！蹩腳西裝的價值比不漂亮的長衫還要低！這是上海的實在情形：倘使一件嗶嘰夾袍與一身蹩腳西裝同時送進當鋪去，就使西裝比夾袍還要新些，可是當鋪裏的朝奉的手只顧接過夾袍而無暇顧及你的西裝！著長衫的人，就使袍子不十分好，但不見得

窮，因為中國人有錢不一定穿在身上的；至於穿西裝的假洋鬼子，沒錢時不會著西裝，著西裝是為的漂亮，西裝而不能漂亮，可見得雖想著長袍而亦不能，其窮也就可知了！亞犀注意到這位著躄腳西裝的朋友，那真是因為路上什麼東西都沒有的緣故。不過她一看之後，便舉步向對面去了。但據她腦筋上的印象的報告，這位朋友似曾相識，不過，「那是誰？」不由她不轉過頭去複看了一眼。

他那套西裝，不獨躄腳，並且破舊而污穢。一雙龐大的黑皮鞋，禿禿作響，表現出他的窮態也可說至乎盡矣了！頭上莫說呢帽，連草帽都沒有。頭髮亂蓬蓬的，至少有兩三個月不修剪了；嘴唇上下的鬍髭，毛刺刺地像一塊板刷，尤其顯出蒼老與困窘！領帶雖是黑的，可是已變做灰黃而歪在一旁；領子軟而且黑，像是舊貨攤上的東西！至於他的面孔，雖然蒼老一些，似乎還依稀認識……不過，「那是誰？」她盡低著頭想。

像在做夢，但她覺得不是在夢中，那末，思想真能令人迷糊，越是熟識的越想不起來……

——哦呀！

她忽然醒悟，全身突然顫慄起來。這是什麼一回事？真的？假的？這是真的！確定無疑的！那末報紙上……

她不由不站住了，轉過臉去再看一眼，確確實實地，那人也轉臉向她看著，並且是那麼認真驚訝而漸變為狠毒地向她看著，一雙黑大兇暴的眼珠真有些怕人！她慌忙轉過臉來閉上了眼睛，並且頭腦昏沉了半晌，再也不敢回過頭去。

她走了兩步，自己振作地揚起了頭來，吐了口氣，平靜了自己胸中底跳躍，才安慰著自己似的在心裏說：

——我原說，那個，那會是他？

她自己覺得全身舒爽了許多，一切的煩惱，從此可以永遠斷送，斷送得遠遠地不再死纏她了！她一點不覺得悲傷，就像一件因希望不得而煩惱的人，頓然希望斷絕，倒反覺得安然了！

不過她再走了兩步，忽然一縷抖顫的呼聲鑽進她的耳朵，像一隻細針似的只刺到她的心核上面：

──睡蓮！睡蓮！睡蓮！⋯⋯

那是多麼淒惻的聲音呀！

亞犀鼓著勇氣再回轉頭去，──啊！在那裏呢，那位穿著蹩腳西裝的朋友？

完

一八，六，二二，刪存。

【注釋】中篇小說《睡蓮》，1930年上海芳草書店出版。

小品（散文）

一、靈魂的飄泊

　　噴泉的濺沫，在空中四處亂射；一絲絲的陽光照著她，現出她的色相；她竟沒有容身之地。只有晶溶的一滴，堵在那張桐葉上，許多桐葉遮住了她。

　　夜來一陣風，把那張桐葉吹到湖中；那一滴的濺沫，立刻變成幻泡。隨那輕輕的波兒蕩漾著，西也西，東也東；她依舊沒有容身的地方。

　　無情的細雨，把那個幻泡衝得粉粉碎了。她便渾身在迷霧中，在半空不住的飄蕩。不幸碰到人的肉體上，立刻化成污垢齷齪。世間只吐棄污垢齷齪，她何處可歸根？啊，靈魂的漂泊！

二、歌聲

　　　　天上月，湖中月，

　　　　灣灣對對相連續。

　　　　相連續，做銀鐲；

　　　　套上我的小臂膊。

　　　　嘴吻吻，手摸摸，

　　　　千金萬金不願脫。

　　過去的背景上，長留這一片的歌聲。在沉寂的深夜裏，展開我的背景，覆在燈光的上面，拼命的回住到我十年前的生命裏。

　　白粉壁間，現出了一個個的黑影，是她嗎？是我嗎？是我的弟弟妹妹嗎？是一幅過去的背景。

一灣新月，掛在天之一角；我家門前的明月溪，還是舊時相識。江北船上的女兒，坐在船頭，正唱那哩哩啦啦聽不懂的歌聲。夜夜聽她唱，她唱得出神，我便喊了弟弟妹妹，衝到門前，罵幾聲「野人，野人！」

一天一天，一個月數個月的久長了。我們也造了一種捲舌兒的言語，學她唱那哩哩啦啦的一片歌聲。夕陽在山，她背了木柴回船，一頭走，一頭唱；她唱得出神，我們也唱得出神，我六歲的弟更加唱得出神。

一年年的過去，好比門前的流水。江北船還是停在我家的門前。那一片哩哩啦啦的歌聲，我們唱得比背書都熟了，她卻在私地裏唱，不敢張著高聲。

後來我們不聽得她唱了，我們一見她便唱，唱得她臉兒飛紅。但我們也就被媽媽禁止住了；因為她不久做我們鄰家的嫂嫂。

鄰家嫂嫂生的兒子，長得我們當時那樣大了。只隔了十年，歌聲斷了，我的生命之花也謝去了。在這沉寂的深夜裏，縛住我奄奄一息的靈魂，譜上心弦，流出生命的韻律；只有這一片歌聲。

三、旅中

她是一個可憐的少女，她是替我們鄰家守孩子的少女。「回去罷，寶貝！回去回去。」

我在樓上，差不多每天聽得她這種嬌柔的聲音；在下面狹狹的胡同裏孀蕩著。

今天我又聽得了，我的心兒沸熱得利害，有個魔鬼，來壓迫我寫了「你何名」「我愛你」幾個很大的字；在樓窗上張貼著。她頂足的看了一陣，她又退後幾步看；又像防別人看見，口裏無意識的喊著：「回去罷回去罷！」

傍晚我從學校裏回寓，總是懶懶地往席上躺下。但是一聽得她那種柔和而帶高吭的聲調，像是有意使我聽得；於是我立刻起身望她，她低倒頭不自然的和孩子玩笑。

　　她不常到這胡同裏來玩了。我幾次在街上遇見她，她立刻轉身望別處，面兒漲得飛飛紅的。

【注釋】該文約作於1921年，收入詩文集《死人之歎息》（滕固作集第三種），挹芬室1925年5月出版發行本。

生涯的一片——病中雜記 （散文）

　　自七月末，至十月初，我的生涯都在病中，既輟作日記，隨感隨錄，一本草稿簿上，筆跡紊亂，幾不能自認；念也是過去生涯的一片，重抄一過。以質同情者。自記。

　　回到故鄉二天，住進前後裝置不透明蠣殼窗的一間書室，覺得不自然，但呆呆的望著窗外景物；我的弟弟，正替我整理帶回來的書籍，翻出幾本畫集，放到另一桌上。他看我這樣無聊的神氣，對我說：「哥哥，你好久不回家，比生客都又生了！我知道的這一間書室光線不足，加上你頭髮長面色白一副病的面孔；當然不適宜的。」我一想，到也不差；但我先前預定的計劃，原要住鄉間，尋些田園的樂趣，所以不想到別處，況且父親與嫡母，都很歡喜我此次的回家。

　　書室中裝著五六架被蟲蠹的舊書；很想翻出些從前念過的詞曲書，但覆過幾位朋友來信後，再沒有心思去做；幾位堂房的弟弟，要來問我數學、英文；他們正預備入學試驗，而我則無意於此；只是就能夠回答的告訴了他們。一面靠到病榻上，一味的心焦，默默空想；在例身體不好，不該自亂其心，便用力去打消空想，越是打消，越是利害；手足漸有點冷顫，一陣陣的紅熱，渲染到臉上，這是第二次瘧疾發作的預兆。

　　流行感冒，我本不以為意，發過熱，依舊可起床；我現在正要嘗田園滋味，我小時候曾久嚐這種滋味，離家八九年，怎樣的甜蜜，早忘卻了！反從書本上，聽到人家講起田園的滋味，非常的渴慕，有時惹起回想故鄉，含著寫不出的悲哀。

　　今天清早，弟弟比我先起身，我也隨即離床而下；推開窗子，對著晨曦，作多次深呼吸，窗外空曠，一片生氣勃勃的田野誘引我，在這殘夏，使我不知不覺重溫 R Jelfrice 的《The Story of My Heart》裏的種種情與景。久矣渴望，居然現到眼前；他曾說：「早晨當推開我的窗

子，闖進了夏天柔嫩的空氣，吹得一樣的甜蜜情願。」氏為英國有數的抒情文作家；他的此作，人家與華滋渥士的詩比擬；我從前讀這書的時候，我每自想：再也領略不到他沒有領略的。書中是他的內面生活，與自然聯絡，可當自然療病法讀。Mitford女士卜居於Reading近旁；著Our Village；縱推為名著，我覺得卻不如前者的一往情深。因為他在自然的深處，抉出秘密的狂熱；強力地超絕自然，超絕皮相的生活。所以這部精幹的散文，──詩的散文──我們隨便翻出一二句念念，已足感到精神與自然渾化而為合一的了。

　　殘夏與新秋交替的時候；果然早與晚最涼爽。這二三天不熱，在家裏非常的寂寞；所以每晚宿於吟秋家裏的攬芳室。在暑假中有好幾位朋友，都宿在他家裏，看報紙，讀書，弄音樂；但能消歇萬慮。晚上正是「夕陽無限好，只是近黃昏」，此時，大家從洞洞橋兜過黃泥涇；或從真武殿兜過貞女坊，送夕陽歸去。未歸以前，曾與Y兄，在N大學樓上望落日；Y兄說：「在日與夜交替時的光景，是Evening最神秘的光景。」年年夏假，總有這等「斜日低山片月高，睡餘行樂繞江郊」的興致；前年還移住西寺中讀書，今年僧侶加多，太可厭了。攬芳室外，西偏有一花墩；玫瑰與鳳仙兩種，鳳仙漸漸開得大了，玫瑰卻已枯死。有人說：「相傳玫瑰是主婦，鳳仙是婢；一到新秋，婢豔於主，主便氣死！」在故鄉還能找出這種美妙的傳說，真是難得的。

　　我以為像這樣逍遙過日，決不會再發寒熱，可是我的病不是精神病，實在感受太深，又發熱了，於是瘧疾變成秋瘟。這時我的嫡母也病了，她身體本羸弱，年年到秋天發病；我利用暑假來服侍嫡母。自從我的親母死後，凡六七年，我覺得年年暑假，有多少日子守嫡母的病床；因為她也不欲我離開。親母死後，我才從夢中哭醒，認識母親之愛，幸而嫡母撫我如已出，使我一面感激，一面更悲傷。一到家中，感激便壓住悲傷，沉到心底，讓感激獨在我臉上支配。此番我服過二劑藥後便起床，陪嫡母尋出些故事講講。

　　今天嫡母能起床，到我書室，弟弟翻出一本Watts的畫集給嫡母看，嫡母要我講給她聽，這集中共有五十多幅；我順次講每一幅的本

事。嫡母最歡喜《使者》、《貧苦走進門來愛情飛出窗外》、《慈愛》
三幅。弟弟也找出《侍兒》、《浮海》、《所希望者》、《熱望》，是
他所愛的，我便拆下送給他；嫡母所喜歡三張中，《慈愛》印刷最精；
圖中聖母似的一個仁慈的婦人，抱三個小孩在她的臂彎中。本是很有名
望的畫，我以為可以在畫中，找出世間的母親之愛，便也拆下，裝入鏡
架，掛到我嫡母的房中。

　　昨天晚上從西寺回家，經過母親的墓；眼淚自心坎中淌出，再也忍
不住了！一灣清水，環抱鴨舌塢；不斷的嗚嗚咽咽，伴我揮灑枯淚；夕
陽自籬落間透入幾絲紅光，尤其顯出日暮窮途！我有時想，將心中藏著
的悲哀，到我母親的墓前，或可傾吐乾淨；心中所要說的一齊說出！到
今悲哀也吐不乾淨，所要說的一句說不出；但流著眼淚。

> Tears, idle tears, I know not what they mean,
> Tears from the depth of some divine despire,
> Rise in the heart, and together to the eyes,
> In looking on the happy Autnmn fields,
> And thing of the days that on more.
> 眼淚啊，流不盡的眼淚！
> 我不懂它甚麼用意，
> 它從聖潔的絕望之深處，
> 冒上心頭會流到眼底；
> 望歡樂的秋郊，
> 悵去日之不再。

　　Tennyson的詩句，何等真摯！所謂聖潔的絕望，孩子們失卻了慈
母，最配得上說。當初我每見人家，或小時的侶伴沒有了母親，總有一
種難說的特異的記號，很能引起別人的憫惻。我以為像我家中的母親，
很愛我，決不會離我去我，也永不會死的。那知一剎時便輪流到我的身
上了。這是受著運命之神，殘酷的鐵杖後，一條傷痕永不會磨滅的了。

　　西寺的晚鐘，一句句的送到我的耳朵裏！可惜我沒有Thomas Gray的天才，寫出三十多節《哀歌》；當時他在倫敦附近Stolse page寺院中寫的，他母親的墓也在那邊；據他的傳中說，自一七四二年至一七五〇年，九年間推敲而成。先給朋友間傳閱，次年二月六日，匿名發表於《雜誌之雜誌》。我知道與我同情者很多，將來當揮淚翻譯出來。

　　多年不經過海濱的長堤，今天送我的弟弟從弟去考試，而小時候記牢的村子石橋，一一現到我的眼前。長江的流水，猶是從前；村子石橋多無恙，獨我小時候的生命早沒有了；再想到海灘上尋些美好的礫粒，來壓破我的衣袋；或是赤足到蘆塘去！捕幾隻叫哥哥，徐徐蟲，有點不好意思罷。我沿路這樣想，愈想愈難受，而城市到了；母校赤赤紅的木牌樓，一見是舊相識。吾的弟弟與從弟，都進大教室去考試，我便與最敬愛的、七八年來從未忘記的一位老先生邵校長，談了許久。飯後，到監獄去看一位朋友，他因為文字緣故入監獄；與長髮垢面的罪人，住在木柵間；我從外面看進去，他們好像有點羞愧，有幾個女子，轉身向內；我想你們何必羞愧，何必轉身向內；說不定我們將來也要到木柵中住呢！這時便可領會得羞愧與轉身內向的意味。朋友對我說：「我住到這裏也舒服，而且大廣見聞；許多罪犯，我都和他們接談過；他們為什麼犯罪，我都明白；官場的臭腐，我親自嘗過；如果我完全講給你聽了，你定會驚駭失色喲。」

　　回到母校，弟弟從弟已考畢；我們到城西公園去，買了些水果食物，登上望見長江的土阜；一座草亭，比較我從前所見，好得多了！吾們三人，一面嚼東西，一面望望長江入海的急流；田野農夫的種作；長堤上騎兵的來往；這還是從前的一幅舊畫，不過從前沒有鑒賞的眼光，接觸較多，有了一種深刻的印象罷。吾們下山，到湖心亭中坐，湖中的荷花早殘了！卻有許多蓮蓬；記得我曾經偷採過蓮蓬的一日，我想尋出一塊木牌寫的「不許動手」，如今沒有；想起從前與我偷採蓮蓬的同學，有一位當小學教員，他將禁人家做壞事了。一位在公署中做文牘，一位還在讀書；在上海時我都碰見過，都很客氣，與偷採蓮蓬時，好像大家都換了一副面目。天色近晚，海風吹來，席捲過去的沒有生氣的回想，送給我們的涼爽愉快；我們便去找了車夫回去。

回來一個月快到了，前因朋友之約，曾力疾到上海一次，便回來
的。如今身體比較已好，要預備東行；在上海未了的事情，這時候去
幹；所以今天雨中到吳淞，訪孟龍兄，他也在病中。在他家裏吃過飯，
此日晚上，我已在北車站界路華傑兄的樓上，將就寢了，因為明天早車
回去。華傑談此次省會參與選舉的什麼，我無意聽此，也聽不懂。便翻
出從沫若處帶回來的詩集《女神》來看；華傑的話我早忘掉了。《女
神》出世後，我預料評詩者的視點所集，如果批評《女神》，我以為先
看《三葉集》，更覺親切。

前天從上海回來，又住到吟秋家裏凡二天；昨天與朋友到白沙去收
集舊書，沒有好的東西。從小聞名的陸清獻公祠堂，二黃先生祠堂，荒
涼滿目，不過使我發生多少景仰先賢的感興罷了。昨夜大雨，掛在吟秋
家裏的衣服漏濕，今天早上便回家；田陌不辨，一片白洋洋的水，赤足
回到家裏，碎了足底的皮膚；孤坐室中，翻出新買的《小說月報》看。
午後，我正在草堂前，看一幅《秋霽》的畫圖，葡萄棚的水，還一滴一
點的落下！明月溪的午潮，漲得與石橋成平面；石條剛浮出水面。地上
水沚，反射出微弱的陽光；楊柳梧桐，有意搖顫，我看得出神，弟弟喊
我進去，說是親戚來。

靜到我書室，她昨天來過；住伯父家裏，吾們雖是舅與甥，卻第一
次面會；因為她不常到我家，我自小作客在外。她告訴我的一件事，覺
得有記錄的必要，她講她的同鄉柯君，是我的老同學，我只曉得他從南
洋中學畢業後，與趙君同赴東京；趙君也是我的舊同學，後來趙君考入
千葉醫校，柯君因下汽車，跌傷了一足回國的。去年我在東京，他早回
國；我聞趙君說：他回國的原因，我很知道；不過外界多謠言，你聽得
嗎？我說沒有聽得；趙君說：那我也不必講，為他嚴守罷；總之是青年
的煩悶！當時我聽趙君的話，很奇怪，直到今天靜講了後，才明白的。
柯君未到東京以前已結婚過，生過一位女孩子；他在東京，與日本女子
發生戀愛；從前所結婚的一位夫人，本小時候定的，機械的他動的結
婚，起初不生問題，他到了東京後，才覺不自然痛苦。與日本女子發生
戀愛後，甚至自殺；跌傷一足，便是自殺未遂。靜要我決孰是孰非，我

卻不敢下斷。如今柯君在家，與夫人反目，並不認他的女兒；已成癇狂疾，還念東京的情人呢。

回家以來，因病間斷作日記，這些無統系的、糟雜的病中雜記，也多天不寫。前天又發了一個寒熱，但是東行的日子近了，頗以病為憂！病中諸多不能如意，又感受許多不快。此時陰曆已到中秋，弟弟自學校歸家，他寄宿到學校，不多時日，中秋放假，與從弟同歸，只是到嫡母前哭出眼淚；嫡母的病沒有完全愈好，聽得撫如已出的次兒的話，也不覺流出淚來，使我裝出歡顏來，去慰藉他們。

明天到上海，行裝都理好，八幡丸的船票朋友也為我買好了。這是出發的一夜，我坐在嫡母的病床之側，她對我說：「你此次到東至快須明年此時回國；我身體如此羸弱多病，恐不久於人世了。我要告訴你的：即我一病不起，你不必急急回家。前幾年你的姑母死時，冒雨夜歸，若是這樣，死者必不瞑目，雖死不安，你切切牢記。」這幾句話送到我的耳朵來，我怎樣的傷心，自己也寫不出來。所謂冒雨夜歸，頓時顯現我的眼前。在四年前的端午節，當時我在上海讀書，放假外出；回到校裏，得到父親雙掛號的來信，信角上有些火焦，我知道總有大不了的事情。果然說是姑母病危，趕速回家。我什麼都忘了，衝出校門，跳上電車，到北車站來不及買票，一直上車去補給。到吳淞時，天已晚了，又紛紛地下雨，我沒有帶傘，坐上小車走十多里路，衣服盡濕。到了姑母的家裏，知覺完全失去，涕淚、咳嗽、心悸，相並而發，連呼吸也沒有時間了。但我親愛的姑母已長逝，不及與她作最後的相見。——明天，姑母入棺，我親見她的死顏，她數十年的憂患病苦，一天完結！我但與表兄相抱而哭。

姑母早年寡。中年斷足，銜恨茹苦，撫我表兄，人間痛楚已備嘗了。她本是同裏陳起霞孝廉的女弟子，有文學的天才；當我父親幼時，家遭中落，祖父母早棄養，姑母實撫教之。我在小學讀書，寄膳姑母家裏，尤加意扶掖。她最期許我的，與先母一樣要望我成名立業。啊，啊，我先母死後，尚有姑母；其後遠出讀書，回家時必到姑母家。姑母多病，我坐床前，往往述曾祖的為人及我父親少年的刻苦來勵勖我，我

尤覺得愛我之摯。所以一聽得姑母病危，亡命的奔回，再不管雨與夜了。從此我周圍可愛的花朵，一一謝了；留我孤獨者飄泊者。可憐啊！

　　此行約孟龍同上八幡丸，二十四日出發，我二十日到上海，與從兄汲孫表兄紀勳同住在旅館裏。有幾位朋友須辭行的，也會過了，買的東西，也一齊弄好；這三天與初回上海的時候正彷彿，東奔西走，不忙而忙；但不足為奇，吾們自小出門的，也算慣了！這時我覺得快些到東京，安心讀書，好比東京是我的家；我的家是暫時寄宿的地方。家中有許多不習的，不相識的父執來了，不相識的親屬來了，這都使我舉止不自然，不比平時與相知的朋友，可以不拘俗禮。所以我想凡人久作客的朋友，比父母兄弟還要親昵；我此次在家，病中不見朋友，最使我孤寂；有許多話，未必盡可對父母兄弟說的，只能對朋友，有朋友安慰，比較父母兄弟的安慰，卻靈效得多。

　　昨夜太晚，不曾去會孟龍；先前說好船上會見，今天黎明，從兄送我上船，只見朱君送我們的見在甲板上；他說：「孟龍來過，他以為你不上船了，一個人嫌寂寞；所以回去了；東西也打回去了！」說定船上相會，此時深悔昨夜不去會面；朱君又說：「你怎樣，下次行罷！」我說：「我不怕寂寞，一個人也無妨的。」與朱君、從兄道別之後，回到艙中，早上船的睡得正濃；我來太晚，艙中位置擠滿了，還剩二個，貼「日本人室」四字，闖進去住罷，以後再商量。到出發的時候了，他們不來，我便舒服的占了二個位置；從窗洞中望出，浦東吳淞，次第經過；吳淞是我的家鄉，直望到望不見。從手箱中攤出愛讀的書籍去營孤寂的生活！午後拿了一本Symons的詩集，走到甲板上；海天風景，別有感人的地方。

> The loneliness of the sea is in my heart,
>
> And the wind is not more lonely than this grey mind
>
> I have thought for thoughts,
>
> I have loved, I have loved and find
>
> Love gone, thought weary, and I all, left behind.

The loneliness of my heart is in the sea,

And my mind is not more lonely than grey wind

Who shall stay the feet of the sea, or find

The wings of the wind? Only the feet of mankind

Grow old in the place of their sorrow,

And bitter is the heart

That may not wander as the wind of return as the sea.

　　沒有一個人與我談話，沒有人接近我；他們有的吹哈謨泥笛，有的帶望遠鏡望海景；我是只管把Symous詩集翻讀；一篇《海上之風》！引在上面！念了幾十遍，便覺得他的詩的好處；他的經驗，再現到我來，變成我的經驗；他集裏不少海景的詩，有許多不容易在字面上去理解，只能意會而得。我最歡喜他的真摯沉鬱的「哀調」；他以評論出名的，但他詩的位置，在英詩壇上，早與愛爾蘭夏芝相並；他的評論遮蓋他的詩名，猶夏芝的詩名遮蓋評論。

　　微弱的陽光，漸漸沒入祖國的一方；當「已涼天氣未寒時」。我還戀著這晚景；他們都歸艙，我還獨坐著。哈謨泥笛的聲音，在艙隙中透出，讓我讀罷了Symous的《海之黃昏》一詩，歸艙去罷。

The sea, a pale blue crystal cup.

With pale water was brightened up;

And there was seen on either hand,

Liquid sky and shadowy sand.

The loud and bright and burning day

Charred to ashes, ebbed away;

The listening twilight only heard

Water whispering one word.

　　昨晚風浪稍大，同船的人都嘔吐大作，寢席不安；我更利害，今日還不敢下飯，臉兒火赤，很像舊病復作；便將所帶的痧藥水，飲了二滴，稍覺安神，但不能起身，倚在吊床亂翻書籍，一本裝訂精美的Symons詩集，吐了許多米飯，很可惜。此時無意間晤美術學校的陳傑君，我正苦寂寞，便與他閒談，不覺精神為之一振；他對我說：「你靠在吊床，一副病容非常美好」；我便教他畫了一張Sketch，這是海上之病的紀念；我那邊還有幾種畫集，羅拿阿爾的人物集；勃來克的詩畫集；竹久夢二的詩畫集；大家翻出，看了許多頁數，他同船的朋友很多，去應接別人了。

　　讀書也沒心緒，看畫也沒心緒；只是從圓艙中望出一片青黑色的大海；日光浮於海面，時作銀波，天與水相接線，上下莫定，船的傾側也可推測了。海面的日光，時時反射到我眼裏，使我不可逼視；浪的濺沫，從圓洞口噴入；我胸中的思潮，也漫漫湧上，Wilcox與海同樣的轉側不安。──彼岸──海底──幻影──實景──有什麼不可思議！我疑想；我不是人，一個無意識的動物，海水日光來顫動我的感覺，生、死、自然，完全不瞭解！

　　前幾次海行，最歡喜無邊際的大空，但裝著一片明月；Wilcox的海與月之詩，還能背誦；今夜不能領略這風光，有疲憊衰病來阻遏我反對我，再沒有法子想了。

　　兩天來風浪既平，我的感冒也退；今天船到門司，醫生檢驗我的糞便，說是傳染病；又二次診我的脈，又說不是，便許我不入醫院；我大部分的心事從此解消。挾了一本素描簿，畫了幾張遠山帆影，模糊的工廠。幾個同船的人，被醫生強迫上岸入醫院，我對此不得不自慶好運，便與陳傑君將所帶的食物，互相大嚼，興致格外高。大約病魔也有天良的，出門時病癒，到門司時病又愈，都是它的恩賜嗎？

　　一卷德國近代詩選集，一面嚼食物，一面翻幾張海洋詩讀；在寂寞無聊時，我總以為有書有畫伴我。還能自慰；海涅的海詩Das Meer和緩寬漫，最容易感動人家。他詩集中海洋很多，他幼時與父母浴於海水，瞥見海洋，因此得偉大的感化；其後在北海濱，觀察漁夫的生活，海之

千態萬狀，非常的詩情，因此喚起；他的熱愛大海，由這七節海詩中也可窺見一斑。原詩太長不錄，只將日暮倚窗所朗誦Dehmel的《夜前曲》，錄此以破海行的岑寂。

> Im groszen Glanz der Abendsonne
> Schanert die See; sacht steigt die Flut.
> Im groszen Glany der Abendsonne
> Ergreift auch mich die weite Glut.
> Im groszen Glany der Abendsonne
> Branst immer fenriger mein Blut;
> Noch steigt die die Flut-
> Im groszen Glany der Abendsonne.
> 在夕陽的餘輝中，
> 海顫動著，漫漫的汐潮高湧；
> 在夕陽的餘輝中，
> 捉摸我更大的情熱！
> 在夕陽的餘輝中，
> 我的血喧鳴漸強烈！
> 依舊汐潮高湧──
> 在夕陽的餘輝中！

Dedmel為德國近代詩壇的奇才；他的詩很是技巧的，在這首詩中四用「在夕陽的餘輝中」句；可惜我貧弱的讀詩力，不能狀其萬一。

黎明，陳傑兄推醒我，說是神戶到了，他們都忙的理行裝；此時船行甚緩，我走上甲板看日出，仍是「日光漏出曉煙飛，海自橫流山自在」的光景。都會的風，從海岸上吹來，只覺得煩亂；隨即整理了行裝，急待上岸。既上岸便與陳傑兄到田中屋旅館休息良久，幾天來的疲憊，實是難堪，飯後仍是靜養，我所視為畏途的自神戶至東京的夜車，即由此時出發。

　　夜間天氣很涼，身上裹著絨毯，身體既是疲倦，偏不能睡著；倚在窗檻但聽車輪有規則的轆轆聲。陳傑兄有時睡有時醒，與我同感疲憊；每遇車停的站，買一壺茶嚼冷飯牛肉，精神稍振；要是看書，眼又模糊，向同坐的日本人借張報紙看，也沒心思。同坐的日本人，他是茨城縣人，當中學教員的，但他操的言語大約完全是土語，所以我不很懂他。他當我是朝鮮人，我連說幾次中華民國，他茫然，大約他只懂支那兩字，所以我不願與他談話了，報紙隨即奉還。車到京都站，我便買了汽水兩瓶，水果糖物多種；沿途嚼沿途吃，以此度長夜。晨曦上窗，便知東京快到了，揭開窗簾，望田野風景與車行亦行的富士山；此刻反想睡一忽，但已沒有睡的時間，因到（東）京不過三五站呢。

　　到東京算有三天，昨日從學校回來，到壽昌處取回幾種詞曲書，壽昌留我晚飯，我覺得手足冰冷，以為少穿衣服的緣故，便向王幾道兄借了一件絨衫穿在制服的裏面，仍是不暖，頭部發熱，知非好兆！便辭別步至早稻田終點；約二里路，沒有變動，拉上電車，車中人早滿了，幾無插足的餘地！行至江戶川，眼前已暗，什麼都不見；向窗外一看，稍稍清爽，連忙下車，坐人力車到寓。當夜發了一個寒熱，今天仍在病床，二年來沒有疾病，自己莫名其妙，這幾月中都生涯於病中的光陰。說是不注意衛生，那也未必，我覺得格外比平日注意些；說是舊病，前也曾服過幾劑湯藥的。如此看來，真怨無可怨；況此刻比之在家患病，更是加上一層痛苦！

　　所帶有限的金錢為讀書的，因此不願意入醫院；自己翻醫書，自己嘗藥；寓主搬上的食物，都是病人照例忌憚的東西，只好餓了肚子罷。要歡喜東西教他們弄了，可惜月底開賬時的大破產呢。蘋果生梨嚼嚼，也可過去客中病的生活。今晚寄凡為我請了一位醫生來，醫生說無須嘗別的藥，明天午前嚐幾粒金雞那便可起床。這是仍舊自己的法子，晚餐過後，精神更不鎮靜，熱亦不退。枕邊一卷吳漢槎的《秋笳集》、納蘭《飲水詞》、朱古微的《彊邨詞》，翻翻讀讀，總覺沒有多大興致；而且自己存一種責備：翻了中國書，自己便說：你怎麼不看英文日文書

呢？翻看了英文日文書，又自己說：你怎麼不去用功德文呢？一直翻外國文書，自己又說：你但知道外國文，自己國裏的名著怎麼不去看看呢？其實這種責備，非常矛盾的；畢竟再翻開《秋笳集》朗吟，將他流離哀叫，來安慰我的客病纏綿，也可說是得了一個知己。今天雖是不再發熱，但頭部尚未盡涼，所以不能起身；勉強又作了四封復信，已很疲憊；晚間方君來，我請他借幾種消遣的書，他只帶來一本《茵夢湖》，郭沫若錢君胥所譯的。覺得作者輕描淡寫，似乎一點不用力，而讀者感人心脾，真是不朽的著作。

　　《金樓子》裏有幾句話：「翠飾羽而體分；象美牙而身喪；蚌懷珠而致剖；蘭含香而遭焚；膏以明而自煎；桂以蠹而成病。」我將添上一句：人有聰明而自苦；凡物有一長，便有不利，頹廢的原因，大約起於此處嗎？我今日不知道為什麼作如是想。「深夜的都會，空剩疲倦的車聲！」

　　深夜不得睡，無論什麼聲息，都感徹心髓；病人的神經過敏呢，還是聲息有意觸動病人？窗內的時計聲，窗外斷續的車聲；時計正是健旺的鞭策「時光」，可是車聲卻像趑趄不前的哀叫；我知道御車的人馬，與病人同感到不可說的苦痛，不自然的呼吸。

　　「舉頭望明月，低頭思故鄉。」李白的《靜夜思》如此說。十八世紀英詩人Edward Young有一首名詩Night Thoughts，也是《靜夜思》；這詩很長，我尚記得幾句，都是我們心頭舌底的話：

> The bell strikes one, We take no note of time—
> But from its loss: to give it them a tongue
> Is wise in man, As if an angel spoke,
> I feel the solemn sound, If heard aright,
> It is the knell of my departed hours.

　　他開頭這樣說，何等感人，又況親歷其境的病人呢！最奇異的是夢境，這詩中所描寫的夢境，我也神遊過的。他說：

While o'er my limbs Sleep's soft dominion spreads,

What though my soul fantastic measure trod

O'er fairy fields; or roamed along the gloom

Of pathless woods; or down the craggy steep

Hurled headlong, swam with pain the mentled pool,

Or scaled the cliff, or danced on hollow winds,

With antic shapes, wild natives of the brainn.

　　今天可以起身，弟弟來信，說些功課上的情形，他還不知道我這樣的病苦。將積信覆去，隨翻Blake的畫集，其中但丁《神曲》的插畫居多；我選出所愛的《樂園之門》中數幀，《天國與地獄結婚》中數幀，及《凱因之亡命》、《伊凡之創造》、《天帝》、《入水者》拆下，架於書桌的周圍，破我岑寂。從前讀夏芝的《善惡之觀念》中《勃來克與他神曲的插畫》一篇；說他也曾畫過上列Young的《夜思》詩；今此集找不到，大約未選入的。畫集中夾著一篇由家中帶來的舊作《先母事略》，勉強再讀一遍，文後云：「先母早喪所天，再嫁於家大人，……生前諱言歸寧，嘗私詔小子而言曰：待若既長成名，當偕若歸故鄉一行！嗚呼！豈知小子尚稚惛，未及稱名，而母已棄養，天乎痛哉！」我無日不想到，便是無日不流我的淚。

　　臥病一周，天陰又雨，今日陽光大放，如乎等待我病好；這與某公子在獄中見壁間草芽，而知萬象回春，有何等異點呢！挾了一冊英詩選，在白山神社的後園，讀詩，看紅葉；或是病裏光陰的結束嗎？秋氣既蕭，萬感叢生，登小丘一望，不由得叫道：

Home, Country, Brother,

O, My sweet memory!

【注釋】該文作於1921年，收入詩文集《死人之歎息》。

秋祭──呈亡母的靈前（散文）

一、孩子的呼聲

惡魔！
睜出了充血的眼兒，
托出了粗暴的手腕；
霸在人生旅路的前面。
他留下了幾多的弱者，
供他豪奢的吞噬；
他這麼的健啖，
從沒滿足他的饑荒。
母親，你也是被噬者之一，
空剩那白骨一堆，
埋在草莽的深處；
你的靈魂附在我的夢境裏，
可憐你的兒子──我啊──
也被囚在惡魔的窠窟裏，
只有奄奄一息地呻吟。

流水緊抱住鴨舌塢，
幽幽嚶嚶地悲咽；
豐草滿蓋著瓦封塚，
呼呼忽忽地歎息。
啊！西寺的晚鐘，
嚴肅而堂皇地響了！

> 惡魔出現的警告嗎？
> 人生末日的咒咀嗎？
> 被囚著的我啊！
> 那有Gray的天才。
> 草的清風，水的微波；
> 就算它千古的哀歌。

——哀歌之一節——

今年的秋天，正是我母親長眠在地下的第六年；漂流在異國的兒子，第二次回到故鄉，在拜告「無恙」於母親的墓前。

「哀哀父母，生我劬勞！」母親，我為了這個緣故而想念你嗎？不是，我還沒有聾還沒有盲，決不因此而想念你的。我一見了紅的顏色，每聯想到你病時嘔出的盈斗盈盆的血；我一聽了黎明的梵鐘，每聯想到你死時的音樂。這些顏色時時渲染我的眼前，這些聲音時時繚繞我的耳際；我那得不想念你呢！

我飄流在異國，逢到了良辰美景，總要踱到野外去散悶。走近了墓場，好像有人絆著我的足，再也不能前進了。呆呆的望著謁墓者聯翩而來，認了碑石，致花圈於墓前，禮拜而去。我於是把我臉兒，埋在一隻手掌裏想：只有我母親的墓，孤冷冷地站在故鄉的鴨舌塢上；蔓草荒荊重重的包圍著，誰去致花圈，誰去禮拜；我放下手來，兩眼的淚泉噴湧而出了。

如今我站在母親的墓前，也只有兩眼的淚。母親，我要告訴你說，你的兒子大了，「無恙」呢我不好意思講；幸福拋在我的後面，荊棘橫在我的前路；今天在故鄉，明天在異域；一足掉在深淵，一手攀住津樑，進有不得，退又不得，黝黑籠罩在我的頂上，惡魔圍在我的周身。在這人生荊棘的路上未脫身以前，我總不能安慰你在天之靈；我更不承認Magna est veritas, et praevalebit.（真理萬能終必奏凱）的古訓。

人家說：知父母莫若子女！我母親三十三歲的短生涯，前十七年的生涯，我一點不知道；只是聽得人家說：我母親通州的人，是一位年

輕的寡婦；在這一年——十七歲——我父親遊通州，再嫁給我父親做副室；她姓劉，或者是前夫的姓，也不知道。過了一年生我，所以她後十七年的生涯，隱隱約約刻在我的腦裏。她縱有勤以操作儉以自給的賢德；有知書識字諳熟女紅的才能；但她小心地敬孝我嫡母，嫡母總不諒解她，時時委曲她的。她小心地厚待鄰里，鄰里指著她鄙夷地說：這是某人的副室，指著她所親生的兒子說：這是某人的庶出子。一切苛刻的待遇，輪到她的身上，她總是逆來順受；她隱忍著多少委曲，也深知我父親的性格，從沒對他提起。咫尺天涯的故鄉，只是可望而不可歸；獨自避在暗室中吞聲飲泣。到了忍無可忍的地位，告訴我仁慈的伯母或姑母，她們總是勸她看兒的面上；除了她兒子之外，沒有一個親近她的人。可惜她的兒子，——我呢——渾渾噩噩還沒知道呢。

　　一年年的度這惡魔窟裏的生涯，她等待著我而隱忍。少小離家的我，在六年前聽得她病了；倉皇歸家，伏在她的床前，她沒有話對我說了；望著我嘔了盈斗盈盆的熱血而長逝了。天啊！天啊！我還沒嚐得人生的滋味，惡魔迫不及待，便把我親愛的母親吞下了。

　　母親！我記得第一次離你膝下，寄宿到遠隔十餘里的城中的高小的時候；我還牽著你的衣角哭呢！你默默地也流下些淚，撫了我頭顱說：我的兒，你這回子出門讀書別怕呀！從此以後，阿母望你將來成名立業；這時候阿母所受的委曲，也可伸一伸了；阿母日夜夢想的故鄉，也可歸省一次了。我聽了這些話，如同冷水投懷；一看周圍都是惡魔之陣，紛紛地佈滿著。我才明白母親有待於我，不惜吞聲飲恨任惡魔們簸弄。人生非金石，安能長壽考；我母親尤其是弱者，竟積鬱致病，違背了願望而去了。母親，我看到你臨終的死顏，不曾瞑目的；恐怕在地下還有待於我罷！

　　離你沉痛的教訓有十年了。母親，我要告訴你說：你最憐惜的聰明的妹妹，也大了；有天才的大弟早殤，想跟在你的膝下，你也可稍稍自慰；二弟的天資比我強數倍，快在高小畢業了。我呢，縱有崢嶸的頭角，縱是不跼蹐於鄉里；可是被惡魔的脅迫太深了，東飄西泊，依舊放浪著。想到你望我成名立業，我恨不得引刀自裁；惡魔在我的前面作獰

笑，有時還狐媚著我。通州地方不大，但何處是你的故鄉！我終天的抱恨，莫過於此了。嫡母婉順的待我們弟妹三人有如己出；我們一面感激她，一面尤想到你的苦難。我們三人青春的奢望，斂抑到沒有了；這暑期中同時回到家裏，各有難言的隱痛。放懷於詩酒的父親，怎知道我們母子間的悲哀；弟妹們只知道無母的痛苦，也不曾諒解哥哥的心事。

　　我與弟妹們見面了，我深深地想到母親為了我們流了無盡藏的血。無盡藏的淚；如某物理學家所說：母親為了兒子流的眼淚，若是分析起來，也不過水分與鹽分；那知道還有不可分析的最珍貴的「愛」的成分呢。

　　今天──夏曆七月十五日──按照鄉土與家族的舊例，舉行「秋祭」；我跪到母親的靈前，神聖的莊嚴的母親之愛，母親真理之愛的教訓，覺得還在我的前面。我有怎樣的面目見她呢？灑盡了悔恨的眼淚，突然從天而下，好像有個殺星降到我的身上。我抬起頭來，惡魔們還鬼鬼祟祟地伺候在我的周圍；這時我一看見他們，真像沛公會項王於鴻門時候，樊噲目視項王，頭髮上指目眥盡裂。我忍住（不）大聲而呼道：惡魔們啊！你們儘量在白天裏橫行無忌，殺星降到我的身上了，我信有Magna est veritas et Praevalebit，我拼著我殘喘中含的生命力，與你們血戰；我要學張獻忠蘸了你們的血，寫七殺碑，殺盡你們同類。我不但為被侮辱的母子復仇；我要為我一切被侮辱的人們復仇。末日近了，你們應該斂跡。

二、生命之廢墟

　　過去的生命，正像一片廢墟；回過頭來一望，模糊地認不清楚了！只有幾件重要的事，似乎一個個的塔尖，挺在地平線的上面。

　　先祖的遺築西溪草堂，──我的家鄉──右面臨著明月溪的長流，兩岸夾著森森的樹木；左面一片田野；前面是先祖閉門種菜的園地；後面是蕉桐竹柏，晚翠秋紅的花木。南向百餘步，土阜重重地屏障著；也是有名的南塘梅花塢。西寺的晚鐘；是當年楊鐵崖在此地對月懷人，低徊不忍去的地方。我還記得五年前，父親教我作西溪草堂詩第一首是：

家住江南明月溪，桃花流水小橋西；

詞人老去留鴻爪，將士生還駐馬蹄；

牖下曝書千萬卷，門前種菜兩三畦，

劇憐詩酒風流盡，空剩先人舊榜題。

本來這裏先祖先叔們娛晚景的別墅，也曾招集過當時的所謂名士歌詠其間。現在呢，情隨事遷，這些空闊綽沒有了，只是風物依然。觸動了我「故鄉無限好」的情感；每一次回來，覺得別有一番依戀的情愫。

這幾天來在草堂的西偏一室，弟妹們要補習英文，我便選了《天方夜談》The Arabian Nights中動聽的，教給他們；他們覺得非常有味。晚上攜了手到田陌間散步，有時大嚼土產的瓜果，充分地享受田園的樂趣。我總抑鬱無聊，享受田園的樂趣尤其甜蜜，我的痛苦尤其增高。

母親沒有死的以前，她講了許多海濱的傳說給我聽；那牧兒漁娘農人的故事；還能隱約想像得到，只是記不全了。弟妹們還小，不能享受這種優美的文學的薰陶，不中用的哥哥雖能講《天方夜談》，那比得上母親所講的真切而有味呢。

晚上月亮東升的時候，母親抱著我到外面散步；她指著月亮，又指著西方夕陽的餘光，教我學她唱道：

東天佛佛，

西天寶寶；

寶寶歸去，

佛佛來了！

夏天我跟母親在天井裏晚飯；我小時最歡喜吃雞蛋，沒有蛋，便要哭了，母親又教給我唱道：

佛佛下來吃飯飯，

明天就有好小菜！

> 吃過飯，領我們天上去玩玩；
> 天上有隻金雞，
> 生了兩個紅蛋，
> 我們帶了下來！

那時我便不哭了。到了冬天的夜裏，母親在燈下做針線，我要苦擾她，她又卜了燈花教我唱：

> 燈花紅，爹爹給你買把弓！
> 燈花黃，媽媽給你做衣裳！
> 燈花綠，爹爹給你吃肉肉！
> 燈花白，媽媽給你錢一百！

還有許多美麗的歌，可惜我記不全了。到了新年的時節，她用了紅線穿了康熙銅錢，做成元寶寶劍給我玩的。到了割麥的時候，她用麥杆編成筐子扇兒給我玩的。到了端午節，她用裹粽子的芽菜，輯成麒麟馬兒給我玩的。到了夏秋之間，她用茄子裝了四枝足，變了一頭牛。用蘆莖皮編做燈；用高粱莖削成筆，教我寫「天」字「王」字，教我畫鼠兒貓兒。這些都是生命之廢墟上的塔尖，我永遠不忘記的；後年我讀過了些本國外國的文學名著；在美術專門學校裏學過西洋畫；父親教我臨過多年的碑刻；我無論如何，總夠不上母親之教育的偉大。

三、遺憾

近年來我覺得有二件終天的憾事，盤縈在我的心窩上。第一我枉受了母親的偉大的藝術教育，後年又枉學了幾年的畫，竟不能圖出一張母親的遺像。並世也沒有畫師，像歸有光那樣辦法，按著兒女的相似處圖成遺像。我只是借英國大畫家Watts的名作《慈愛》Charity一幅；一位仁慈的婦人，在臂彎中抱了三個孩子；——正像我們弟妹三人——這幅畫我以為世間母親之愛的最大象徵。我便算了我的母親裝在鏡框裏懸諸座

右。我對著這幅畫，總要聲淚俱下的念Wiliam Cowper的名詩《受領母親的遺像》On The Receipt of My mother's picture中的悲劇：

My mother! When I learned that thou wast dead Say, wast thou Conscious of the tears I shed? Howerer the spirit over the sorrowing son, Wretch even then, life's Journey Just begun? Perhaps thou gav'st me, though unfelt a kiss? Perhaps a tear, if souls can weep in bliss Ah, that maternal smile! I answer-'Yes'.

（母親！如今我知道你死了，試問，你也感到我流下的淚嗎？你的靈魂，徘徊在你的——當韌始人生的行路不幸而憂傷的——兒子的上面？雖是我不能感到，你也給我一吻？如果靈魂能在天國裏哭泣，你也給我一滴淚珠兒？啊，慈顏的微笑！回答我道——是了。）

第二我枉受了母親的文學的陶冶；母親死後，竟沒有一首詩可以宣一切隱秘的愛與恩感。我最是痛心自責，就是這些事還如此；母親望我成名立業，我更覺得汗顏無地了。

雖然，王爾德在獄中自述的《出深淵記》De profundis中說：「一星期後，我搬到此地。過了三個月我母親死了。沒有人知道我怎樣深的敬她愛她。她死了我只是戰慄；我呢就算一時的詞章大家，A lord of language也沒有話以表我的痛苦與悔恨。」王爾德聊晼一世的文壇健將，尚是這麼說;像我這樣的不肖，還有什麼話呢？罷了！

十一年十月之歸鄉雜記

【注釋】原載1922年11月11日《創造週報》第27號，收入詩文集《死人之歎息》。

遺忘的彼岸（散文）

　　近來的生涯，像在失眠的長夜裏，四圍黑漆似的彌漫著；耳神經眼神經加敏了數十倍，就有了一點微細的聲音，也像那裏有個龐大的東西在作祟。同時這黑暗中，像有無數的鬼怪來追襲我，我只是惶恐，若大禍之將至！

　　我又像設身在人群中，有時不住的在那兒盤旋，像失掉了一件寶貝；有時呆望著不相識的群眾，熙來攘往，連我──世界上有個我──自己也忘記了。

　　渾身發著熱病，一絲絲的脈絡隆起了，血管止住了流動；像是周身紅腫得不成樣子。在這種冷暖不調勻的節氣裏營養下去，我想不久，我的全身會潰裂得像死獸一般的血肉淋漓。

　　我現在只覺得我是獸不像獸人不像人，一個莫可名狀的怪物。饑了，縱有山珍海味，也不中用；只想到那污穢的地方，找些糞蛆蟲豸，供我的大嚼。渴了，縱有美酒香茗，也不中用；只想伸長我的頭頸到溝瀆裏作牛馬飲。一切豐衣美食，早成了我的仇敵。

　　愛我的，恨我的，欺侮我的，譏笑我的，教訓我的；一切與我有關係的人們，我要張出爪牙盡致他們於死地。於是我呵呵地自得其樂，到大荒絕境，不知所終，上天鑒我！使我羸弱的身體，變為雄奇魁偉，成全我的願望。

　　寫到這裏，這種癡人說夢欺人自欺的話，不覺得自己好笑起來了。

> The moon like a flower
> In heavens high bower
> With silent delight,
> Stis and smiles on the night.

多麼美麗啊，Wm, Blake的詩。哦！明月之夜浮上我的心頭了。

我於四年來棲息於H山，一所幽冷的寺院「H山神社」，一度做我休息的場所；白天挾了幾本愛讀的書，在這兒朗誦。晚上明月懸中天，我在後園蹋蹋地踱東踱西，發著無謂的妄想，對著我的影兒自言自語。不久就有你來並著我的肩兒，深夜月明人靜，你在唱Sweet Home。死一般的一草一木都活了回來，相互戲謔；空中的群星更輝煌得利害；我只是半驚半喜地消受那些說不出的情調。

靠著高架電車高原，我們站在這裏，抬起頭來一片無涯的星海；低著頭路燈映在水道裏，一眼無底的星淵。都會的光焰在遠處地平線上發熱，萬物沉靜，只有我們的呼吸，我們心臟裏有規則的跳聲，從O高原到S橋一條冷落的死路上，只有我們倆火球似的，二個並成了一團，熱轟轟地混過去，混過了高原墜足在深淵。

H神社已成憲兵的駐所，你的歌聲早為搶彈驅逐出了。O高原在大地搖動的時候，把我們曾立足的位置坍圯了。啊！朋友！舉世本來一座荒邱，本來洪水猛獸所盤踞的；自我與你結合了後才會造出一切的美境，我與你分離了後一切的美境複歸無有。

人家所畏縮而嫌恨你的，就在你的狂放你的驕縱，你視自身以外的人們半文不值；於是千萬人中沒有一個能夠諒解你的。在我面前，你突然除去狂放驕縱的面幕，現出一種綢繆幽遠之情。這一點，無上的女性美就在這一點，我能夠諒解你的也在這一點；可惜諒解得太晚了。我想到這裏，那天清早我躺在被窩裏，半醒不醒，忽然看見你從橫空野馬的背上墜下，對我說了許多話；我記得格外清楚，而且永遠埋在我的心坎裏。

這一張白紙隨處可以找到的，算不得什麼稀奇；但是經過了你的紫色的筆尖，用了你的精神，劃了許多動人的字句，我便視之如拱璧。然而拱璧還是平凡的東西，我視之無可比擬的珍寶。一切物事都是平凡的，自我與結合了後，就有奇珍出現，同時別人得了你的這種東西，又仍歸平凡了。

　　我是漂流在海上的浮屍，自從你受領了我的自畫像，我才攀撲到你的慈航，渡到彼岸，把我葬在你的心地。溫暖的柔順的把我薰活了，現在我從你的心地裏跳出來，把半身活埋在冰冷的泥土裏。

　　我的幻覺裏，看見你在一處春光明麗萬花叢中，你一個人赤裸裸的披了散亂的長髮，仰面狂吟，俯面泣涕。又像看見你一個人伏在一座荒邱上，你那一雙潔白的手，撫住你的心房，搖頭長歎。我但願你罵我咒我恨我，因為愛我是極平常的事。

　　啊，終竟我的幻覺罷！即使你現在正是優遊于豐美的生涯，無憂無慮向著榮華前進；一剎那間回念及我，我又要驕矜了，這時我比古來的帝王將相大學問家大藝術家都尊貴，作著鐃吹，奏那勝利的凱歌。

　　悲哀到極點要死，歡樂極點也要死，無論悲劇與喜劇的結果，都是死。悲劇的主角是我，喜劇的主角也是我，疲憊極了。我這笨重的頭兒，擱在枕子上，奄奄一息，眼兒半開半閉地在等死。

三月末，白山

【注釋】收入詩文集《死人之歎息》。

貘（散文）

　　有名為貘的東西，聽說就是靠吃夢話過活的一種動物。也有人說：像吃夢一般的耽於空想的那輩人，是貘的變形。這輩人，平常事看不出的；到了端午節，便會顯出真相來。那是小眼兒，尖鼻子，滿身都是爛斑；世界上沒有再醜的東西可以和它比擬的。但是除了端午節的一天以外，它們在人眾裏頭，簡直是最優秀的最有福分的代表人物。

　　因為這個時代裏，吃夢的人太多，它們來來往往的一個圈子裏，幾乎全是它們的同類；所以經過了無數的端午節，它們從不曾察覺過自己的真相。於是這貘的故事，也少有人談及了。首先發現這貘的，是我的朋友彭絲君，現在我把他的話記述於下：

　　「去年端午節，我不知道為了甚麼事情，道理開都會遠遠的一個農村裏，有一個道士──不像道士──對我說：先生，你倒湖水利去照一下看！我問：為什麼？他說：像你這種人，我們從來沒有看見過。好在不遠就是一片晶瑩的湖水，我去一照：原來我不是人，是一頭小眼兒，尖鼻子，滿身爛斑的怪獸！我不由得吃了一驚，回頭追去問那個道士，他說：你是貘的變形，因為你靠吃夢過活的。那時我像做夢一個樣子，恍恍惚惚地回到家裏，一看家裏的人，誰都是貘；又走到外面去一看，在路上來來往往的也都是貘，簡直找不出一個人來。糊裏糊塗過了一夜，第二天誰都像平常一樣的人了。我又奇怪起來，想到昨天是端午節，凡一切妖怪都要在這天顯出真相的，因此我漸漸相信自己或者是這麼一種不倫不類的東西。後來我自己發現了的確是吃夢的，於是我更相信我是貘的了。從這一天起，我立定注意不再吃夢，看他還會變甚麼？我在等待今年的端午節！」

　　彭絲君的話大體是這樣的，我聽了也不免蠱惑起來；覺得自己以前很多時期是靠吃夢過活的，近來雖則睡的時間很少，可是有時不免也要

吃夢呢！照這樣看來，我也逃不掉這麼一種東西了罷。但自從聽了龐絲君的話以後，我也不再吃夢了；我究竟是貘與否？我想到端午節總得明白的。

　　離端午節不遠了，若是彭絲君的話是真實的，那末無論如何我總可看見成群結隊的貘。

五月七日

【注釋】原載1928年5月19日《中央日報》「海嘯」第三號，署名滕固。

新舊體詩詞輯錄

舊體詩詞

【1918年】

十六字令

詩，賦到無題意自知，他人讀，最是費猜思。

箋，試看斑斑淚四濺，何堪讀，聊復挾書眠。

【注釋】 原載1918年陰曆五月《滬江月》第3期，署若渠。

長相思

雨綿綿，恨綿綿，多少名花沄路邊，蕭疏我亦憐。

聽杜鵑，惱杜鵑，底事聲聲啼滿天，荒村一縷煙。

【注釋】 原載1918年陰曆七月《滬江月》第5期，署若渠。

遊學校園偶成

傍晚夕陽斜，山頭起碧霞。徘徊牆一角，彳亍路三叉。書圃翩翩鳥，詞園豔豔花。微煙吹不散，籬外幾人家。

【附天虛我生潤文】

傍晚夕陽斜，長天生暮霞。斷垣侵碧蘚，老樹著疏花。學圃樊遲願，茅簷杜老家。不須種桃李，此樂已無涯。

北風

寒夜步松寮，萬籟俱寂寥。忽聞枯葉裏，北風聲颼颼，罄其所到處，何物復能驕。

【附天虛我生潤文】

寒夜步松寮，萬籟俱寥寂。忽聞風蕭蕭，枯林掃苔壁，塵緣未能盡，逃禪復何益。感此悠悠心，北風起今夕。

雪夜偶成

人靜宵長漏已深，碎珠飛打北風侵。淒涼軍裏聞羌笛，瑟縮窗前哀凍禽。不覺簾紗都濕透，猶憑爐火獨沉吟。梅林消息知何若，且待平明著屐尋。

【附天虛我生潤文】

人靜宵長漏已深，撼窗枯竹北風侵。梅花消息知何處，明日孤山策蹇尋。

【注釋】收入天虛我生著《文苑導遊錄》第五冊（第一種第五卷），上海時還書局1936年印行。均署滕若渠，分別評為甲75分、甲70分、甲75分。

歲暮書懷

寄身天地一蜉蝣，歲月駸駸不復留。此日何常竭我力，他年未必出人頭。空言憂國曾何補，息今還鄉亦壯遊。辜負頭顱年十七，浮雲富貴果奚求。

頻年奔走尚如斯，顛沛流離只自知。世事滄桑無限感，家門零落不堪悲。雄心未遂痛今日，壯志已休歎昔時。卻是恨人難洩恨，空令閒暇學吟詩。

【附天虛我生潤文】

寄身天地一蜉蝣，歲月駸駸去不留。只被韶華催我老，成何事業出人頭。空言救國原無補，息影歸田亦有憂。十七年來試回顧，浮雲富貴果奚求。

頻年奔走尚如斯，顛沛流離只自知。世事滄桑無限感，家門零落不堪悲。消磨壯志詩千首，潦倒歡場酒一卮。況是天涯逢臘盡，漫天風雪費人思。

杏花

環村十里杏花叢，勞我尋芳西復東。隔岸臨山濃霧豔，沿堤映水綠波紅。江南二月堪吟雨，河上三春得意風。恰趁斜陽歸去後，騷人間賦樂無窮。

【附天虛我生潤文】

環村十里杏花紅，勞我尋芳西復東。隔岸酒簾春雨外，傍牆樓閣晚霞中。江南二月都如畫，仙島三元色最工。恰趁斜陽歸去後，一樽相對且吟風。

【注釋】 收入天虛我生著《文苑導遊錄》第六冊（第一種第六卷），上海時還書局1936年印行。署滕若渠，二詩均評為甲70分。

【1920年】

去國

思親時十二，去國路三千。帆沒已無岸，濤奔欲拍天。客心隨轉舵，秋思嫋飛煙。故國知何處，青山一髮邊。

舟抵日本海，依舷望高麗山，觸景生情，不能無慨，紀以長句

高麗山色如眉黛，橫掃遠峰雲鬖鬟，秋色媚人人倚舷，秋山合與
春山妃。日光漏出曉煙飛，海水橫流山自在。獨有高麗山上人，
沉埋海底頭顱碎，江山如此可憐生，敢問老蒼何憒憒，山自峇嶷
人自愁，悲歌擊柱一長歎，滄桑於我亦何尤，我猶當時之故態。
嗟吁乎！矗矗高麗山，百年興廢天之緯。

舟泊馬關

港中靜物畫難真，對岸山光忽近人，秋水綠添遊子淚，
夕陽紅點美人唇。十年湖海三都賦，萬里關山七尺身。
舟出馬關回首望，桅檣林立似絲綸。

舟抵神戶，水光山色，在在可人，漫賦一絕

瀲灩波光淨客船，風吹帆影落尊前。
者番不是求仙去，仙島崔嵬遠插天。

【注釋】摘自《東行漫記》，原載《地學雜誌》1922年13卷4、5合期。標題為
　　　編者擬。

【1924年】

和煙橋無錫梅園

夢裏湖山入抱來，相逢一笑萬巒開。
六載相思今證所，故人應比歲寒梅。

附原詩

堂山寂寞故人來，幾點青螺一鏡開。
歸去明朝思天末，素心曾約再尋梅。

【注釋】摘自煙橋《記滕若渠》，刊上海《海風》1946年33期。標題為編者擬。

【1925年】

自投滄海

自投滄海流方急，來共魚龍哭失聲。
駿馬美人今去也，隻身萬里任縱橫。

【注釋】收入《壁畫》，1925年出版。

天馬頌

天馬行長空，矯矯匹飛龍；昂首飲甘霖，附首嘔雲風。
萬眾生不息，歲月流靡窮。文星射萬丈，神我一心通；
皇皇製作者，天地與始終！

八月八日滕固作於天馬會堂

【注釋】原刊1925年8月10日上海《時事新報・藝術》「第七屆天馬會美術展
覽會特刊」。

【1926年】

題劉海粟《西湖寫景》

一抹遠山橫豔黛，幾行疏柳掛離愁。
無邊春色無邊意，鑽入先生禿筆頭。

【注釋】收入《海粟藝術集評・題畫摘萃》，福建人民出版社1984年4月版。

【1930年】

庚午之夏，過巴黎見海師此作漫題

毫端伏神鬼，胸中鬱蛟螭。興來一揮灑，造化亦為欺。
茂秀而疏拙，蕭瑟雜雄奇。

【注釋】收入《海粟藝術集評・題畫摘萃》，福建人民出版社1984年4月版。

【1931年】

送伯商歸國三首

我來柏林城，君涉萊茵浦。送君蝦龍驛，揮手良悽楚。歸來篋衍中，滿貯新紀敘。旖旎若李溫，悲涼如老杜。邇來二年間，相厚複如許。日夕共盤桓，風雨無間阻。俯仰劇笑談，意氣溢眉宇。羅娜與幻台，況與美人伍。

柏林盛會

宗岱欣然誦佳句，君培覃思作清吐；從吾史餘敦舊睦，慰堂巧囀遏雲譜。湘南學子擅文辭，雅典閒人緬往古。惟有不才無賴固，猖狂磊落殊粗鹵。君本挾策匡時才，亦複風流擅辭賦，我儕知己六七人，多君周旋作盟主。

傷哉時運否，國家待柱礎。送君江之幹，去去莫回頭。群黎嗟失所，河山愁國破。桑麻沒蒿萊，老弱號饑餓。我豈無心肝，尚圖高枕臥。每聞匣劍鳴，輒思馬革裹。生不嗜醇醪，轉而悅婀娜。狂歌當哭泣，長嘯抑坎坷。借彼頃刻歡，忘茲半生挫。行矣乎再見，請毋複念我。

六月二十六日燈下固漫書

【注釋】摘自朱偰《行云流水》。詩中所列人名分別為：梁宗岱、馮至、姚士鼇、蔣複璁、徐梵澄、朱自清。

【1932年】

幻台風光

白柵未謝紫桃開，狂亂濃春蕩幻台。
曖日平華交蜜吻，朱唇皓齒動迷猜。
幽因行役空皮骨，尚有豪情未剪裁。
餘此頭顱拼一割，模糊紅染美人腮。

【注釋】摘自《朱偰日記》1932年5月13日條。

【1933年】

鄱潭湖（Bodensee）畔夜行

夜行在幽壑，四顧寒悄悄。挽臂入長林，前路殊窈窕。忽聞野犬吠，瑟縮如驚鳥。投懷心所甘，作態佯懊惱。道路多崎嶇，相扶猶虞蹶。行行復苦狹，逕草沾羅襪。漸近山家園，芬芳隨風發。疾步出藩籬，皓月當天揭。眼際浮鄱潭，澄虛一碧涵。並肩數星斗，明日便商參。歡娛盡一昔，長樂非所貪。平原留十日，此味總醺醺。

鄱潭湖消夏

一帶長林護短牆，葡萄抽穗野花香。此中況有佳人宅，綠浸几窗盡日涼。流水浮雲往復還，絲絲岸柳最清閒。若將胡屋翻亭榭，定是江南消夏灣。天邊明月水邊村，人在橋頭笑語溫。亂後家山無此境，歸來滿袖逕啼痕。一片涼秋罩碧空，漁歌清脆趁微風。偏舟劃碎江心月，古寺敲沉夜半鐘。玉臂寒時夜亦闌，猶多軟語暖吹蘭。揭來風露風情裏，飲盡人間一別離。天遣我儕長坎坷，頻將熱淚醉湖波。傷心昨夜叮嚀語，忍使年年風浪多。

【注釋】 原刊《國風半月刊》第三卷第二期，約1933年1月出版。署滕固若渠。

【1934年】

上巳集後湖分韻得性字

春風吹白門，湖水接天淨。桃李倚城隈，濃淡間相競。前有雞籠山，參差浸倒影。芳草被台城，不掩景陽井。興亡數歷歷，哀樂逝俄頃。比歲遭艱虞，漁樵亦忍性。忽聞上巳臨，遊者車連軫。勞生亦偷閒，來娛時節盛。群公富才華，二老詩道緊。搜索及肺腸，放言雜螻蚓。嗟哉飲馬塘，昔曾嚴韉靶。幽憤儻可平，放舟縱孤泳。

九日同人約登雞籠山以事未往纕蘅先生代拈新字誌嬾未報
後旬日北上登岱觀日出率成一律

湖檻台城跡已陳，齊煙伴我陟秋旻。蒼官列仗何年事，玉檢登封
異代人。夜壑荒寒號萬木，極天滉瀁湧孤輪。莫愁岩石題名爛，
元氣渾然互古新。

【注釋】收入《甲戌玄武湖修禊豁蒙樓登高詩集》，上海中國仿古印書局1935
年6月初版。

【1937年】

愷儔仁丈先生近請畫家寫幽篁獨坐圖命題率成一截錄奉兩政
民國廿六年五月滕固稿於南京

萬玉森森碧遠際，不綠風月得相於，
先生可是蘇門隱，澄攝靈台納太虛。

【注釋】原刊《征途》1937年2卷3期。

【1938年】

十年低首斂聲華

十年低首斂聲華，悔將干將待莫邪。
今日荒江驚歲晚，扶膺惟有淚如麻。

【注釋】摘自朱偰《吊若渠》。

自鎮遠西行登鵝翅膀

行役重逢鵝翅膀，振衣直上最高岡；
雲憮煙怯層層淡，澗瀟林寒處處霜。

一路迂迴抽繭殼，萬山羅列作蜂房，

九天不用排閶闔，已見義和鞭日忙。

【注釋】作於1938年12月15日。原刊1939年1月31日重慶《中央日報・平明》。

抗戰

抗戰經秋又半年，軍容民氣壯於前。

學生亦是提戈士，南北賓士路萬千。

【注釋】據李浴藏作者手跡原件。又曾發表於1939年8月15日重慶《中央日報・平明》，第三句「學生亦是」改「勞生亦似」。

鄱陽湖

狂歌巧笑送纏綿，怨語絲絲落鬢邊。

摶捏悲歡和酒咽，春痕破碎近中年。

沅陵偶作

浩蕩沅江浩蕩秋，投懷嗚咽訴恩仇。

山間寒月瑩瑩照，一舸雙人萬里流。

【注釋】摘自朱偰《吊滕固》一文。

【1939年】

寶山城守

胡氛遮海渚，烽火照蒼黃。矢石飆風起，倭奴鼠竄亡。

孤城一鬥大，眾志萬弩強。千載波瀾闊，姚營作國殤。

【注釋】原刊1939年1月4日《中央日報・平明》。此據朱偰《吊滕固》文摘錄。

飛雲崖三首

一壁雲岩高萬尺，腰圍密密護長松，
樓臺架鑿空技巧，可惜無人打晚鐘。
草木陂塘盡著鬟，一橋一水一方坪。
褐來寂寞荒江奧，似見寒花帶笑迎。
槎丫老樹畫圖看，枝幹相連筆筆安，
始信古人師造化，吸收靈氣到毫端。

【注釋】原刊1939年1月31日、8月15日《中央日報‧平明》。

偕書鴻茂華雨中過虎溪龍泉赴太常村即贈別茂華

細雨斜風赴太常，煙波無盡一橫航，
龍泉虎嶺低昂見，斷碣殘碑剔刜忙。
千載聲名前後馬，萬家香火洑波王。
與君話別螺旋浦，青史青山兩不忘。

虎溪書院陽明先生講學處並祀薛文清旁有張飛廟

嶺外江潭嶺上楓，虎溪樓閣畫圖中。
投荒遊宦心情異，清廟生民抱負同。
經國文章雙柱石，照人肝膽一英雄。
慚無道術傳荒遠，我亦□陽作寓公。

【注釋】原刊1939年2月18日《中央日報‧平明》。

論詩一絕句

新載樂府怨歌行，健筆經營萬古情。
寫到波瀾層疊外，最平淡處最分明。

【注釋】作於1939年，收入吳學昭整理《吳宓詩集》，商務印書館2004年。

【1940年】

翠湖

經歲結綢繆，寸心忻有托，平生慕慷慨，汝亦重然諾。今夕何夕
乎，涼颸淒帷幕，低眉似有恨，酬對言落落。問汝何愁悶，問汝
何思索，側身久無語，我心如焚灼。移時拂袖出，蒼茫步林麓，
執手始為言，肺腑吐盤錯。眾口但悠悠，炎涼難忖度，譏嘲激遝
來，令我心情惡。我亦血肉軀，焉能常示弱。好勝噂所取，是非
良鑿鑿。憂忿易傷人，汝懷且寬拓，蚍蜉撼不已，大樹無損消。
前哲不我欺，其言炳昭焯，竊恐有累汝，耿耿萌慚怍。至理或如
斯，君言可咀嚼，嗟哉同心人，氣誼誠未薄。珍貴此一晤，餘事
盡糟粕，吻汝手掌別，願汝長康樂。星月燦風宵，澄瀾蕩綷酌。
回首渺天人，嫣然在寥廓。

九月一日之夜歸自翠湖，轉側不能成寐，倚枕作此，不知東方既
白。頃來巴渝，任俠吾兄詢及近作，輒錄奉兩正。

【注釋】 據1940年3月14日滕固書致常任俠詩稿，題目為編者所擬。

展閱柏林女友照片，愴然以悲，題二絕句

其一

大陸龍蛇異地同，昔遊昔夢兩成空。

桃花人面春顏色，幻作彌天劫火紅。

其二

尊酒論文豈偶然，諸君肝膽照當筵。

畫圖人物都無恙，回首清遊已八年。

【注釋】 摘自朱偰《吊滕固》一文。原載1941年6月2日重慶《時事新報》。

新體詩詞

夜（散文詩）

夜色沉沉，更無星，更無月，
造成一片黑暗的世界。
夾道人家，二點鐘前猶見他燈火滿街，
如今把他們的門都關住了！
──寂寥！──寂寥！
我天天從這時候回去，
那電車裏空剩兩三歸客，
你對我望我對你瞧。
今夜忽見伊抬頭微笑！
我從車子裏，碰見伊好幾次了。
我自己讀我的書，
伊也自己讀伊的書，
到了電車終點，夜深人靜，
我們下車只說：「你請！」「你請！」
六七里的長途，
天又雨，又寒，
風又淒，又緊，
伊說：「我家很近，
我借給你傘吧！」
我說：「不方便的，──謝你！
再見！還是再見！」
我聲音都說不出來。
一步一步好像病後的蹣跚。
只聽得一聲，「且慢！且慢！」
一霎時伊追近我了，
「借給你傘！借給你傘！」
我當時受了傘，中心踟躕！

說不出無量感激！
單道：「明天還你！」
伊不知我的姓氏，
我也不知伊的住址，
我天天拿了這一把傘，
夜夜從此地又去又來，
依舊坐當時的電車；
依舊走六七裏的長途，
再也不見伊經過！
小小的一把傘，
好教我何處去還！

【注釋】見1921年3月3日致王統照信。刊登於《曙光》二卷三號，1921年6月
出版。

失路的一夜（散文詩）

半夜過了，我還記得，在一條很長的路上獨行！路燈排一排二的
迎接我；我瞭望到極點，成一條逼直的火線！他們似乎有意告訴
我說：「你失了路嗎！」

路傍稀少的人家，被暗昏昏的樹木遮住了！只露出幾塊荒涼的墳
墓；西天明月，把一個個的幽靈，照得一閃閃的動了！

右面臨著一片大湖，湖水裏也浸著一個明月！我坐下路傍的石子
上，靠牢電杆；呆的望著明月落下，與湖中的明月混成一個。

我滿身都是露水，打了二個寒噤！一行沒有光的路燈，還有意的
告訴我說：「天亮了，你失了路嗎！」

失戀的小鳥（散文詩）

草堂門前的一架葡萄棚，到了七月，便掛起一串串紫色的葡萄！
像夜光珠一樣的透明，宴會一樣的打燈結彩！一雙青灰色的小

鳥，飛上葡萄棚；啄了幾顆甜蜜的葡萄，便在棚的周圍飛舞，嘈嘈喁喁！奏著宴會裏歡樂的微妙的音樂；年年有七月；葡萄棚裏的葡萄，年年掛滿；年年來一雙青灰色的小鳥！

不斷的哀叫，葡萄上一雙青灰色的小鳥！七月到了，葡萄樹枯了，葡萄的葉子□焦，再也沒有去年明珠那樣的葡萄！宴會散了，可是你們來憑弔！不！那麼失掉了乳母，失掉乳漿那樣甜蜜的葡萄。哎！失戀的小鳥啊！你們不斷的哀叫，早不是當年歡樂的微妙的音樂了！

生命之火（散文詩）

沿河邊的一帶草堤，被冬天的陽光，曬得變枯了；一個老年的樵夫，在河邊刈草；七八個孩子，也在那邊曬太陽。

甲孩子：「你帶著火柴嗎？」

乙孩子：「我帶的。」

甲孩子：「快給我罷！」

乙孩子：「當心著，那個老人！」甲孩子不管他的話，從他手裏挖出火柴，去燃著又乾又枯的草上。

一群小孩子，不住的拍手！不住的笑！

老年的樵夫，回過頭來，說一聲：「誰弄的？」

一群小孩子，指點著甲乙二個──亡命逃回去的──孩子，同聲的告訴樵夫說：「我們沒有弄，是他們倆弄的，他們倆逃了！」

老年的樵夫，呆望著煙霧蓬蓬的火，歎一口聲自言自語的說：「我永遠燃不上那些生命之火！別刈去，留下罷！讓他們儘量的來玩。」

殘廢者（散文詩）

失路的小孩，可是生來啞的，他一路走來，碰見了人，想問他們說：「爺叔們！請告訴我到家裏的路。」

但是一片「亞亞」哀苦的叫聲，沒有人理會出來。

一個年青瞎子，右手裏執著杖，左手敲著一面銅鏡子，他是靠算命生活的，一點一觸，很小心的在田間小路上走。

他一直闖到田溝裏，幾乎跌下！一群小孩子，圍住他，嘻嘻的大笑，他撐坐起來，對著滿天微弱的陽光；希望曬乾他濕濕的襪子與鞋子。

破廟裏守門的老人，從小壞了右腳，不能走路。半夜三更，鄰家失了火；他從黑暗裏，見到許多火星射進來，把他心裏微弱的無用的恐怖逐出了！

殘廢者，三個殘廢者！「天地不仁，以萬物為芻狗」。這是東方學者的悲哀。

【注釋】原刊1921年11月29日上海《時事新報・學燈》。

愛之循環

活潑地的鮮花，

伊把他摘下。

伊說「那末可以保持我們的愛！」

花也慢慢的倦了！

伊說：「我們的愛有三天。」

他心裏十分狂熱！

狂熱——是什麼的暗示？

伊早理會得便恐怖的想；

可是要縮短我們愛的壽命？

伊真是個溫柔而可愛的人！

我愛伊；不曉得何時相識！

Venus說：「沒有多少時候了！

我將給你們，必需愛的一個限期！」

催眠的春天，鋪好了萬花之褥，
躺著四五個天真的孩子，
Flora說：「大家別碰她們，
她們是愛的源泉。」

黝黑而深沉的幕，
輕輕的籠遮大地，
沉默，──剩人們的鼻息。
Dreamgod說：「願大家愛的覺醒！」

伊再有聲息了！
而且閉了，──永久閉了眼兒，
Pluto說：「幸福啊！
領你到真愛之路！」

【注釋】原載《曙光》第二卷第三號，1921年6月出版。Venus愛神，Flora花
神，Dreamgod夢神，Pluto冥君。

梵貝外六首
梵貝

黎明的梵貝，
唱出了招魂的哀調！
母親死時的音樂，
又在別家裏響了。

足音

門外的足音，
悠然地去了。
不是戀人，
徒費了我的心悸！

夜

窗外的月光，

淡淡的輝映窗闌；

窗裏的燈光

襯出了一個女性的黑影；

她沉沉地靠住窗闌。

一陣陣的夜風

吹得她遍體清寒，

可不曾吹涼她在狂熱的急喘！

歌聲

楊柳的微風，

長留著她舊日的歌聲。

路傍

月夜的路傍，

失掉了他愛人的影子，

他在那裏彷徨。

飛馬

忽然我變了飛馬，

奔馳於無際的大空。

渾身的冷汗，

還疑是清夜的甘露；

一點的燈光，

還疑是足下的星辰。

夢之魔術者，

靈之被試者。

錄自這二三月日記的眉端，作者

【注釋】原刊1922年8月19日上海《時事新報‧學燈》，收入《死人之歎息》
時刪去《歌聲》題為《梵貝外五首》。

荒城的一夜

（一）

八九年前的宿舍，
三十六間靜僻的廢衙；
今夜，明月在天之空，
樹影在粉牆間流動。

沒一點兒聲音，
只有蟋蟀在壁下悲鳴。
鬼啊狐啊紅鼻綠眼啊，
小時恐怖之泉乾涸的了。

（二）

茶店的天井裏，
主人的女兒在那邊乘涼；
不消說是舊相識
況是一年的同窗友。

一樣的長到成人了，
她把蒲扇遮住了面
竊竊的聽我告訴主人：
八九年來我的飄浪。

蘆間之屍

青灰色的婦人之屍，
粗而肥的死後之肉體；
一莖紗線兒也不掛，
畢挺挺的躺在蘆塘裏。
從何處漂泊來的喲，
無限的欲求完結了！

夕陽自蘆間透出來
顯出一種空想者的悲哀。

【注釋】原刊1922年8月22日上海《時事新報・學燈》，收入《死人之歎
　　息》。

聰明

縱使隔絕了她，
她抬高十二倍的低音！
故意使我側耳地傾聽。
縱使無言對她。
她忽紅忽白的面色，
使我看出她灼熱的沉默。

天還沒有蔽我的聰明。
啊，我何幸！我何幸！

寄H.W

在旅店的廣庭裏，
唱罷了Tenntson的Princess，
你退下場來幽咽地說：
「我不能久留了！」

在茶店的客廳裏，
唱罷了Longfellow的Evangeline，
你退下場來決心地說：
「我不能久留了！」

陰暗而深碧的背景，
華嚴而沉壯的舞臺；

歌唱的一群中，
誰還找出你來。

死的消息

橫豎順路呢，朋友！
你千萬告訴我將嫁的人說：
「他死——死在異國的了。」
並且抱著一股勇氣地說：
「當時在病院裏親見他死的。」
無論如何要你幫助，朋友！
你裝出活現地一般，
使她再沒有疑心；
並且婉轉地安慰她，
教她努力前途的新生命。

西園

荒了的園地，
蟲的聲蟬的噪，
清清碧的水涯；
啊！我足足有五六年
不踏到西園的路了。
失掉了的玫瑰花，
常在我心的園地裏。

顫音

何等的哀轉而輕靈，
她正唱著急調的顫音，
聽呀，闔攏了眼兒聽，

好像從那種聲波裏，

傳來一層層的痛楚，

啊，我！啊，我我！

恨不得把一柄鐵杖，

立刻將我的心兒打破。

【注釋】原刊1922年11月2日上海《時事新報‧學燈》，收入《死人之歎
　　　息》。

海上悲歌前曲

天風浪浪！

海水蒼蒼！

去罷，到未知的國土，

從此拜別你的故鄉！

誰還與你相親，

孤零零的旅者喲，

你知道嗎知道嗎，

你早被摒在人世的以外了。

天風浪浪！

海水蒼蒼！

你身外無一件長物，

你胸中有萬種難言；

托天空的飛鳥，

飛去，飛去，飛去，

飛到你母親的墓旁，

告訴她：悠悠此去的悲傷。

天風浪浪！

海水蒼蒼！

你所夢想的一人，
在白雲西去的彼方；
白雲不會趁你去，
你們從此生離了。
逝者如斯的時間啊，
何時賞賜你們再會的一天。
　　天風浪浪！
　　海水蒼蒼！
明月照在你的頭上，
海面上輕流著銀光。
夜的沉沉，海的渾渾，
威迫你那弱小的靈魂。
只有慈悲的明月，
私下安慰你這無告的一人。

【注釋】1922年11月27日上海《時事新報‧學燈》，收入《死人之歎息》時略
　　　　有修訂。

湖水

清清碧的湖水上，
鋪著一片晶溶的琉璃；
我們低著頭靠在石闌上，
深深地注視湖水，
水底裏藏著她的臉兒。
水底裏又藏著我的臉兒。

別了，毋忘此時此境，
這一片湖水的盈盈；
水上的我與她，

水底的我與她；
這X形的視線裏，
有多少說不出的話！

記憶

燈光燦爛的大庭。
歌聲琴聲歡笑聲。
幾多花樣的年青們，
我也其中的一人。

一個人兒對著我，
驚惶地喊道：
你把一切秘密告訴我，
莫要皮笑心不笑。

【注釋】原刊1921年11月27日上海《時事新報‧學燈》，收入《死人之歎息》。第二段經過修改，此據後者。初作：「一位朋友對著我，驚惶地喊道：『滕固啊，滕固！你有點皮笑心不笑。』」

異端者之懺悔

他所有的秘密，
論理不能解釋；
他所有的悲痛，
上帝不能慰藉；
他所有的罪惡，
牧師不能回贖；
他只希望有個詩人，
將秘密告訴你，
將悲痛傾吐你，

將罪惡交給你，
你替他一肩擔負；
他安心地歸到墳墓！

他的赤條條的靈魂，
永遠飄蕩與浮沉！
他是天國的門外漢，
他是地獄的覷覰者，
他不希望天國，
他很恐怖地獄；
他只望有位建築師，
替他建座靈魂之屋，
他的靈魂有歸根，
那便是他的恩人。

過去的生命啊！
輪流他的腦底；
決絕的戀人啊！
反映他的眼底；
你們是夏天的蛆毒，
來咀嚼他的肉，
你們是六月的蚊毒，
來吸吮他的血；
他的肉變了紅腫，
你們才肯休罷！
他的血止住流動，
你們才肯休罷！

在「我」的寶座前，
他委曲地祈禱說：

「我」啊！你應許我，

將我昏亂的腦髓，

漂洗得潔白；

將我污濁的血液，

蒸濾得清澈；

忘掉我是敗北者，

重上人生的戰線！

「我」啊，你允許我。

【注釋】原刊1922年4月21日《時事新報・文學旬刊》第35期，收入《死人之歎息》時略有修訂。

獨唱六首

（一）

太陽照不到

陰濕的屋子；

此中有人憂鬱而死了。

（二）

野草叢中，

佈滿了毒蛇之卵，

他們要破卵而出，

我怎敢闖入。

（三）

徒然的，主人，

你那種正言厲聲！

我不吃了你的飯也罷。

（四）

深夜的都會，
空剩疲倦的車聲！

（五）

兩堆，三堆，
Ａ字丘上的積雪，
那是我夢想的金字塔！

（六）

寂寞的街道，
北風怒號，
酒徒在那邊醉叫！

【注釋】原刊1922年4月21日《時事新報・文學旬刊》第35期。

獻本之詩

慈悲的說教者，
聽，請摒息地聽！
他硬把青春活埋，
開始無窮的長歎。

他含住母親的乳頭，
飲了無數的靈漿；
他活了，母親死了，
他留下些悲痛的歎息。

他陶醉在銀光的海裏，
百萬的鮫人裏抱住他；

黃金的愛，倏忽幻滅；
他留下些甜蜜的歎息。

故國，異國，他鄉，故鄉；
人生的旅路無盡長！
歸來──沿途嘔血，
他留下些幽沉的歎息。

他看見灼熱的油鍋中，
煎熬著行屍走獸；
銀河的水，洗不盡腥臭；
他留下淒憫的歎息。

慈悲的說教者，
聽，請摒息地聽！
待他的長歎休止，
就把他葬在你們的胸次。

一九二四，十一，三。滕固稿於東京澀谷

【注釋】收入滕固著詩文集《死人之歎息》，1925年5月挹芬室出版本。

瀨戶內海

長行客，
在瀨戶海上；
漂來漂去，
八九次了！

海水，
一年年的青碧！

長行客，
一年年的孤寂！

海水裏，
映著長行客的面顏，
瘦削的，
海水把他洗得清鮮！

漂來的時候，
躍入你溫暖的懷抱；
浮去的時候，
脫出你沉默的桎梏。

長行客，
死在沉寂的荒郊；
海水，
飛漲了萬丈的狂濤。

【注釋】原載1924年12月《獅吼》半月刊第9、10合刊，收入《死人之歎息》。

一個Sketch

他畏縮地靠在我的書桌上，
問她：幾歲了？
她癡望著我一聲不答。
問她：家鄉呢？
她癡望著我一聲不答。
問她：居停主人是你的父母嗎？
他提起了紙筆，
畫了一張Sketch：
——一個女子哭出她的眼淚

滴滴地流到盛的飯碗裏。——
她吐了吐舌頭望著我，
眼兒水汪汪的，
伸手縮腳地逃去了。
於是她不到我這裏來了。

黃金時代

萬紫千紅的花瓣，
紛紛地落在池水上；
池水——青青碧，
一片見底的琉璃。
我是一尾瘦長的小魚，
優遊地，自在地，
在澄澈的水中，
翩躚地游泳。
振起了生命的全力，
興作了無數的微波；
我在水底休息，
萬花在水面跳舞。
多麼美麗啊，
多麼輕妙啊，
黃金時代——
在池沼中復活了！

悲劇作者頌

他闔住了一雙眼睛，
用淚線看宇宙的萬形，
他塞住了二隻耳都，
用血管聽人們的哀音。
他沾了淚和了血，

灑到大地的舞臺上，
宇宙正覆著晦暝，
人們從夢中哭醒。
他並不患聾盲的病，
Melpomene是附著他的生命。

和田山之秋
高原的大道，
都會在遠處；
兩旁夾著，
高大的古樹，
低小的屋子。

在落葉的紛亂中，
她迎著風兒，
揮手去了。
風吹她的衣角，
愈飄愈小，
回風轉來一陣陣的苦笑。

死人之歎息
芬芳，馥郁，
油漆的棺木。
一種說不出的香氣，
比婦人的頭髮更濃膩。
啊，最後的陶醉，
手足於是麻木了。

【注釋】收入《死人之歎息》。

墮水

墮水而死的一少年，啊，

他生前沒有婦人擁抱過，

他死了浮在荷塘的深處；

萬花在周轉謔笑，

微風奏出幽揚的琴操！

濃烈的香露，

灑上他的屍體，

粉紅的花瓣，

做了他的被褥；

他在萬花的懷抱中，

自在地飄來浮去，

一切秘密的美，

他已體會得了。

在僵硬了的屍體裏，

他的冰冷的心靈，

又復燃上了火焰；

於是沉在荷塘的底裏，

滿塘的清水儘量壓抑他，

可是熄不了他的心頭的灼熱。

【注釋】原刊1925年8月9日上海《時事新報‧藝術》。

我記起你的一雙眼

我記起你的一雙眼，

像二顆明星；

當你寧靜地注視我，

輝在天空，是威靈的神明。

我記起你的一雙眼；
像二顆明珠；
當你活潑地斜視我，
滾在盤中，指尖兒捉摸不住。

我記起你的一雙眼，
像雙生的葉子；
當你歡笑的時候，
迎著風兒，翻覆飛舞不住。

我記起你的一雙眼，
像雙生的花朵；
當你哭泣的時候，
掉在銀河裏，嗚咽地苦訴。

【注釋】原載1926年8月《獅吼社同人叢著》第1輯《屠蘇》。

The Lonely Road──**在S的室讀Capp的畫**
遼闊無涯的大地，
把山林煙水藏匿了；
前途幾何萬里？
可望的，只有天空靈鳥。
孤獨的旅者，快拉你的Violin，
靈鳥尚能賞識你的妙音；
你拉得越緊，
天際離你越近。
人們給你遺棄了，他們最後的哀叫
──嗚嗚咽咽，何其悲壯，
長留在你的弦索上。

太陽下山了，你莫要返顧，

因為你所熱愛的婦人，美酒，

不許帶進你所渴望的國境；

那王國裏，只有不近人情孤寂枯窘。

【注釋】原載1926年8月《獅吼社同人叢著》第1輯《屠蘇》。

國立藝術專科學校校歌

（滕固作詞，唐學詠作曲）

皇皇者中華，

五千年偉大的文明，

亙古照耀齊日星。

製作宏偉，

河山信美，

充實光輝在我輩。

我們以熱血潤色河山，

不使河山遭蹂躪；

我們以熱情謳歌民族，

不使民族受欺淩。

建築堅強的城堡，

保衛我疆土人民；

雕琢莊嚴的造象，

烈士萬古垂令名。

為創造人類的歷史，

貢獻我們全生命！

【注釋】約作於1938年，收入《藝術搖籃》，浙江美術學院出版社1988年3月
第一版。

紅靈Red Soul（劇本）

　　我從前在中學時代，我的表兄自U.S.A.寄來幾種劇本；教我當做會話讀。那時候全不懂戲劇是什麼？只覺得有一層空漠的思想。後來轉到大學時，和同人輩相從為譯事；那末從小說又牽引到戲劇，可是當時的社會，很歡迎Couan Doyle派的小說，還沒有注意西洋戲劇；我雖與戲劇有意氣投的感情，有時只把戲劇的本事，譯做小說，以博時好，實在不應該的。──同時曾譜《鳳女台傳奇》載某志，適表兄歸國，他說：模仿Romantic文學，很無意味的，便爾中止。──初來東京見沈澤民、張聞天、田漢，方日夜不倦的作劇，又引起我舊時的感想，決計將現代名作，廣讀一過，又復三日兩頭，踏到戲園裏去，當作我預備作劇的圖書館。

　　去年的年底，大著膽，作《自畫像》一劇；因為入學試驗的一個問題，沒有完稿。今年正月裏的一天，和幾個朋友到「墓道」中亂談半日，臨時發生《紅靈》的一劇。在二月八日自松葉館移住到冰川樓後做成。告白既揭於正月，那末是日算完全排演我腦中的紀念。春假中曾給東京的朋友看過，後寄北京的朋友王統照（劍三）多所商量。又以教課為累，粗粗的增益一次；發表後，冀有真摯的賜教，使作者受無量好處！有叱為偏於空想，那末我不得不自認為科學的罪人。

一九二一，四，一六重錄於東京冰川樓

人物　雙琴

　　　　蓮弟（雙琴的弟）

　　　　靈（雙琴亡母的靈魂）

　　　　曾有乾（雙琴的父）

佈景　雙琴和蓮弟的一個寢室。

第一場

　　時在晚間，室中西式陳列；燈光很明亮，夾著幾盞淺紅色的電燈。左側有鐵床一座，右側有寫字臺一座，和鐵床遙遙相對；寫字臺的右方，擺著一座沙發，時計懸於正中的板壁上，左右兩側都有門；但離寫字臺和鐵床尚遠。

　　其他如壁間掛幾架的西洋畫片，很精緻的。而衣櫃，書架，椅子，小桌子，和應備的器物順序安置。

　　幕開，蓮先在，雙後出，壁上時計敲十句鐘。

蓮　　（很疲憊的坐到沙發上注視時計）十句鐘了！阿姐，阿姐，我要睡覺！阿姐，我要睡覺！

雙　　（上場慘澹的攜蓮手）你今年十歲了，還不會自家脫衣裳，自家睡覺，總要別人家來替你做的！

蓮　　（離開沙發欠伸著）不是我自己不會脫衣裳，我一個人住這間房子，非常害怕！（指沙發）就是這沙發上，娘吐了絢絢紅的血，我坐了，心裏也覺得勃勃的跳！

雙　　（替蓮脫衣）娘養大了你到十一歲，有怎樣害怕呢？

蓮　　是呀！難道死是不怕的嗎？她臨死時候，我親見那種害怕的形狀，（很注意的）阿姐！

雙　　什麽？

蓮　　阿姐！今天吳媽又來，祖父母很歡喜的對她說話，都講你的事情。他對我說：你的娘去了，你也覺得很苦惱嗎？可是明年此時，你的阿姐又要出嫁了！給你的姐夫領去，你捨得掉嗎？她這樣說，我不高興理他。

雙　　我知道的！哼！姐夫，這個人沒有生到世界上哩；你別去聽他，也別多管，快去睡覺罷！

蓮　　（一直到床上，自己蓋好被褥。）

雙　　（拿蓮的衣服掛在架上，再整理被褥，自己也慢慢兒脫掉衣服。）娘！你去了，我的命也斷送了！（拭淚）娘啊！你萬萬不

能去的，你竟然去了！我的希望也從此絕了！（把衣安放好，也坐到床上，搴下帳子。）

此時電燈變成深綠色，不過稀少的幾盞；沙發後起紅光，穿紅衣的靈上場，從此處慢慢兒騰上。

雙　什麼？紅──紅──紅的是什麼？（搴開帳子伸出頭來）啊！是娘吐了絢紅的血，不是！──是一個人，一個人是誰？

靈　我！我！琴兒。

雙　（驚訝的）呦！像娘的聲音，是娘嗎？

靈　（輕輕的）是的！琴兒，你是不是常想念我的嗎？

雙　是呀！我想和你一塊住。呦！你怎樣滿身都是紅的？

靈　因為這不是我的肉體，是我的靈魂，我吐的血結成的！

雙　你住在什麼地方呢？

靈　（舉起紅手，指著正中板壁）我住在那邊的！

此時正中的板壁，立刻有紅光從隙間射進！

雙　娘！你領我去逛逛啊！

靈　那是別一個世界，可是現在不是你去的時代。

雙　我現在要去，怎麼樣？

靈　我不能做主的，就是我許你了，他們也不許你的！

雙　（披了衣，從床上跳下）我偏要去！（徐徐的去）

靈　那是不行的！而且你不要近我，一近我，我便周身發痛。

雙　（立定）真的嗎？

靈　自然呢！──你暫且坐在沙發上，我給你看罷！

雙　也好！也好！（坐得沙發上）在那兒呢？

靈　（舉起紅手，再指著正中的板壁）在那邊，你看！

　　此時正中的板壁，立刻遠遠的分開！彼處燈光微微的亮著，左右到兩門為止，高及時計為底；空中仍綠色，按照所需人物，漸次的來來往往。

雙　　是條路嗎？

靈　　是路！

雙　　到什麼地方去的路？好像很熟悉的，來來往往的人倒也很多！

靈　　是呀！不論那一個人，都要經過這條路，所以叫做「四通八達」的路。

雙　　看啊！他們爭先恐後的，向左面去，到什麼地方去？

靈　　他們向左方是到「機械之國」。

雙　　什麼叫做「機械之國」？

靈　　「機械之國」裏，有一條條的法律，配當人生，好像製造局裏的技師，配當機械，所以人家給他一個銜頭，叫做「機械之國」！

雙　　（驚訝的）呦！看呦！他們男男女女，都捆在這座車子裏；車子上有四個字，什麼叫作「禮教之車」？

靈　　他們都是禮教族的族人，原來是「機械之國」裏的大族。

雙　　他們是犯罪嗎？何以捆住他們的手！

靈　　他們沒有罪的！假使人們生到這族裏，自己便不能做主，一任「禮教之車」來來去去！要自己做主，便很危險的跌下！

雙　　唉！這一族人真沒有用，而且很可憐的！

靈　　那是沒有法子！

雙　　（很高興的）啊！他們向右面去的，到什麼地方呢？

靈　　他們到「自由之鄉」！

雙　　他們為什麼到「自由之鄉」？

靈　　他們在「機械之國」裏的生活，限期已滿；或者不願意做梗板的機械，受他們國裏技師，照一條條法律的配當，那末情願逃到「自由之鄉」。

雙　　（更驚訝的）好看啊！他們是人強馬壯的男男女女，左手執著旗幟，右手裏有的拿刀，有的拿繩，有的拿手槍，有的拿藥品，他們做什麼？

靈　你看！他們的旗幟上，都寫著「自殺之隊」四個字。原來也是「機械之國」裏的人，因為呆板的一條條法律，有礙他們的動作；那末想廢去他，或者受他的裝置，過分痛苦，和技師大戰，技師實在根深柢固，他們不能夠勝，便回到「自由之鄉」。

雙　我想他們到了「自由之鄉」也好，因為脫去了「機械之國」不自然的生活！

靈　是呀！——你聽！好像有什麼聲音？

此時Piano奏

雙　是的，是喇叭的聲音！

靈　喇叭嗎？這是我們「自由之鄉」裏點名的記號；我所以要回去了！

雙　（站起）我跟你去，到「自由之鄉」！

靈　（向光處去，光也漸暗）這我早已對你說不行的！你還是不要來啊！

雙　（著急的）同去！同去！——不好，有人拉住我！有人……

燈全滅，舞臺急轉

第二場

　　室中燈光亮著，如第一場的開幕時；惟此時已在早上，淺紅色電燈，盡易白色燈罩；好像陽光一般！

雙　拉住我！是你拉住我！（搴開帳子）

蓮　（坐起欠伸著推雙）天亮了，天亮了，阿姐！快起身罷！

雙　（呆呆的坐起向四面一望）

蓮　（再推雙）阿姐！快起身罷！時候不早了。

雙　（懊恨的）原來是你拉住我！

蓮　我看見天亮了，自然拉你起身。

雙　咳！仍舊不能到「自由之鄉」，仍舊脫不掉「禮教之車」，（穿好衣服下床）起來！起來！

蓮　（也離床而下，異樣的注視雙）

雙　當心著涼！快來穿衣裳！（替蓮穿衣）

蓮　我去吃早飯了！（開門出場）

雙　（理好被褥，疲憊的坐到沙發上。）紅的！血還是靈？（周視沙發近旁）唉！我親愛的娘啊！你住在什麼地方？你住在什麼地方？我跟著你來了。（淚涔涔下）唉！唉！（繼續的）我的阿父！你也不諒我，誰來諒我？我娘也去了，教我告訴到誰呢？（搖頭不住的）我的命也斷送了！

蓮　（推進門來）阿姐！阿姐！

雙　（不理）

蓮　（驚訝而婉轉的近雙）阿姐！爺教你去吃早飯。

雙　（仍不理）

蓮　（很無意思的開門出場）

蓮　教我告訴到誰呢？無娘兒如此結束——娘啊，你到硬起了肚腸，夠你的女兒受那千創萬痛！你快來帶我去，帶我到「自由之鄉」！

曾　（曾開門上場重有憂色的）快不要這樣！雙琴雙琴，快不要這樣；給你的祖父母聽得了！又要惹罵一頓嗎？

雙　（更悲傷的）爺！你也該可憐我！無娘兒再沒有告訴的地方？你也該可憐我！

曾　（退轉身來關住了門坐到床前的椅子上）雙琴你現在大了，自己應該留心點，你還不知道祖父母的性子嗎？

雙　（微慍）祖父母啊！斷送了我的娘，不夠嗎！還要斷送我！

曾　（不由得淚下）你快不要這樣說，你應該自己曉得！你的大姊尚且不能自己做主，都在祖父母的手裏；你是庶出的，你這樣，更加使人看輕你！

雙　我是庶出的，難道不是人嗎？難道不是你的女兒嗎？

曾　雙琴教你不要這樣說，你聽得嗎？（低聲的）你也該明白！祖父
　　母他們總是做出祖父母的樣子！

雙　祖父母呀！

曾　你不要說，你且聽我，（沒精打采的）我沒有生你的時候，你的
　　祖父母，也逼我和你的嫡母結婚，我也無可如何？後來你的娘情
　　願做側室，不曉得受了多少的閒氣！多少的吐罵！（稍莊嚴）我
　　們只好譬個天命罷！

雙　爺啊！我娘什麼死的？原來也譬個天命嗎？

曾　（低首沉默）

雙　原來也譬個天命嗎？

曾　那是你毋須問，你應該曉得的；所以教你留心些！而且你還沒有
　　愛人，譬了天命，再好沒有！不像我們當時中年失戀的苦！

雙　愛人！假使有了愛人！現在早已成了枯骨！爺！你是很高明的，
　　而且也是過來人，總要替我想法！

曾　（懷柔的）雙琴那是實在沒有法子了，我也無能為力！

雙　（氣斷續的）爺！你也無法，教我什麼樣呢？什麼樣呢？你總要
　　幫助我，替我想法脫掉這一條死線！我情願不吃曾氏的飯，祖父
　　母驅逐我，我不單是無聲無嗅，而且感激也來不及！

曾　（稍稍尊嚴）那有什麼趣呢？你的祖父母萬萬不允許的！（婉轉
　　的）假使你如此，你的祖父母以後，再不許你的幾個妹子到外邊
　　去讀書了！

雙　祖父母呀！你們易地以處，也該怎樣？——當我女兒看待，要原
　　諒些！不當我女兒，那末干你們甚事？（轉急的）爺！你快替你
　　的女兒想法，你總當我女兒看待的！

曾　我再沒有法子想了，你的祖父母一口答允他們的，我再沒有插一句
　　話的機會；你的祖父母一口答允他們的，我再沒有挽回的餘地了！

雙　真的沒有挽回的餘地嗎？那麼永遠沒有挽回的餘地嗎？

　　此時壁上時計，恰巧九句鐘

曾　（對著時計呆望）

雙　（拭淚站起）爺！你辦事的鐘點到了，你去罷！不去也要給祖父母罵的。今天我吃不下早飯，很疲憊！我要睡覺了！

曾　（也站起）你萬勿急，安靜了些！去想想看罷！做個人難極，還是得過且過的好，在我們十年前，也是這樣的，到了現在，年紀的增加，境遇的壓迫，那一片傲烈的性子，也漸漸淡化了！

雙　（不滿意的）爺！你不消說，你不消說；年紀增加，境遇壓迫，要移動我的本性！不如殺掉我的生命！比較的直捷爽快些。等到本性還移，不曉受了都多少痛苦呢？

曾　你的話到也不差，但是你的祖父母想不到的，也無可如何？（向時計再望）

雙　時候過了一刻；我再不願聽得祖父母三個字。爺！你還是去，我也罷了！

曾　你可安靜了些！……（不自然的下場）

雙　（仍坐到沙發上，仰首一回！）沒有什麼了！唉！今天可是我的末日嗎？我親愛的娘！（酸痛的）快來帶我到「自由之鄉」，好好享些自由的幸福；（四周呆呆的一望）何處是「自由之鄉」？我來了，娘！我跟你來了！（轉身到寫字臺前，抽出抽屜，拿出一包紅色封固的藥品，仔細看看！）煩勞你！今天煩勞你帶我到「自由之鄉」！你是到「自由之鄉」的慈航！我也沒有別的愛人，我所愛的是我的娘！煩勞你帶到我日夜夢想的「自由之鄉」！和我親愛的娘一塊兒住。（拿著杯子，斟了茶，拆開封皮，是一個小瓶，也斟到杯子裏，仍坐到沙發上，看著杯子！）煩勞你！煩勞……（默默的喝了）

此時電燈立刻變成綠色；沙發後又起了紅光，靈上場！

靈　（從紅光中慢慢兒騰上）

雙　（沉默不動）

靈　（出紅衣披雙琴身上）

此時遠遠裏，有「自由之鄉」的紅燈張著！

雙　　（站起，和靈同向燈光處徐徐行！）

此時紅燈也漸漸遠，同時奏聲調音慘的Musice！

幕下

　　這篇劇本的創作，是我沒曾會面的友人滕君的作品。其中所代表的思想，諒閱者自能神會，不用我來多說。但我很感謝他，從遠道的東京寄這篇痛苦的心弦的音波，在《曙光》中喚起痛苦兒女的迷夢！唉！人生那裏是「自由之鄉」？俄羅斯小說家梭羅古勃，人稱他是「死之讚美者」，我讀了滕君此作，我不禁有此聯想。在這等世界裏，果要求大自由，大解脫，我們不從籠住世界的黑幕中，尋得出一條光明的死之道路，更從何處捉得到人生真諦呀？

十，五，三日。劍三附記

【注釋】原載《曙光》二卷三期，1921年6月出版。劍三即王統照。

日記

征途訪古述記
上海商務印書館
1936年刊行

東行漫記

予生二十年，足不出里閈，目未及高山大川，趑趄鄉曲，與市井相周旋者蓋久矣。今年秋，有扶桑之遊，雖蕞爾小島，亦欲一瞻其風尚焉。月之六日，予乘山城丸，平明發吳淞江，兩岸樹木陰翳，風來搖曳，一若江幹送客，有無限深情者然。吳淞為予故鄉，予紀行詩中，因有「行行重行行，我家從此遠」之語，蓋寫實也。

舟中煩悶甚，所攜書籍，如新刊及歐美小說雜誌數種外，惟《石遺詩話》耳。閱雜誌竟，則取詩話中二三雋語，諷誦之，神為之爽。同行者耕雲居士，夙好畫能詩，所攜名人畫冊，及墨蹟種種，互相評騭，以破岑寂。予以詩時質疑於居士，居士則就予學詞。吟聲大作，與艙外水聲相酬答，旁人目我二人，殆為狂歟？予二人晏如也。

七日舟已入東海，水作深碧色，俗所謂墨水洋是也。四望無岸，惟水天相接耳。是日天陰欲雨，長空黯淡，曉霧迷離，天與水幾疑渾而為一，我身亦希夷恍惚，弗能自主。午後，天漸晴，波濤澎湃，如萬馬奔騰，因於舟中得詩云：「思親時十二，去國路三千。帆沒已無岸，濤奔欲拍天。客心隨轉舵，秋思颺飛煙。故國知何處，青山一髮邊。」

八日黎明，舟已抵日本海，依舷望高麗山，觸景生情，不能無慨。紀以長句云：「高麗山色如眉黛，橫掃遠峰雲靉靆，秋色媚人人倚舷，秋山合與春山妃。日光漏出曉煙飛，海水橫流山自在。獨有高麗山上人，沈埋海底頭顱碎，江山如此可憐生，敢問老蒼何憒憒，山自營巉人自愁，悲歌擊柱一長歎，滄桑於我亦何尤，我猶當時之故態。嗟吁乎！蠢蠢高麗山，百年興廢天之緯。」

及午泊馬關。關中有醫生來驗疾。舟既入關，海不揚波，崗巒措峙，乃點綴海天風景之主要品也。薄暮，得詩一律云：「港中靜物畫難

真，對岸山光忽近人，秋水綠添遊子淚，夕陽紅點美人唇。十年湖海三都賦，萬里關山七尺身。舟出馬關回首望，檣檣林立似絲綸。」

九日將及午，舟抵神戶，水光山色，在在可人，又漫賦一絕云：「瀲灩波光淨客船，風吹帆影落尊前。者番不是求仙去，仙島崔嵬遠插天。」詩成捨舟登陸，約同伴赴粵菜館。舟中數日，飲食甚惡，至此大嚼，誠如《瘦鵑志》虎狼會之所謂狼吞虎嚥也。飯後，道出徐福墓，販肆雜陳，有戲園，狀如海上邑廟。復入某神社，古木參天，宇舍遼闊，頗有園林之勝。有井曰龜井，大如池，群龜游泳其間，數童子戲飯之，怡然自得，驀見庚子一役，吾國之炮及子彈，陳列廡下，嗒然而出。

是晚乘東京車，凡一夜，不獲寐，心轆轤與車輪俱轉，身尤疲憊，無意閱書。時復啖果以蘇之，則稍稍爽。行役之苦，至此已嚐一臠。坐以待旦，又奈夜長如年，東方既曙，霧色盡開，車行如駛，沿途風景幽絕，如走馬看花，頃刻已過。惟富士山，常在眼前，疑車行山亦行也。山作八字型，日人謂其「白扇倒懸」，信然。山色自曉及午，變化萬狀，我書至此，欲將我筆與山色俱變，戞乎其難哉。抵東京，日已午矣。

予來東京甫旬日，聞諸同居者云，有公園曰上野，曰日比谷者，為京師勝地。大凡來東京者，莫不知之稔，且數數遊焉。予途次倉卒，不及登富士山為缺憾，因於假日，往遊日比谷，亦收諸桑榆意耳。入園門，有土阜高二三丈，拾級上，萬卉夾道，老樹數幹，欹側饒古致。鳥聲嘈雜如迎客，下有池，臨池而望，則鷺也，鶴也，鳧也。相戲於水而忘其機也。茨芰蘋蒲之屬，纓帶纏連，以成水上文章。轉身出，別為一境，萬紫千紅，喧騰如海。其奇者，種植時，配合其色，成種種圖案，予於中土諸名園中，未之見也。折而往，為軍樂亭，運動場，盤旋而過，又一境矣。有亭，有池，池中有噴泉，飛濺高數丈，力極而墮，如瓊霏玉屑，如楊白花，琉璃絲，極變化之能事。予凝視不瞬，同遊者戲予曰噴泉能催眠矣。已而屈曲行，復得一境，松柏外，衰草而已。惟時天陰微雨，落木蕭蕭，人行其間，如山林絕境，足跡所罕至者，疑為夢中，有遁世之想，迥異於頃所遊焉。雨既盛，悵然而返。夫園之勝，不止是也，第予筆不足以達之耳。憶予在海上時，闤闠囂囂，無登覽之地，耳

目所觸，俗塵萬斛，宜乎不能豁胸襟，聞武精體育會有建築公園之說，予翹足以觀厥成，他日歸國，當置日比谷於不齒矣。泚筆記之，志所感也。

【注釋】原載《地學雜誌》1922年13卷4、5合期。原注「採自《申報》」，署名若渠。經考證為1920年9月日記。

關西素描──一九二二年四月日記的三之一

水是眼波橫，
山是眉峰聚；
欲問行人去那邊？
眉眼盈盈處。
　　──蘇軾《卜算子》

二日

念念不忘的想旅行到京都一帶，果然今天出發；從窘迫的旅費中，扣出五分之一添買書籍二三種，以備旅中翻讀。沒有多大的行裝，只備了一件柳條的提箱，衣服盥具愛讀的書籍，此外一本日記，一枝鉛筆，一本Sketch Book，一枝作畫的conte都裝置在這裏，便算摒擋舒齊了。

東京站燈火輝煌，足聲喧沸；我在待合室Waiting Room等八時半出發的一座車。室中男男女女都帶著行李，有的和同伴說長說短，有的和我一樣的隻身無語。

「滕君你到那兒去？」

「我到京都，你呢？」

「也到京都，你有什麼貴幹？」

「沒有事旅行去，你呢？」

「我到京都帝大參加醫學研究會，恰好同行，中途不會寂寞的了。」

「你也八時半車出發嗎？坐第幾等車？」

「是的，八時半，我是坐二等車。」

「那便不能同行了，我是坐三等車。」

壁上的時計，快要到出發的時候了；我與慶應大學醫科學生鄭君談話之後，便分道上車。

　　最後的鐘聲響後，車輪徐徐的動了；送行者紛紛下車，我便得到一個空位坐下；並肩坐的一位少婦，少婦的對面一位老婦，從她們的稱呼裏聽出她們是母女倆；我的對面與老婦並肩的，是一位中年商人；我們敘了幾句應酬話，各自靜著，只聽得鄰位的笑說聲，車輪的旋轉聲。

　　我向少婦借了一份報紙，看過後，一望車中人，有一半垂頭斜靠的睡了；還沒睡覺的幾位，語聲也很細微，我真羨慕他們，我趁過多次的夜車，無論如何總睡不著的。便從提箱裏翻出一本Sketch Book一枝畫筆，放在座次，一本夏芝的《秘密的薔薇》The Secret Rose，翻看了二篇短的，再沒有心緒了；也不願看別的書籍，只呆望車中人的睡態，各有各個的姿勢；其中似乎有很多的資料，供我思索呀。

　　「他們也做夢呢？

　　他們在怎樣的夢境裏逍遙！」

　　我的昏亂的腦髓，禁不住起這一種空想，自己覺得好笑；但是我看那睡態，越看越顯出他們的美，無論他們帽兒歪，衣襟斜，頭髮鬆亂，嘴巴裏垂涎欲滴；在我眼中看出，都是美態，自然的美態；使我發生不可思議的快感，機會不可失，他們醒時斷沒這種狀態來給我看的。

　　黃黑色的髮披她的眼際，

　　她倒在白綾的小枕上睡著！

　　異國的少女啊！她不曾知道

　　一個未成熟的畫師，

　　畫了她的Figure。

　　我解開Sketch Book，將離我四五坐位的少女，鉤了她的睡態，又畫了幾個小孩老人；未睡的二三人，都聚到我那邊看畫；同樣的感到不睡，他們似乎很羨慕我有這種消遣的伎倆。

　　車到沼津，夜已深了；我食了辨當牛乳，很希望睡一忽兒，總是不能從我意，靜靜的休息罷。

三日

　　黎明揭開車窗，送進了野外的空氣，我的神經漂洗了一下，頓時覺得涼爽適意，卻比較含人丹的效力還大。同坐與對面的三人，早已下車

了；我一個人占了二人的坐位，更覺得舒暢；洗漱既畢，靠窗望野外的景色，車中人也醒了，整理行裝，有一人揚著小旗，招呼掛徽章的男男女女；大約他們一地方的人，組織了團體，參觀東京平和博物館而回去的呢。

遠處的山光林木，映著朝曙，濃淡入宜；路燈等還沒有熄，輝耀薄明，他們似乎有種悲哀，東方發了白，便失掉了它們的立足地；它們戀著幾處的茅屋，無非望真蔭庇護；車行快，沿途的電杆紀程石，過了一處又是一處；來是升去是降，一升一降過了無數的升降；我才想到時間的過去也是這樣的，人生的漂浪也是這樣的；剎那間不可捉摸的呀。

京都站到了，木屐聲小販聲幾乎塞住了我的耳鼓；我提了小箱下車，到待合室中稍坐。先時曾約朱小虬兄到車站來接我，並不見他的踪跡；便離去車站，趁上電車，自尋他的寓所。至出町下車，過鴨川橋，橋下水流湍激，潺潺作響，山色誘人，市聲恬謐，這是我到京都的第一個印象；問了二次訊，小虬的寓所找到了。

「朱君在家嗎？」

「他出門了，到車站去候朋友的。」

「他去候朋友的嗎？那就是我！」

「先生就是東京來的滕君嗎？

「是的。」

「請進來！」

寓主是中年的婦人，引導我上樓，到小虬的一室，跪下叩頭，道了幾句酬應話；寓主下樓，鄰室裡來一位和服的少年，我以為他是日本人，用日本語談了幾句；他問我貴省，我便知他是山西人，小虬的同學；此後有一位同鄉的翁君來訪小虬，又談了好久，小虬才回來，同到東成館午膳。

昨夜一夜未睡，今天感到疲憊與無力，無意於山水的跋涉。回寓後，同鄉孫君、浙江竺君來訪，他們談京都的種種，我是談東京的種種。寫了幾封信後，天晚了，我們從帝大的一帶散步，風聲水聲，那種自然的音樂，觸耳皆是；我尤其愛聽寺院裏孃孃不絕的鐘聲。

　　京都的市內的街道，很清冷的；屋宇素樸，很有半村兼半的雅致，遠不像東京市內的車馬喧騰；這是我住的上京區吉田山附近，別處雖然也有車有馬，也喧鬧逼人的，不過中集處的一帶罷；我很自怨不到京都來讀書，受領些山水的清趣。

四日

　　　薄霧籠罩了西南諸峰，
　　　淚汪汪的輕浮輕湧；
　　　聽！那兒來的顫音，
　　　古銀杏的悲鳴。

　　清早與小虯登吉田山，山不很高的，實是一座土阜；但是望那林壑尤美的西南諸峰，非常適宜；都會的屋宇比接，也歷歷在目，這時我比諸登虎邱山。我們坐在石上，我和盤托出的從五年前登虎邱山以後的已死的生活，一齊講出；小虯歎了一聲，我禁不住胸中沸熱的液質，升騰而起了！山色樹聲，如乎替我分擔了幾許的憂鬱。

　　一位少婦在這裏迷了路，我們也不好意思留在這裏，相對欷歔！便送她下山，也回寓罷！一路迎面的春風，吹得我心魂都痛；我默默的念著Todhunter的小歌。

　　　唉，風啊！唉！堅強的憂鬱的風啊！
　　　吹呀，吹向我；
　　　你吹送那從前忘卻的事情
　　　到我的心頭。

　　午後往太極殿，不消說是一味帝王的流風餘韻；這時候櫻花正盛，遊人躃接躃的在殿的左方的一處精雅的林園中盤旋；我與小虯坐在小洲的石上靜歇，我帶的一本Sketch Book，沒有好的題材供給我：只將禁止通行——皇太子專有品——的一頂橋亭，架在池上；池水不波，也倒映著一頂橋亭畫了。

　　沿池邊去，不問到什麼地方，只管跟著別的遊人行；一條小路，兩邊夾著長松古柏，地上鋪了一重苔氈；穿過了小路，有魚池，我們也買了餅餌，跟著遊人去勾引鯉魚，看它們爭那些微乎其微的食品。

這是殿的右方了，有幾棵倒枝的櫻花，據說很著名的；怪道許多的遊人，都圍敘在這裏鑒賞它呢。

出太極殿不多路，有一所商品陳列所；我們到第二層樓，陳列日本人收藏的中國明代的絲織品，唐代的造像，和多種古代的文房具。我很慚愧，那些東西在本國人手裏，當是破爛貨不值錢的；落了日本人的手，便稱希世之寶了！使本國藝術的思慕者，發生無限的失望。

我們從商品陳列所出來，到動物院。櫻花雖是盛，我們到是看厭了；而那成群結隊的遊人們，也並不是真的看花，真的看珍禽異獸，不過是湊熱鬧罷。日本人看花節的癡興，有如我國的春賽節；萬人空巷，給櫻花的冷笑，珍禽異獸的揶揄。

我們尋些人跡稀少的地方，可說沒有；穿過院中的諸勝，碰到一條石澗，二個女孩子蹲在澗邊，弄澗水的急流；我便畫了一張素描。過石澗的那邊，稍稍清靜；坐在露天椅上，望一山洞由琵琶湖通來的水，怒氣鬱勃的衝入壕溝，冗聲的呼喊著。

天晚了，我們到常盤堂，吃過了晚餐回寓。朋友們教我寫些小幅貼壁用的；我便胡亂寫了篆不篆隸不隸的字，取笑了一陣。

五日

訪伯奇沒有會到，天氣陰濕，懷有下雨的胎孕。回到寓裏，隨取《水雲樓詞》和《飲水詞》朗吟一下，覺得有幾點很能動人的。

午後天氣清了，與小虯步往圓山公園，也是櫻花的名所；車馬相接，遊人不減動物院與太極殿，我們坐在草地上，望人來人去的看花忙；我解開畫冊，取了二處的題材，都沒畫成，便買了一包甘納豆，沿路走沿路嚼，到一座涼亭裏歇息。

人聲喧擾的地方，我最是厭惱；偏偏涼亭的四周，送來多少喧擾的聲音。我們上山，同行的四位少女，她們的足力比我們強，攀登山逕非常捷速。到了半山，山石罅裂而成澗，澗上架了一頂石橋，叫做「三溪橋」，我們坐石欄上靜看。

三溪橋下的澗水，

逼尖的叫著；

唉，這是像她唱過的調子！

這地方最清靜的了，橋的右方山逕和松柏，左方一片墓場，裝滿了大的小的墓碑；墓場的彼方，靠山有一小寺院。

水的聲音，鳥的聲音，它們破了我們的岑寂，清脆的微弱的告訴我們，春不在櫻花樹底，留春在山的深處呀！有幾輩遊人瞭解這鳥聲水聲，只有長青的松柏，消受那深山的春。

下了山坐在淺碧池邊的石上，遠望亭中人的背影，畫了一張素描，出山的時候，草地的小樹上，攀登了一個孩子；看他的神色，似乎很誇示冒險的成功；便也畫了他一下。

我們又到音羽山了，這裏有一所清水寺，也是京都有數的大寺；寺的本堂靠山而築，非常宏麗。我以為帝王的藝術、宗教的藝術，這種藝術美姑且叫他權威——教權帝權——的美；無論東方西方的藝術史上，都占了很重大的位置。

我們在清水寺的南園一帶，漫步往復，有落英繽紛的櫻花，有高入雲表的蒼松。遊人連一連二的上仁王門，到本堂去參拜；我們避在南園的僻處，由斜狹的山道，曲折而下，到一涸壑；老樹的根，裂土而出，我們便坐下，聽山外的喧擾聲山間的瀑布聲。

出山至本坊庭園，山坳水涯，都有僧侶的墓碑；橋亭倒映入池，也很幽靜，我們環行了一周，便由原路回去。

晚間在東成館晚飯，碰見伯奇兄，便跟到他的寓處閒談，借了《學藝》二冊，《少年中國》一冊，《海涅詩集》譯本一冊而歸。

六日

天陰不敢出門，靠在旅舍的窗欄上，望迷離的遠景，消去我好遊的渴疾；好涼快呀，一陣淋漓的雨來了，我正想起George Gissing的《The Private papers of Henry Ryecroft》，我要環回誦他的《春》的一卷。

雨漸漸的小了，水道的急流，如繁弦急管，伴著我看書伴著我寫信；實在我無意看書寫信，很喜歡聽水流的急調。

孫君竺君來寓閒談，明天登比叡山之約，天不利我們，就此作罷。

七日

天雨往帝大圖書館裏，我借了一部書Lubke的《Outlines of the History of Art》，這書圖很精緻。我就古代方面，平日聽講所懷疑的數處，考查一過錄在另一筆記簿上。

這裏中國版的書也不少，因時間的關係，只借到《國學叢刊》第一冊，讀了王國維的《古劇腳色考》。又借了一部杜文瀾的《古謠諺》，曼陀羅華閣刻本凡一百卷。古來的謠諺散見在別的書上，他都搜集了；從前的文學者不很注意的，他居然上自經史下至通志雜記中，苦心的搜索，成一巨製；雖然不載典籍的無名歌謠，未免脫漏了，我們總該佩服他。他有《萬氏詞律校勘記》、《採香詞》，四五年前也曾翻看過的，所以我很聞名的。

午後與伯奇訪沈君，不曾晤到，便同到我寓，作瑣屑的談話；隨後將海涅詩的原文譯文，對讀了一二首。我們談到詩是不可譯的東西，譯詩如同創作。

東成館晚飯後，與伯奇別；張君引導我遊禦所，這是從前的禁城。

微雨初霽，晚晴的山色，更加了一層的明媚；山水下流，會成鴨川的大澤，狂呼活躍作不平鳴。

青山之眼，

她看出了，她看出了，

我的更深的憂鬱。

我們過鴨川的長橋，到禦所；地甚寬廣，平碧的草地，浴了細雨的恩典，更顯得濃潤；我們從灰褐色的大道上曲折穿過去。

遠處的遊人，不像徒步行走，好像螞蟻的蠕動；樹木房屋，比我們還矮幾倍；一幅很好的透視畫，可惜我不曾帶畫冊。

異樣的涼爽，送我們回寓了；我將借來的雜誌讀了幾篇論文；讀到《少年中國》上劉所德翻譯Aliace女子的《從奧國監獄寄出來的信》一篇，很為她感動！

八日

天陰，在寓中讀了夏芝《秘密之薔薇》中的《Out of Rose》一篇；這是一段老騎士為農人而鬥死的故事，也是愛爾蘭的傳說；經他溶解了一下，我由是看出這一篇裏帶人道主義的一點。隨後又將海涅的《新詩集》中的《小史詩》Romanze朗讀，毛髮為顫；我把《春祭》一首譯了。

> 這是春之痛苦的快感！
> 蠻橫成群花樣的女兒們，
> 哀號而赤裸了胸
> 蓬了髮衝到那邊。
> 　　「阿銅尼司！阿銅尼司！」
> 夜幕沉了，近松炬的光芒，
> 探望森林的四方；
> 哭聲笑聲悲咽聲驚呼聲
> ——那苦憂的回聲！
> 　　「阿銅尼司！阿銅尼司！」
> 少年之顏異樣的美好，
> 橫在地上青灰的死了，
> 血染了花成紅，
> 長歎息充大空。
> 　　「阿銅尼司！阿銅尼司！」

幾天來的經驗，只是看別人家的春遊之興；混在遊人的隊裏，東也東西也西；我所鑒賞的春光，不是別人家所賞鑒的；別人家所賞鑒的春光，不是我所賞鑒的；但春光早去了，閉了眼兒一想，拋去海涅的詩集，再不忍讀春之悲調。

午後細雨中，與竺君及小虯，再遊圓山公園；櫻花的浴了細雨的微溫湯，顏色淺褪了，遊人也減少，未免充了些淒寂的空氣。

　　我們在池亭略坐了一歇，回到三條的丸善支店去翻書；竺君與小虯買了幾冊學校用的參考書；我也買了一冊George Moore的《一少年的懺悔》Confessions of a Young Man回去，當作旅行京都的紀念。

　　回寓時，遇孫君，借了一本法文字典。回寓後，燈下讀去了六十多頁；這是他少年的自述傳，他到巴黎學畫，前後的生活，在這六十多頁的四章中，也可略見端倪了。

九日

　　朋友們來訪我，我便拋棄《一少年的懺悔》，和他們閒談；大家出心出計的打算消遣今天的好天氣。

　　正午會集於常盤堂，翁君竺君孫君張君及小虯，以外便是我，六個人坐上到嵐山的郊外電車；嵐山既是京都櫻花的名所，又是紅葉的名所，實佔領了春秋的美景。

　　黃金色的太陽，照在冷落的市梢；茶店果物店，陳舊的招牌，漸漸的少見了；電杆靜靜的站著，青的草皁，綠的竹林，黃的茅屋，紅的寺院，遠近都屏息不出聲。充塞了遊人的電車，獨在靜寂的曠野中橫行；大施其狂暴的威權，驚動柔順的「自然」。

　　不曾相約的同車人，到了嵐山，大家都下車了；我們湊入眾遊人入山，夾道都是臨時的旅館，咖啡店，菜館，果品店。

　　過渡月橋，橋甚長，望對岸的樹木，櫻花，青草，都達到成熟期了；發出一種無名的情欲，挑撥遊人們；使遊人如醉如癡，在山道上狂歌奔走，在水面上擊揖呼號，這是何等不可思議啊。

　　左折過轟橋，上石級，到了一所寺院。我們分坐石上，注視幾位舞姬，髮髻高堆，長衣抹地，很像仇十洲畫裏的人物；她們在那裏參拜，目不斜視，輕輕的下山。

　　「喂，你呆了，下山去罷！」同遊者喊我說。

　　「她們的姿態……」我想翻畫簿，她們走遠了；我們也從蜿蜒的山道上，曲折下去。

從大堰川的岸上望渡月橋，橋的欄架，成了格子條紋的一幅圖案。

大堰川的平波，染上了白銀色，畫船參差來往，輕輕的飛著雙槳；銀絲似的水紋，旋螺似的由小而大。船中人的有吹哈謨尼筩，有的唱幽揚的戀歌，水面上蕩漾了一層沉重的狂熱。

我們也雇了一支小船，浮在大堰川的中流。兩岸的遊人，似乎失掉了寶石，東西張望，來來去去，在那兒不住的忙碌。山色青紅相間，像一個惡魔的頭，衝冠發裏流了許多血；幾多遊人在踐踏它。

水面的風，吹得涼爽，小舟漫行到千鳥淵了！陽光為山峰遮蔽，暗碧而帶陰深；山麓的白石，光潤如玩物；漸行漸狹，兩岸的楊柳，交叉出了水上的門；山洞的彼方，豁然開朗，水淺了，亂石直衝出水面之上；我們不能入山洞，求那邊的桃花源，這是很可惜的。

千鳥淵的靜僻處，稍稍休息，時間快到了，便回到渡頭上岸。在櫻花的林中，張君為我們五人攝了一個紀念影；沿大堰川的沙汀過去，坐在木筏上，望渡月橋上的歸客，橋的欄杆裏，高插無數的洋傘。

我們從沙汀上山，穿了好多處松林中的曲徑；路旁醉臥的遊人，大有「不知世上幾千年」的用意。我們登到山頂了，靠欄一望，下面就是千鳥淵；二三小船，比鳧鴨都尤小；遠處山光，更淡得恰倒好處。

> 我登嵐山最高巔，
> 下有九淵上九天；
> 九天不可攀，
> 長歌何局促！
> 九淵並一躍，
> 滌我平生之污燭！

突然的來了一重恐怖，生的苦悶，佔領了我的胸次；萬丈深的千鳥淵裏，似乎反映了我那瘦消的面貌，顫動的嘴唇，充血的眼兒，對著自然惶悚而不安。

　　時間不早了，我們下山，望歸路一方去；趁上電車，不約而會的歸客又充滿了。車行了半路，由窗外回頭望嵐山，夕陽沒在山的那邊，一道紅光，透出山頂；幾多遊人的狂熱，葬在那邊，還發出那些餘炙，來煽動我個冷血人。

　　歸京內，近七時了。

十日

　　上午往帝大圖書館，讀借Lubke的《美術史大綱》；翻看札記。午後孫竺二君來訪，便同往太極殿、動物院、圓山公園；不過環行一過，無可記述。

　　竺君於圓山公園碰見一位舊友，便離我們而去，我和孫君緩步回去，近來動物院有夜櫻，孫君以為我回東京後，再沒有遊樂的時間；夜櫻的機會不可失！便回往動物院，時已五點半了，院門前早有紅光可望見的。

　　臨時的電線，綴滿了園中，燈火煌煌；櫻樹的枝上，又掛了許多鐵筐，燒的松炬；光焰四射，和白晝一樣。我們坐在石上，聽得歌聲高談聲，小兒的哭聲，猛獸的呼聲，鳥聲水聲，聲浪的嘈雜，莫過於此了。不但沒有櫻花的香氣，而松炬的煙煤氣，獸類的腥臭，到是咄咄逼人。神經質的遊人們，你們什麼地方有可取樂的！什麼地方有可賞玩的啊！

　　不可久留了，便餓了肚子回去；幸而常盤堂沒有關門，兩人吃了些冷飯，分道回寓。

十一日

　　醒過來，窗上不很光亮，只遮了一層暗霧，我以為還早；九點鐘敲了，我以為還不到七時呢。昨天太疲乏了！

　　推開了窗，迎接了滿面的濕氣；我的不快之感，便也爽利的升起來了；這樣如煙如霧的雨天，上奈良的計劃，想來又是一場空夢的了。

　　愛讀的《一少年的懺悔》，不上二十頁拋去了；愛讀的《秘密之薔薇》，勉強念完了一篇《The Wisdon of the King》，也拋卷了；什麼一種不快之感纏繞我，使我心焦。是非為了今天學校裏開學了？我不能早

回東京去，是捨不掉奈良；若是奈良遊過，有什麼心焦？但是缺二三天課，也不是大不了的事情。那末這種不快之感，自己也了解不來。

午後訪沈登煇君，在他的寓閒談了好久；天氣忽而放晴，東山上夕陽的反照，在沈君寓舍的窗上；帶點憂鬱中的歡喜，不由得解了我滿腔的心事。

晚間孫竺二君來訪，各各談了些過去的經歷，過去的Romance；慨歎唏噓，無非灑些清淚來，憑弔灰色的、單調的、已死的生涯。但是現在的生活，不見得更新到怎樣田地呀。

十二日

清朝裏趕到京都站，八時發的奈良車已行了；在待車室裏，一個人冷清清地坐上沙發，展開幾天來所畫的畫冊，覺得還有趣味，室外的木屐聲喧擾到極點，而九時的奈良車快要開發了，便也上車。

從車窗裏望窗外的遠山，總不會厭惡的；山色時時變出花樣來引誘我，一天有一天的新裝束；淡青色浮在遠處的崗巒，由淡而深染到近處的崗巒；在這陰晴兼半的天氣裏，尤見得沉默有儀，令人虔敬她們那種大家風度。我解開畫冊，畫了些山景，隨便用手指一撚，不料黑色的一枝Conte，也會分出倪雲林水墨的五色，我何等的驚喜。

長橋下一片湖水，車聲隆隆的浮水面而行，橫流的湖水與車行，成十字形的過去；暗示的十字形，愈行愈大。聽說奈良到了，這在十時半光景。

遊奈良的人也不少，今天我沒有伴侶，下了車便跟著眾遊人，由廣道上右折而行；到一所著名的東大寺，——奈良也是日本的古都，他們稱作文化的發祥地，比較京都還古，在日本的歷史、美術史、宗教史上都占了極大的位置；他們又稱作南都的，又美其名曰聖地的。——寺的建築很壯麗，入大佛殿，有一座大佛，與鎌倉的大佛匹比；都稱作國寶的。

出東大寺，穿過公園，到春日神社；路旁排列著石鑿的同一式樣的「永夜長明燈」，足有二三里路長。神社靠山麓，沿山路而行，沒有別的遊人，我獨自在陰濕的僻處，山上的林木幾乎把天都遮暗；山溪的急

流，發出亂石壓迫它的叫聲，微風和上，成了雙調的音樂；我在這裏穿不出，似乎山林的神有意使我失路；恐怖的心情，微微的顫動了。

二三個役夫，從那條路裏來，我便從那條路上去；小的街道碰到了，廢了的都，充布滿了冷落與荒蕪的空氣，街道很狹小，石砌失修，崎嶇不便行路；房屋也破舊，有古都的資格。又像我寶山城的街道，異國異鄉，認了故鄉也罷。

兜過街道，已在公園的南境了；猿澤池的一碧平波，反映了對岸興福寺的五重塔。稀少的遊人，在池中打槳，雅人深致，不像大堰川中那樣的雜亂了。可惜我一個人，坐船也乏味，至長橋的中央，入湖心亭；靠在亭欄上，池水澄清，照澈了我的漂泊者的憔悴之容；我隨便拾了瓜皮，輕擲池中，丁東的一響，她酬報我無數的微笑。她因為我沒有伴侶，故意安慰我也未可知。

過橋休息於林中的石上，大鹿稚鹿，成群的在那裏來往；遊人都將餅餌給它們，它們也鞠躬致謝；三笠山的遊鹿，本是奈良著名的。在就近的食店裏吃了些便當之後；買了水果，仍坐在石上且啖且望；這是遊人慣有的放浪生活，不足為奇的。

商品陳列所中，略略參觀了一下，又到冰室神社，在涼池的周圍散步著；池水深紅如血，枯枝落葉點綴在水面上。忽然想到久聞大名的博物館，便去參觀。

博物館分十三室，其中平安時代、藤原時代、鎌倉時代三期的佛像占了十分之六；其他古寺中所藏的器物。日本人研究本國的史跡，都要到這裏摩挲的；每一件東西，詳考說明，一方面預備外國人看，譯成英文；而且都加上「國寶」二個字。我們中國的國寶，國人沒有識得，所以不當國寶的；他們古寺的牌額，也是國寶，也陳列博物館，也有許多考古家定為某朝的遺物。若是在中國，早當柴燒了；我看了，我細細的想去，背上的汗，不住的流下了。

此外有許多狂言的假面具，（按狂言Kyogen日本古代俳優的一派；中世附屬鄉台戲，安慰農民的；現在成了喜劇。）都帶蕭殺之氣；這是日本殘忍的國民性的背影。還有許多古刀，他們按照時代陳

列，認為無上的國寶；日本刀在我國也很聞名的，記得曾國藩的門下士，李眉生的《蘇鄰遺詩》中，滬上雜詩裏有一首很好的詩，至今還能背誦：

> 晉有幹將楚太阿，後先爭霸究如何？莊生說劍仁無敵，寄語扶桑東海倭！

這是他見了日本刀後所作；他用歷史的眼光，勸告日本人平和，不要野心勃勃；可惜日本人不曾夢想到呢。

由博物館出來，仍在公園中散步，漸到公園的邊隅，入一涸壑，二三個孩子在那裏玩；因為很僻靜，我便在樹根上坐了一歇。從荒路上走出去，是天神神社；一個畫師在那邊畫一座破屋頹垣，他裝了畫架，調了色彩，一心一意的畫；我在他的傍邊看了有一刻鐘，畫趣也起了，便在別一邊，也畫了一所破屋頹垣的速寫。

過猿澤池的大堤，入南圓堂；他們稱作八角寶珠形的建築，也是一所佛殿；隨後買了紀念郵片四組，金屬小佛像二尊；歸到車站已五時了。

上車後，展閱郵片認所遊處；幸而奈良勝池的大半，都經過了我的遊跡。是夜歸京都，預備明天返東京。

十三日

早上與伯奇至咖啡店啜茶後，同到東山近田舍的一方，天陰晦細雨，田間黃金色的菜花，抹上了銅銹，光澤大減。小河裏的流水，變成深藍，幾個姑娘赤手赤足的在那裏浣染織物；一種急流與浣紗的音節，非常合拍。

我們談了些故鄉風景，觸動了多少漂流的感慨；行行且止的長歎！又談了些近來大阪新聞上載的中國非宗教運動；他們誤會得很遠，這些地方，日本不了解中國，也許他們別有用意。

穿過市梢，經鴨川的長橋，到下鴨神社；今天算我在京都最後的一天，我再三的擊賞鴨川的水聲，她在那邊唱青春之歌，逼緊了喉嚨，

一刻不停的唱著；最是使我戀戀不捨的。伯奇問我有詩乎？我說地方太好，寫不出詩來形容呢！

　　神社的外面，古木夾道，我們在這裏盤旋了好久；便同到我寓裏，當做別時的歡敘。

　　午後孫君送來嵐山所攝的紀念影；又談了多時，因為急於回去，不能到別的朋友處辭別，很是抱歉的。孫君與小虯送我到停留場；我便搭上電車，到車站，趕上四時出發的一輛車。

　　細雨加濃了，玻璃的車窗，刷上了一重濕氣；宛然用毛玻璃裝置的。電燈一亮，車中的坐客，各各整了衣冠，檢了行裝安坐。車外的薄暗，包圍了車中秘密的熱：空氣滯重，呼吸不靈，坐客的眼兒現出猩紅色灼灼的對覷；我籲了一口聲。

　　半透明的車窗外一望；遠處的路燈，也為濕氣籠罩了，朦朧的光，如醉如睡；也不曉得車的是進是退；只疑在海底周遊，房屋林木，無非海底的東西。

　　吃了便當，鎮靜多時；翻出一卷《飲水詞》，默誦了一回。想作畫，沒有材料可取；深夜不能睡，十二時以前的時間，消磨於默誦納蘭的《飲水詞》，蔣鹿澤的《水雲樓詞》，鄉先生蔣劍人的《芬陀利室詞》中所記熟的。

【注釋】發表於1922年7月2、3、4、6日上海《時事新報》，收入詩文集《死人之歎息》。

無窮的痛創

F君——我於八月十六日，移住到FM醫院。

病室之外，樹木陰森；秋蟬的狂噪，聲聲地把我躍動心兒遏住了。我忍不住回想到故鄉的「西溪草堂」啊！有家歸未得！朋友！我們只好相抱而哭罷。

醫生對我說：「在你痛苦的時候，須想到歡樂；在你孤寂的時候，須想熱鬧。」這話似乎很對，仔細想來，我以前的生涯，沒有一天歡樂過，也沒有一天熱鬧過的。我徒然費去了幾身冷汗，追索那泡影似的沒有成熟的歡樂與熱鬧，來增加幾分痛苦，幾分孤寂。

室中四壁塗著紫褐的顏色，這種肉的色彩，像一頭死豬，刮去了毛，映出不會流動的血痕，壁上有渲出一朵朵的水漬，有的像龍馬，有的像人物，有的像鳥鵲；總括一句像原始人的繪畫雕刻，我不由得被它們引誘了，注視了好久，像在研古學研究室裏做工夫。一件件的畸形怪狀，折疊到我的眼前了；一幅幅的胡思亂想，也折疊到我心上了。

天黑了，露臺上的日本姑娘們，——看護婦——在同聲同氣地低唱的詩句；我才想到住在日本人的病院裏，我又想到日本的情調，我尤其想到三木露風住在海濱的修道院裏，和我這時一樣的枯寂，啊！我那有三木氏的天才，著出歌辭，被姑娘們傳唱呢，休休！

看護婦時時拿了寒暑表來量熱度，以外便沒有一個人來存問的了。我總是抽出紙煙來亂吸，這是醫生准許我的，我也借此吐氣一下。燈光充滿在這小小的病室裏，逼著我東西張望。玻璃窗上一個小甲蟲，繞著鏡框不住的盤旋；如果我不像今天那樣的四肢疲憊，懶於轉側；我定要把我的指頭觸死它。啊啊！它也是受命於上帝而生的活物，從此我悟到死是偶然的，說不定我們遇見了強有力者，也會死在他們的手掌中。

　　我現在好像臨到死的時候了，我不怕死，但我不願意死於現在。在這謗言四起百喙難辭的時候，我死了，有人疑我怕事，不不不，新聞紙上的詆毀我，我也不問；朋友們口頭叱責我，我也不問。說我棄舊憐新，由他們去說；說我作頹廢派的文章，也由他們去說；與親戚久遠，與兄弟不常相見，他們不諒解我，我也不辯。他們對於我兀傲自尊的性情，絲毫無損。我只對於你近來抱一種落漠的態度，對於你自身，對於我，以至對於其他，都很冷靜；而我戚戚然以不我諒解為憂呢。

　　朋友，你對於我決不許為流言所眩惑的罷！我們十年來的交誼，許多人說我們有同性愛，我們倆誰都否認的。但我反覆思忖，我不管我坐直頹廢的罪名，我也承認這話有點意思的了。你最後對我說的：「凡事都為不滿足而鬧出的，以後應該滿足一點。」起初我果然同情你的話，後來一想，覺得不儘然了。人類從沒有滿足的時候，到滿足的時候，人類怕要消亡。某人要滿足，教別人也要滿足，他就是不滿足。譬如老子要清淨，教別人也要清淨，他就是不清淨了。我果然時時不滿足的，而立於我對敵的地的，他們也是不滿足。Browning的詩，你所愛讀的，請誦其語：

> Poor vaunt of life indeed,
>
> Were man but founed to feed
>
> On joy, to solely seek and find and feast:
>
> Such feasting ended, then
>
> As sure and to men;
>
> Care the crop-ful bird? Frets doubt the beast?

　　古之人飽食終日，無所用心，他們還要去博弈，不滿足的由來，不是一朝一夕呢。你去想一想罷，我們還是多鬧一點事出來。

　　到病院裏來，只帶一冊《英詩選》，無意之間，翻出夾在這裏的，以前寫給N的幾封長信；深藍色的字跡還沒有褪去，然而她送還我了。我還藏著幹什麼！即使我這回死了，我才不逮Johu Reats，中國也沒有

Hampstead Public Liberary，誰來搜去珍為遺品呢？我想到這裏，一頁一頁的把它燒掉了。啊啊！

朋友！肉體上的痛創是有限的，醫學士會替我療治好的。可是我的精神上有無窮的痛創，提起了無論呼天怨地，痛責自己，這些痛創仍鮮紅淋漓的封不住呢！我想到這裏，不得不呼援於你，朋友！

今日（十七日，算日記也好算寫給你的信也好）我醒過來天光尚在黎明，昨夜夢中看見先君，醒來我抱頭大哭，他死後一周年快到了，這回我應該去薦祭的。去年此時，為了日本大地震，我寓閘北W社事務所，你深夜來敲門，說我父死了。……我再不忍回想去了，只是到現在他所期望我的，我一點沒有成就；只好待服死罪，待服死罪。

拭了眼淚開窗，清風吹進來，有如喝了一杯薄荷露：遍體涼爽；想到鄰近的都會，設置了灼熱的油鍋，行屍走肉們，赤條了的跳下去，炸得沸熱腥騰；我又寒心起來了。

朋友！記得嗎？我發明過一種食品，你們所敬服的；將廣東的臘腸，與美國的葡萄乾並嚼；有豬油白糖糕的滋味。我這幾天胃口不好，食物無味，我又想出一個法子，用檸檬露時時漱口，覺得甜澀澀的；嗣後進食物都帶有檸檬味了。這雖是不經濟，而我一時的肉體上的麻醉很暢快呢。一切的發明品，怕都由苦悶裏來的罷，就像你時時提起蘇曼殊他在神經病發作的時候，關住在一室裏，以現用的銀幣改制奇妙的玩物；這是一個明證，這樣看來，惟在苦悶的時候，會得到真的樂趣呢。

別一室裏的一個中國看護婦，很年輕的；她時時走到我的室中，問幾聲：「好一點嗎？」我總說：「好一點了，謝你！」我覺得對於年輕的女子，早沒有和她們談話的資格了。我並不希望她時時到我室裏來，只是我私下為她禱祝前途的幸福；她這麼仁慈，我想定有優渥的後福。

白天裏朦朧地如睡非睡，如夢非夢；神經沒有寧靜的時刻。從寓裏轉來TS的信，她也在病中；然而她還沒知道我有病，並且住在這院中。教我怎樣去安慰她呢。

深夜聽得遠處村莊裏的犬吠聲，使我想到故鄉，想到小時候伏在母親的懷中；啊啊！我母親現在天上，她一定會看見我這時灰白色臉兒，披了蓬髮，僵臥在異地的醫院裏。啊，我何以對她呢！朋友啊，我那無窮的創痛啊。

十八日

別了一年多的K君，從T埠到這兒來；他看了我的面貌，驚惶地退了幾步發著寒慄說：「別了一年，你的容顏瘦削了一半，究竟為了什麼？」我一句話答不出，我自己也不知道為了什麼瘦削到這樣田地。只是搖頭長歎。他又談起這回鬧出的一件怪事，他很懷疑，我也不願意辯白；本來毀譽是非，我早已置之度外的了。朋友中諒解我也好，不諒解我也好。

K君之來，我頓時想到我們在東京時，總要來往團敘，作怪異的說教。我那不可一世的氣概，自己追想起來，十分有味；現在那種氣概不知消沉在何處？再要教它回到這奄奄的殘喘中，怕沒有這個時間了。

平時我曾說過：我回來了後，變了半身不遂似的，一舉一動處處不如活的。朋友常常笑我在東京總有特別的流連，差了，差了，我在東京無憂無慮，買了幾本新書，增一快樂；與同志們亂說一堆，又增一快樂；其實我的生活這樣，最為適宜。

荊棘的前路，教我怎樣走過去呢？朋友！

我雖然時時想到人間的精神，充滿了生的力與生的慾望。我沒有盲目啞聲，身體上一點沒有殘廢；自宜告奮上進，可奈精神上刻了久遠的傷痕，陷於病的狀態中，弗能自振；自己要想好自做去，總是力有不逮；我與別人一樣聰明，一樣有為，然而我總是讓別人在我前面。

K君與某女士訂婚了，我為K君賀，我為我自己悲！

十九日

TS來信，責備我沒有信去，她還沒有得到我信。

　　我只求諒解別人，不求別人諒解我；因為我經驗了諒解別人的難處，誰願去嚐難的滋味呢。

　　深夜沒有睡覺，懸擬AB二人的對話。

A　你這潔身自好的青年，求異性也該純樸而莊重的才好！像X女士是一個放浪而富於虛榮的女子；與你不稱的。

B　我對X女士很滿意，放浪是天才的暴露，虛榮是天賦予女子的專利品；你看那種蠢如展豕的女子，她放浪嗎？她會想得到虛榮嗎？

A　你又要這樣說了，如其一個人想透了，放浪是沒意義的，虛榮是空的，那是聰明睿智者。

B　一個人想透了，才把沒意義的當為有意義的，把空的當為實的呢。

A　你這話別人不懂的，就是X女士也不懂得。

B　人不懂我也罷，只要我懂得人就是了。

A　X決計不會諒解你，決不會真愛你。

B　這一點我不去考量的，只要我諒解她，我愛她。

A　這又何苦呢？

B　即使她不愛我，不能容納我的愛，這是運命使然。我以她為對象而發生愛，也是運命使然。

　　……

　　枕上背誦了心愛的詩歌。我覺得能安慰我的，便是那些大詩人的心靈。

二十日

　　C君抱了一腔豪俠之氣，擔負著我的重大的使命，到M橋了；我但望他早一點回來。

　　離了床褥，頭部發熱，舉止莫由自主。啊，天天這樣睡在床上，與死竟差不多了，或者比死更討厭。我深望死一次再活過來；究竟死是怎樣的，可怕的，還是可喜的？沒有這種經驗，也要論死，怕都是趙括談兵的流亞罷。

　　昨天精神耗費了太多，今天百不稱意，口渴時時嚼些水果，腹中飽滿了。覺得這瘦骨如柴的身體，一變而為肥胖的了；假使我真肥胖的了，多麼可笑呀！

二十一日

　　望C君不回來，在這酷熱的天氣中，教他跋涉，他在中途或者死了，那我怎樣對得起他呢？其他的一切胡思亂想拋卻了，只是為了一件事焦灼。

　　一天到晚，把全部的精神消磨在這個妄想中。

二十二日

　　M橋來的快信，我全身覺得輕了一半；C沒有死在途中，我更放心。看護婦知道我快出院了，格外的殷勤。我覺得四壁充滿了一種怪異的神情，譏笑我，可憐我，懷恨我，好待我，究竟我的痛創還不曾愈呢。

　　追想與我有關係的人，他們在幹什麼，歷歷在眼前。

　　莫多管事！雖是這樣自責，生性如此，也是沒法。

【注釋】1924年作，原載《吼獅》第六期，收入詩文集《死人之歎息》。

書信

滕若渠致唐雋（一通）

唐雋同學兄：

　　你寄我的信，《美術》第二號和底稿，都收到了，謝你！緩幾天空閒的時候，我一定做一篇稿子，請你指教，我擬好一個題目，叫做「現在中國藝術的批評」。

　　不過美術的範圍很大，像戲劇啦，音樂啦，建築啦，雕刻啦，都歸他美術管的。第二號的《美術》講的是畫學，當時怎樣不加「畫學號」三個字呢？這也是我一種疑問的地方，請你指教。

滕若渠

【注釋】唐雋（1896-1954），畫家、藝術理論家，時任職上海美術專門學校，為《美術》編輯。原刊上海《美術》第二卷第二號，1920年4月30日出版。

滕固致李小緣（四通）

第一通

小緣先生史席：

　　多日未聆教益，甚念。弟此次赴豫陝旅行，昨日始返京，日內擬草〈從霍去病墓上石跡試論兩漢雕刻〉一文，不知能趕得及為貴學報補白否？因霍墓石跡近一二年新出土十餘大件可資研討也。南京古跡調查會擬邀貴校加入調查古保會，即具函逕寄大學，收到時即請派員參加為禱。餘續陳，敬頌

　　撰安

弟滕固叩

　　古魯兄代候

廿六日

【注釋】李小緣（1897-1959），原名國棟。江蘇省南京人。著名的圖書館學家，圖書館學和歷史學教授。1920年畢業於金陵大學文理科，1920-1924年留學美國，分別在紐約州立圖書館學校、哥倫比亞大學教育研究院獲圖書館學士、教育社會學碩士學位。1925年返國，任職於金陵大學圖書館，並籌辦中國第一個圖書館學系，1927年任金陵大學圖書館館長兼圖書館學系主任，1929年任東北大學圖書館主任。1932年任金陵大學中國文化研究所研究員，1937年任該所所長兼史學部主任。抗戰勝利後，仍任金陵大學圖書館館長。1950年兼任南京市文物保管委員會。1952年院系調整後任南京大學圖書館副館長。著有《雲南書目》等。他在主持金陵大學中國文化研究所及編輯《金陵學報》

期間，曾與國內眾多文化名人有書信往來，其中包括滕固、郭沫若、朱自清、錢穆、蒙文通、常任俠、顧頡剛、錢存訓、呂叔湘、聞宥等人。如今，這些關於「文研所」的檔案及名人書信，仍然較為完好地保存在南京大學圖書館，為史學研究提供了極其珍貴的一手資料，成為不可多得的文化遺產。

該信作於1934年12月26日。諸信考證，參見沈寧《滕固書信發現記》一文，刊北京《榮寶齋》2002年第3期。

第二通

小緣先生大鑒：

昨電話所談拙文英譯名稱，擬定如下，還希指正。

monuments of Ho Ch'u-Ping's tomb and the Sculpture of Han-Dynasty.

至弟之略歷，擬如此寫法：「滕固，字若渠，江蘇寶山人，德國柏林大學哲學博士，前本校教授，現任中央古物保管委員會常務委員等職，著有唐宋繪畫史等書，其論文散見國內雜誌，及德國柏林出版之東亞雜誌。」再請先生斟酌為幸。再者，承賜抽印本五十份亦已收到，敬謝不一，順頌

　撰安

弟固叩　六.四

注意

一、文中紅鉛筆數位為附圖之記號；

二、附圖十二幅其次序見每圖背後之數字；

三、第7圖缺，此圖即弟送贈小緣兄的那張曲阜石人照片，請即以那照片去照。

【注釋】該信作於1935年6月4日。

第三通

小緣先生大鑒：

　　昨晚匆匆，未多談為憾。今日得惠贈金陵學報暨附示徐家匯圖書館回信報紙記載一段，均甚欣感。拙著德文繪畫史略載最近之Sinica，不日運京後，當檢呈。稍緩數日當訪談一切。金陵學報下一期當撰一文以報命也。不一即頌

　　撰安

弟固叩　四.廿二

　　附致古魯兄函請轉。

　　學報中為弟刊休復居集之廣告尤感。又及

【注釋】該信作於1936年4月22日。

第四通

小緣先生：

　　承寄示拙文茲已校過，送奉即呈台察付印，請加印三十份共八十份，其所注問題，弟已照答於每問題之下，一切編勞不一，即頌

　　台安

弟固叩　九.廿三

【注釋】該信作於1936年9月23日。

滕固致陳垣（一通）

援庵前輩先生史席：

　　在平獲聆教益，至慰向仰之私。又荷賜觀敝鄉先賢墨寶，欣幸之忱，匪可言宣。在京敝同鄉自前年起即合股搜集鄉賢遺書遺墨，春間且有編印練川往哲遺書之議。然世難日亟，似不容吾儕網羅放佚也。尊藏嚴、李兩公遺翰，擬懇賜借攝影。嚴氏手卷過長，祇擬攝世說末數段。如荷俞允，即擬托從吾兄代辦。牛街清真寺已列入二期工程計劃草案內，將來可望實現，並此肅聞。有暇尚乞賜以教言，匪所不逮。專此，肅頌

　　教安

後學滕固叩上。十月廿六日。

【注釋】陳垣（1880-1971），字援庵，廣東新會人。著名史學家，曾任北京大學國學門導師，京師圖書館館長，故宮博物館館長，輔仁大學校長、北京師範大學校長等。著作等身，有《元也里可溫教考》、《二十史朔潤表》、《中西回史日曆》、《史諱舉例》、《中國佛教史籍概論》等。該信收入陳智超編注《陳垣往來書信集》（增訂本），生活・讀書・新知三聯書店2010年出版。原函未注明寫作日期，據內容考釋，應作於1936年10月26日。

滕固致馮至（明信片九通）

第一通

　　自羅馬寄馮君培（至）明信片：「行旅一日兩夜，殊憊。昨抵羅馬，猶是嫩寒時節，不禁喪然。今日開始探幽，此係梵師塔利祠堂及楷期篤樸羅克神廟之遺跡。弟曾低回其下，摩挲其斷碣殘碑零雕碎刻，婢學夫人（考古家），竊自一笑。弟固。」

【注釋】 馮至（1905-1993），原名馮承植，字君培。現代詩人，翻譯家，教授。該片作於1932年2月4日，據馮姚平女士提供原件整理，下同。

第二通

　　於羅馬寄馮至明信片：「自波濟澤別墅致候君培兄。固」

【注釋】 作於1932年2月9日。

第三通

　　自佛羅倫斯寄馮至明信片：「君培示悉，弟來浮羅倫茲後已有一片託紹華轉。固」

【注釋】 作於1932年3月21日，「紹華」即朱偰之筆名。

第四通

自佛羅倫斯寄馮至明信片：「悲劇詩人尼古烈議之墓。固」

【注釋】作於1932年3月30日。

第五通

自威尼斯寄馮至明信片：「此城浮水面恐有神州陸沉之憂。固」

【注釋】作於1932年4月10日。

第六通

自瑞士日內瓦寄馮至明信片：「君培兄：弟在威尼市得此間來電乃由maileand（寓一宵）來此，在maileand得觀davenci之最後晚餐，一切贊詞不但非過飾，且不足以形容之也，不一，此頌道安。弟固，四月十三日。」

【注釋】作於1932年4月13日。

第七通

自瑞士日內瓦寄馮至明信片：「自盧騷島致候君培，固。」

【注釋】作於1932年4月26日。

第八通

自日內瓦寄馮至明信片：「君培兄：在此如枯池之魚，大非所料，今日如借到車費，明晨必行。在日內瓦郊外及不遠之勝境亦無緣往遊，不勝悵之也。晤面非遙，不一，並望轉告紹華。弟固廿九。」

【注釋】作於1932年4月29日。

第九通

自鄱潭湖寄馮至明信片：「來茲半島業已三日，白日酣醉於湖心深處，午夜呻吟悲戚，不能自已，君培得此片，當推知我矛盾生涯之痛苦也。九月五日固寄自鄱潭湖。」

【注釋】作於1932年9月5日，鄱潭湖（Bodensee）在德國瑞士兩國交界處。

滕固致常任俠（五通）

第一通

任俠吾兄：

　　茲謹定本月十二日（星期日）下午五時請駕臨雜糧市街味腴菜館聚餐，並商談藝術史學會事，專此即頌

　　教安

弟　滕固叩　三、九
此條乞白華兄轉寄

【注釋】常任俠（1904-1996），安徽潁上人，著名詩人、東方藝術史學家。均據原信整理。各通收入沈寧編《冰盧錦箋：常任俠珍藏友朋書信選》，國家圖書館出版社2008年出版。

此信作於1939年3月9日，據常任俠日記1939年3月12日條：五時半赴味腴餐館參加中國美術史學會，到有會員馬衡、胡小石、宗白華、滕固、劉節、金靜庵、陳之佛、盧冀野等人。會中推余為秘書，負責會務。九時散會。

第二通

任俠吾兄大鑒：

　　日前枉顧失迓為歉，所留傅君文稿謹暫存弟處。頃奉尊示甚慰。靜安已來晤，聘書亦即收到，弟樂於兼教課程，每週赴沙坪壩一

行，可晤見舊友，亦甚快樂也，惟近來交通不便，為美中不足耳。匆匆即頌

台安

弟　固叩　十一、一

【注釋】經考證此信作於1939年11月1日。

第三通

任俠吾兄：

　　弟因事來渝，後日即返昆，此行匆促，上星（期）四到沙坪壩，兄公出未晤，深悵。當離昆時接賜贈詩集及挽吳簡齋先生詩，拜惠拜惠。過兩三個月將當回渝，再面詳言也。不一，即頌教安。

弟　固叩　三、十一

【注釋】經考證此信作於1940年3月11日。

第四通

任俠吾兄：

　　航空公司要延緩一天，客居無聊，以包皮紙為兄書拙作一章，茲附奉哂存，兄接到此件，弟已在昆明矣。暑期回渝，良晤不遠也。即頌

教安

弟　固叩　三、十四

【注釋】經考證此信作於1940年3月4日。滕詩見詩詞輯錄中。

第五通

任俠吾兄道鑒：

　　關於中國藝術史學會改組事已分呈教社兩部備案。弟之疾尚未瘥，可請吾兄主持召集理事會議。進行一切為感，茲奉上呈文稿一紙，察閱後存卷是禱，耑此敬頌

　　近祺

弟滕固敬致　五，十五

【注釋】經考證此信作於1941年5月15日。由滕固、常任俠、朱希祖、馬衡、陳之佛、商承祚等發起組織中國藝術史學會，於1937年5月18日成立。旋以抗戰爆發，會員星散，會務停頓。此時有恢復活動計劃，推舉馬衡、董作賓、滕固、宗白華、胡小石、陳之佛、常任俠、徐中舒、傅抱石、梁思永、金毓黻十一人為理事。不料五天之後，滕固因患腦膜炎醫治無效，在重慶中央醫院病逝。學會活動延至1945年無形解體。

文論序跋

唯美派的文學
上海光局初版

唯美派的文學

自記

一、寫本篇之前，我沒有發願把這幾家的作品作組織的深入的研究。去年某校的朋友們，要我去講關於這個流派的話，我便匆促起稿，化了幾個黃昏，不意積成本篇。

二、白天為饑寒所驅，沒有執筆的餘閒。晚上精神萎頓，提起筆來有時有興，有時沒興，以致全篇章法凌亂，氣分不一。有幾處應該修改的，為了不耐重抄，只好聽其自然。寫本篇的動機，原是一時備忘的底稿，現在更無閒暇和存心來修改。

三、本篇對於各家的論列，大半採自外人的著作，小半參有自己的貧弱的意見。當時所用參考書，現在不能一一復查，這是我對於讀者非常抱歉的。

四、本篇的發刊，不是宣傳甚麼主義；不過發表一些關於前世紀英國文學史中一個支流的小小的檢察。

五、我本身不是一個英國文學的專攻者，只是一個起碼的愛好者。六年前在東京，和方曙先兄共讀Walter Pater的論著，才啟示我對於英國近代文學的愛好。近來和邵洵美兄時時談論先拉飛爾派的詩歌，使我不間斷夙昔的愛好。這是我對於給我參考的諸作者表示感謝外，對於方邵二兄也該致謝的。

一九二六，歲暮，滕固記於上海。

小引

唯美運動（The Aesthetic Movement）這一個標語，在今代英國文藝史上，是一種甜蜜而芬芳的寄與。所以有許多鑒賞家，很樂於談論

這件故事。我們翻看今代英國文藝史，逢到浪漫運動（The Romantic Movement）的時候，不由得衷心裏吐出歡欣贊仰之情；入後逢到了唯美運動，怕也有這們情形呢！原來浪漫運動，為英國文藝史上第一次的「驚異之再生」（The Renascence of Wonder）；而唯美運動，則為第二次的「驚異之再生」；本可以納入一個潮流中。所以有些批評家，把這個運動又規劃於新浪漫主義（The Neo-Romanticism）之圈域的。有人聽得這唯美運動的一個標語，便要露出嘲笑輕視的情態來應付；這輩可憫的假道學者，上天不曾賦予他親接美的根器，原不足深責。我們要明白這個運動，在今代英國文藝史上，為何要供奉他們這個絲繡的畫像？這恐怕不止像假道學者們所稱的「儇薄」或「虛榮」的結果罷。

　　講到唯美運動的由來，我們不得不追溯到十八世紀末葉，有位彗星似的詩人畫家勃萊克（William Blake），他用了神秘的金錘，打開了美的殿堂之後；到了十九世紀前葉，有位詩人基次（John Keats）像蝴蝶一般蜜蜂一般的陶醉在這殿堂裏。過了幾時，到同世紀的後葉，有先拉飛爾派（Pre-Raphaelites）的諸人，手牽手的到這殿堂裏來工作，把它裝點得很顯耀；這所謂公然的唯美運動。又過了幾時，在這世紀的末年了，有高唱唯美主義（Aestheticism）的人物，整了旗鼓，在這殿堂上演了一齣悲劇的喜劇；直接與大陸尤其法國的象徵主義（Symbolism）相結婚。唯美運動到了這個田地，才始告一段落。照這樣看來，唯美運動，遠之是完成浪漫派的精神；近之是承應大陸象徵派的呼響。其自身在思潮中，已別成一流派了。

近代唯美運動的先鋒

一、勃萊克的藝術

　　英國文學史上的十八世紀，是一個沉悶的時期。這十八世紀，就是介在於莎士比亞彌爾敦等的十七世紀和浪漫詩人維多利亞詩人的十九世紀之間。把十七世紀和十九世紀來襯托十八世紀，這十八世紀的確腐俗粗靡，是個非文學的世紀。這世紀之末葉，產出了瓦次渥斯

（Wordsworth）與高雷利基（Goleridge），文學史上才始劃一新紀元。即一千七百九十八年「抒情樂府」（Lyrical Ballads）的出版，成了浪漫運動的始曙；亦即所謂「驚異之再生」的始曙。這一來，英國文學史上變了一個局面，我們大抵熟知的。然而在瓦次渥斯與高雷利基的以前，已經種植了這傾向之很強的根苗，那就是二位不可思議的詩人：一是前述的勃萊克，一是卻德敦（Chatterton）。

　　我們現在來講勃萊克罷！這人是十八世紀末葉，英國文藝界上的怪傑。然而庸俗的英國人中，認識他的為數不多；英國文學史上出現他的姓名，是近來的事。（按一九一二年出版之Andrew Lang所著英國文學史，不記其名。然有了Swinburne與Symons等的論著，他才被英雄識英雄了。）他是詩人，又是畫家，又是神秘的預言的宗教家。一七五七年十一月二十八日，生於倫敦。他的父親是個襪商，他從幼時就耽於空想，游心於不可思議的美境。有一天，他在曠野中見預言者Ezekiel坐在樹蔭；八歲時歸途中，見樹林間有許多天使；他把這等事情告訴他的母親，她只是斥他荒誕不經。他生來具有銳敏的直覺性，而又深信神來天予的能力；他自己說：「彼時空兩間之海的怒號，捷足而來；如進步不繼，必歸絕滅。」（Behind, the sea of time and space roars and follows swiftly. He who keeps not right onward is lost.—From Blake's letter to Butts,10 Jan 1802）他有這們奔放的想像，直趨幽深的境地；當然不聞他人的議論，只管向著自己所信，大踏步的前進。他的天才的成分中，富於堅強的意志，我們在這兒可無疑了。

　　他自幼愛好繪畫，十歲時進Parr的繪畫學校。這時他在美術品商店裏，瞧見Michaelangelo, Rapheal及Durer等作品的影印本，便直覺的感到他們的偉大。十四歲時，他從學於當時有名的版畫家Basire之門下，經過七年的長時間的修養，他受到些Basire的影響。後來他被送到Westminster Abbey等古寺中學習古藝的仿寫，而莊嚴的向上的Gothic藝術，使他贊仰歡欸，浸淫陶醉；在他的藝術心上，賦予了一種古媚深秀的力了。

　　在這修養時代，他的繪畫作品，沒有幾多留傳給後世。我們只曉得：他沉浸於古藝術很深，Gothic建築與Michaelanugelo等大家的藝術

裏，發見他自己的能力。他二十一歲（一七七八）離去Basire的師門，也沒進過甚麼學校，便走上自己的道途。過了二年，他有一件作品叫做《欣歡之日》（Glad Day），畫一個裸體少年，站在雲端，用力地托出了雙手，撇出了右足，背後射散著太陽的曦光，充滿著青春的歡娛。這幅畫上，隱伏著一種人生發軔的偉力，是他初期的天才與學養的產物。

　　他一方面從事繪畫，一方面又從事作詩。自十二歲至二十歲之間，已有不少的試作。他把這些作品選輯起來，於一七八三年出版，叫做《小品詩抄》（Poetical Sketchs）。這集子裏所收的詩，有題《春》、《夏》、《秋》、《冬》和《晨》、《黃昏之星》等的；這些詩中所顯現的詩情，雖是初期作，但不是一種幼稚的愛與憎的恒言；是他的心情裏反映的一種夕陽將沉時的熱力與酣美；或是一種黑夜森林裏輝出野馬之眼的光芒。我們試讀他的《狂者之歌》（Mad Song），便可明白了。這詩抄在下面：

The wild winds weep

　　And the night is a-cold;

Come hither Sleep,

　　And my griefs enfold!……

But lo? the morning peeps

Over the eastern steeps,

　　And the rustling birds of dawn,

The earth do scorn.

Lo! to the vault

　　Of paved heaven,

With sorrow franght,

　　My notes are driven;

They strike the ear of Night,

Make weep the eyes of Day;

They make mad the roaring winds,
　　And with tempests play.

Like a frend in cloud,
　　With howling woe
After night I do crowd
　　And with night will go;
I turn my back to the east
From whence comforts have increasd!
For light doth seize my brain
With frantic pain.

　　勃萊克的詩，是他自己所唱的歌；他雖然不曾譜上曲調，但他把自己的詩吟唱起來，一種幽揚綿邈的節奏，無異大音樂家的獨唱。聲調之美，自成一格。一七八九年又出版了一冊《無心之歌》（Songs of Innocence），這詩集他自己畫了許多插畫，自刻自印，把他天才的各面，一面一面的應付出了。關於這件事，有種奇跡須附帶一說：距這詩集出版的二年前（一七八七），他的弟弟Robert死了，他感念手足之情，悲懷不易釋放。某夜夢見他的亡弟告訴他一種版畫印刷的方法；他醒後把這種方法試驗，便有這自詩自畫自刻自印的一舉，成不朽的巧藝。這一集中的詩歌，充滿原始人和小孩般的天真；他所讚美的：是稚弱，溫柔，潔淨，欣喜；這種情趣，是罪惡的社會上所失卻了的東西，也是感不到的東西，但他居為奇貨了。例如《小羊》（The Lamb）一首說：

Little lamb, who made thee?
Dost thon know who made thee,
Gave thee life and bid thee feed
By the stream and o'er the mead;
Gave thee clothing of delight,

Softest clothing, woolly, bright;
Gave thee such a tender voice,
Making all the vales rejoice?
　　Little lamb who made thee?
　　Dost thon know who made thee?
　　Little lamb, I'll tell thee;
　　Little lamb, I'll tell thee:
He is called by thy name,
For He calls Himself a Lamb,
He is meek, and He is mild,
He became a little child.
I a child, and thon a lamb,
We are called by his name.
　　Little lamb, God bless thee!
　　Little lamb, God bless thee!

（大意）

小羊兒誰造你？
你可知誰造你，
給你生命與食品，
走上草地近河濱；
給你歡樂的服裝，
溫軟蒙茸更滑光；
給你這樣嬌脆的聲音，
可使千山萬壑盡歡欣？
小羊兒誰造你？
你可知誰造你？

小羊兒我告你，
小羊兒我告：

神把這名字來稱呼

因神自稱為羊兒。

神是稚弱，神是柔婉，

神便成了一個小兒。

我是小兒，你是羊兒，

我們都被神的名來稱呼。

小羊兒，神賜福你！

小羊兒，神賜福你！

　　其他像這類的，還有《嬰兒之欣喜》（Infant Joy）等首。差不多是宇宙和熙之氣中，嵌著的一種無聲妙樂。但像《迷路的小孩》（The Little Boy Lost）等首，有弦外之音；他對於眼前的欣喜，已不滿足，要追永恆之歡欣，所以有這靈魂失掉的呼喊。這詩如下：

　　　　"Father, father, where are you going?

　　　　　O do not walk so fast!

　　　　Speak, father, speak to your little boy,

　　　　　Or else I shall be lost."

　　　　The night was dark, no father was there,

　　　　　The child was wlet wirh dew;

　　　　The mire was deep, and the child did weep,

　　　　　And away the vapour fiew.

　　（大意）

「父親，父親，你到那兒去？

你莫要走得那樣快！

父親你說，請對你的孩子說，

不然我快要迷路了。」

　　夜色蒼黑，也沒有父親，
　　孩子被濕露浸淫；
　　泥濘深陷，孩子哭叫，
　　霧藹飛散四周的了。

　　勃萊克所追求的永恆之歡欣，是無限的美與力。他在生的旅途上，親接了一切的隱秘；他的豐富的強烈的內面經驗，漸漸隱忍不住，直流於外了。這便是一七九四年出版的《經驗之歌》（Songs of Experience），我們試看他的《序詩》（Introduction）第一段說：

　　Hear the voice of the Bard,
　　Who present, past, and future, sees;
　　Whose ears have heard
　　The Holy Word
　　That walked cmony the ancient trees.

　　（大意）
　　傾聽這詩人之聲音，
　　他窮究現在過去未來的象影；
　　他的雙耳得聽
　　神聖的言辭
　　在古樹之間步行。

　　他這麼一說，我們自然可以窺見他的抱負了。這集裏沒有一首不含有深長的意味，和奇橫的構想的。他的最有名的《虎》（The Tiger）一首，我現在抄二節在下面。Swinburne所謂：「其可怖的美與力的音樂，橫越一切的贊辭」。

　　Tiger, tiger, burning bright
　　In the forests of the night,

What immortal hand or eye
Conld frame thy fearful symmetry?

In what distant deeps or skies
Burnt the fire of thine eyes?
On what wings dare he aspire?
What the hand dare seize the fire?

（大意）

猛虎，目光炯炯如燃
蹲在黑夜的林間，
怎樣不朽的手與眼
造作你的可怖的偉體。

你的雙眼中炯炯之火
來自何等遙遠的海天？
造作你的用何羽翼凌駕火炎？
用何手掌握這火炎？

　　從這《無心之歌》與《經驗之歌》二詩集出世後，當時一般非笑勃萊克，嫉恨勃萊克，反對勃萊克的人，至此也不得不低首敬服他了。所謂「無心」與「經驗」，勃萊克無異要我們明白宇宙送給他一雙面目呢。這二詩集的出世，在「抒情樂府」之先，Wordsworth輩也很歡喜誦讀；在這一點上，勃萊克是指示浪漫詩人行徑的一個人。

　　他以後的詩是未定稿，抄在晚年所用的雜記簿，名叫做Rossetti MS.上面；即W. B. Yeats編訂的《善惡之觀念》（Ideas of Good and Evil）一集。在這集中，有一首叫做《無知之占卜》（Anguries of Innocence），可說是出示他的詩想之頂點的詩，我們應該要一讀，詩在下面：

To see the world in a grain of sand,

    And a heaven in a wild flower;

Hold in finity in the palm of your hand,

    And eternity in an hour.

（大意）

一粒沙裏看出世界，

一朵野花裏見天國；

在你掌中握著無限，

一時之間便是悠久。

    這幾種詩集以外，還有一種《預言書》（The Ppophetic Book），是他一七九〇年以後隨想偶感之作。其中有無韻的自由詩，有散文；而隨處可發見他的深刻的思想與神秘的福音；可以說是他的美與力的宗教之宣言。這裏有《天國與地獄之結婚》（The Marriage of Heaven and Hell）一篇，是他思想的精粹。我們入後再來講罷。

    我們在此想抽一個隙暇來，把他為畫家的業績，略講一些。我們大家已明白Michealangelo的藝術在近代文化史上的位置，又已明白Rodin的藝術在近代文化史上的位置了。勃萊克正是介在這二巨人之間的一巨人。但在繪畫史上少有人論列，這是一件荒謬的不可解的事。他的作品所取的題材，像Florece畫家們的畫《天帝》，畫《亞當與夏娃的創造》，畫《基督》，畫《使徒》，畫《最終之審判》，畫《約伯》的一生。他又異想天開，畫但丁《神曲》的插畫，畫彌爾敦《失樂園》與《復樂園》的插畫，畫Edward Young《夜思》（Night Thonghts）的插畫。他所繪人的形相，奇偉詭怪，隱有特異的熱力，富有潑辣的肉感。他的宗教，是力的宗教；他刻意要在肉體上顯現靈魂；他要把不可見的本質作可能的表現。他把自己的全精力燃燒得像刺天的火塔一樣，指示人們往不朽的永恆的生命上創造。所以他的藝術，是象徵的藝術，他的藝術觀，是象徵的藝術觀。Yeats說：「勃萊克是說一切大藝術與象徵不可離的結合之近代最初的作家。」（William Blake was the frst writer of modern times to preach the indissoluble marriage of all great art with symbol. 見他的Ideas of Good and Evil P. 123.）又說：「他比諸前人更努力要體現最微妙的歡喜最雕琢的直感；他的想像與技術比諸其他作者的想像與技術，更在巨大的重壓之下摧毀而奮發。」（He strove to embody more subtle raptures, more elaborate intuitions than any before him; his imagination and technique are more broken and strained under a great burden den than the imagination and technique of any other master.見同書P. 136.）他生平最偉大的作品，要推《約百記》與《神曲》的插畫了。對於這些作品，我們竟找不出適當的贊辭來，只有《約百記》與《神曲》的文章，可當做他的畫的贊辭呢。

我們又要轉一個方向，來講勃萊克的思想了。在這方面，他曾經受到彼米（Jacob Bohme）與斯維亭保（Swedenborg）的影響，所以蒙著一層神秘的面幕。要是把他的思想解剖起來，其接觸神學與哲學上的問題很多，但我們可不必多此附會而浪費的一舉了。我們試摘出他的思想之最精練的一點來談一談。前述《天國與地獄之結婚》一篇，是他最大膽的主張。他的意思，就是「靈肉調和」與「善惡並存」的一點。這種思想當初潛在文藝再生紀的大藝術家的胸中，又是後年新浪漫派諸賢之理想的鵠的。所以他是繼往開來的人，他是明目張膽地叫喊近代精神之宣言的人。這篇裏的《旨趣》（The Argument）中有一段說：

「沒有對立，不見進步，引力與反撥，理性與精力，愛與憎，蓋為人類之存在所必要的。由此種對立而起善與惡的宗教，善是隨從理性的受動力；惡是由於精力濾出的能動力；善是天國，惡是地獄。」

從這些話看起來，簡直是他努力做人的一種思想。人兼有神性獸性的兩面，即有靈有肉，有善有惡；做完全的人，不過推移於這兩者之對立面上。人本主義（Humanism）的最高原理，原也在此。我們再進一步，看他的《惡魔之聲》（The Voice of the Devil）一節這樣說：

「凡聖經賢傳，含有下列之謬妄：第一，人們有二種實存原質，即所謂肉體與靈魂。第二，精力稱做惡，因為來自肉體；理性稱

做善，因為來自靈魂。第三，如其追求精力，在永遠界上必遭神
明之責罰。但下列與此反對的，或是真諦：第一，人們從無與靈
魂分離的肉體，肉體是當今靈魂所式憑的，由五官而保持靈魂的
一部分。第二，精力是唯一的生命，乃來自肉體；那末理性不過
是精力的限界或週邊。第三，精力是永久的歡欣。」

　　照這段話看來，又進一步了。人除了肉體以外，別無靈魂的可言，
靈魂寄託在肉體中；從肉體而來的精力，是唯一的生命，是永久的歡
欣，亦即是靈魂。他對於冰冷的經傳上，一切抑制人的肉體的話，斥為
謬妄。他這麼大膽的爽利的判斷，是握了鐵棍在掘開近代精神的寶藏。
　　關於勃萊克之美的思想，他的詩中都散在著，是「想像」和「力」
二者可包含。他的詩中有一行說：「一切事物存在於人類的想像中。」
（For all things exist in the human imagenation.）想像，是他獨造的一個
世界；其內容與神的內容及實在的內容相一致的。也不是自己以外的抽
象的世界，是我人純粹之具象的經驗之世界。也不是無憑無據的空想，
是一種事實中的事實。美的所在，就在這裏。他的靈肉調和之思想中，
早存有頌揚肉體美的一點，這肉體美並不是近視眼戴了眼鏡所見的東
西，是神的法眼所見的東西。所以我們可名為「想像中溶解了的肉體
美」。他的想像本是事實中的事實，就是靈肉合一處的精力，我們又可
說是「力的美」。他在《地獄箴言》（Proverbs of Hell）中有幾條說：
「孔雀之傲慢，是神的光榮。」「女人之裸體，是神的偉業。」這種
「力的美」又不是橫暴粗厲的美，要之在纖微溫柔之間，一經想像溶
解，自有特異的力。又說：「甘美欣悅之心，決非污穢的事。」「頭
則尊嚴，心則熱情，生殖器則美，手足則均衡。」關於心與肉體的部
分，他的美的態度，在這裏更是分明了。又一條說：「充實之謂美」
（Exuberance is beauty.）。我人的生命是精力，精力創造，才得生機橫
溢，豐富而充實。失掉精力，再不會充實了。除了精力，就沒有美。他
的思想之涯略，在他論議中所可窺測的是這樣，在他詩歌繪畫中所可窺
測的，也是這樣。

　　一八二七年八月十二日，勃萊克長謝人世而去了。十七日葬於 Bunhill Fields。享年七十歲。他的死，我們不願意說是人類之一個巨大的不幸的損失。因為他雖死，他所熱愛所百煉的精力，還活躍於後代生人之世。Symons說：「尼采是勃萊克的晚出，然他走的是勃萊克走過的道路。」我談唯美運動，最先捧出勃萊克的神位來，這個理由，要借Chesterton的話來申說了。他說：「他（勃萊克）是先拉飛爾同人同時黃面志同人的父親」。（he was the father of the Per-Raphaelite Brotherhood and even of the「Yellow Book」.見他所著Blake P. 24）他又說：「這（勃萊克的典型）也是Michealangelo的典型；也Leonardo de Vinci的典型；也是幾位法國神秘家，和吾國當代Rossetti的典型」。（It was also the type of michealangelo; it was the type of Leonardo de Vinci; it was the type of several Franch mystics, and in our own Country and recent period, of Rossetti. 見同書P. 60）

二、基次唯美的詩歌

　　英國文學史上浪漫運動的意義及其重要，似乎不必贅述了。我們現在要講的，就是站在這運動之第二幕面（Second stage of Movement.）前的基次。這位是詩人中的詩人；在講起他的生涯之前，讓我們先來背誦了《生也有涯藝也無涯》（Ars longa, vita brevis.）的一句古諺，可不是更容易理解嗎？古來的天才，果然指不勝屈；像基次那樣的短命，像基次那樣留下藝術上的業績，是罕有的。他出身既微賤，他又少學藝上之準備，他一生只是窮苦，而能造出這般可驚的藝術，不可謂非天地的奇跡。

　　基次於一七九五年十月三十一日生於倫敦。他的父親Thoms Keats，當時二十歲，在倫敦Finsbury的馬房叫做Swan and Hoop中當工頭。這馬房是John Jennings所經營的。Thoms和主人Jennings的女兒Frances（又名Fanny）結婚，便成馬房的主人。Thomas自西部流徙來的，其家世不詳。Frances生性浮躁，生第一個男子就是基次（John Keats）時，相傳是早產的。一八〇四年，基次的父親墮馬而死。他的母親就此再嫁，領

了基次兄弟四人，一起到後夫家裏。因不耐後夫的虐待，不久便回家。一八〇五年，Frances的父親Jennings即基次的祖父也死了。

基次的父親在時，曾送他到Harrow受教育，因經費關係，又送他到Enfield的Clarke學校肄業。當時Clarke的兒子Charkes Cowden Clarke繼承父業，這人愛好詩文，所以基次得到些良好的感化。基次自八歲至十四歲間，就學於Clarke，一八一〇年因他的母親死了休學，到Edmonton做外科醫生Thomas Hammond的弟子；一八一四年之末，他與Hammond意見不合，回到倫敦，進St. Thomas's and Guy's Hospital；然他對於醫學的興趣，已漸減少了。

他因Clarke的介紹一八一六年結識Leigh Hunt後又結識畫家Haydon。在這二人的家裏，又結識Reynolds, Shelley, Horace Smith, Hazlitt等人。Hunt於是年十二月在Examiner新聞上，發表關於Reynolds, Shelley及基次的評論。一八一七年三月，基次第一詩集出版，社會上不甚注意。但基次因諸友人的敦促，為試作長篇詩Endy mien離去倫敦。是年他又結識Dilke, Brown, Bailey等人。九月基次遊牛津，著Endymion第三卷，十一月滯留於Burford Bridge，第四卷告終。一八一八年四月，他準備Endymion的出版，又著Isabella。這時他的家中災難頻起，他一方忙於家務，一方和Brown曾遊蘇格蘭，他因家中不寧，移居於Brown的家裏。自此以後一八一九年，著The Eve of St. Agnes, Hyperion, Lamia等詩，又作多種最有名的Odes。一八二〇年七月，把這些詩聚集起來，出版最後的詩集。

一八一八年之秋，他在Dilke家裏會見Brawne女士，一見傾心，於第二年春天訂婚約。一八二〇年二月三日，他始咯血，六月二十二日及二十三日咯血再發，九月八日他與友人Severn到義大利的Napoles去，十一月半到羅馬，路上還算平順。不幸於一八二一年二月二十三日，他死於Severn的懷抱中。臨死說他對Severn說：「S君來抱我，這是我的死所，我安然待死，請你不要驚慌，我神志很清明，我很感謝死的降臨」。二十四日，他葬於羅馬郊外Caius Cestius之新教徒墓地，他的短命至此完結。

　　基次死後二十年，他的詩集，漸被人注意。又過了五十年，英國文藝界上有「先拉飛爾派」運動；這個運動，實發源崇拜基次，這派的首領亨德（Holman Hunt），把他的詩來做畫的題材；有位羅塞帝（D. G. Rossrtti）為亨德的畫所感動，勸茉莉思（W. morris）從事繪畫。後來史文明（Swinburne）又發表關於基次的詩之謹飭的評論。他的聲名就此確定。他和「先拉飛爾派」關係之深，於此可見。為了這個原因，我們須除去枝節，直接要講基次詩中所顯現之美的思想了。

　　基次之美的思想，總括言之：是感覺與想像。他給Bailey的信中有幾句說：「我與其要生於從論理的進程所得的知的真理，毋寧生於想像力的美之觀念上所動的心情之情緒」。（I should rather live in the emotion of the heart, stirred by the imagination's Conception of beauty, than in the intellectural truth gaind from the process of logic.）後來他在Lamia中有一行詩說：

> Do not all charma fiy
> At mere tonch of cold philosophy?

　　（一切的美，不因冰冷的哲學之接觸而飛去嗎？）這個絕妙的疑問，可說是補充上說的。他又說：「我除了心的至情之聖和想像之真理以外，沒有別的。想像力之美的所在，亦必真理」。（I am certain of nothing but the holiness of the heart's affections and the truth of imagination. What the imagination seizes a Beauty must be truth.）其在Endymion之卷首也有同樣的詩句：

> A thing of beauty is a joy for ever.
> 美是永恆的歡欣。

　　本來基次之詩的基件，只是一個美字。他射出銳敏的感覺，來吸引生的愉快與痛苦；他的詩是生命與熱情震盪出來的妙音，壓濾出來的甘

汁。美便是他的生命，也是他的財產。他擁了美這個東西，可以消滅禍難，可以接近靈境，雖處在困苦患難煩憂之中，也有一撇欣喜的光痕足以自慰的。這個美是吾人有生以來本性中存在的一種生機，也是潛在宇宙的一種生機。我們聞到花香聽到鳥語，就會起這種生機的震盪；我們在友情與戀愛之間，也會起這種生機的震盪。質言之，美是一種最高的原理。我們從這裏認識萬有，從這裏認識自己。基次在《希臘古瓶賦》（Ode on a Grecian Urn）有一行名句說：

> Beauty is truth, truth beauty, ...that is all
>
> ye know on earth, and all ye need to know.

（美即真真即美，——此外你們在地上無所懂得，也毋須懂得。）這種口吻，像希臘古哲在雅典講學時如醉如癡地說的話。因此有人說他是純粹的希臘人。

基次以美為最高的原理，如其這話是適當的，那末我們要探索他如何能達到這個最高的原理了。照他的詩中顯現的，可分四個階段，或道程。第一，他在純感覺中所見的美。第二，他在通徹想像的感覺中所見的美。第三，他從感覺躍進於超感覺（Super-sensuousness）所獲得的美。即以感覺為機緣而向想像的世界飛躍。第四，他持一切的感覺，驅使而利用其美，創造新的世界。以下便把這四者來分述。

首先關於他的感覺美，A. Symons曾說：「基次之詩是對於幸福的願望，是對於生之快美的願望，是對美之平靜的願望，是對於痛苦無奈何時非銳敏而自有感覺之愉悅地尖銳的願望。基次容受生命以藝術的精神來容受，他所希求是肉體的健康，即享用感覺上沒曾壓迫的感覺之能力，此不過是單純的快樂。」Brandes曾說：「基次之感覺的是誠實率實的感覺性，並非戀愛的。是包括一切的。這裏自有他的包容性。可稱英國文學上最足讚揚的發達之一」。這兩位大批評家，曾引有他的詩句為例證。其關於感覺的如下：其訴於視覺的如（A）「tigermoth's deep-damask'd wings」（撲火蛾的純紅之翼）；（B）「a throbbing star seen mid the sapphire heaven's deep repose」（在碧玉天空的深靜中見動悸之星）等語，是健全的感覺。同時有病的異常的視覺，例如（C）《Isabella,》XLI之「the atom darkness in a slow turmoil」一語，所謂atom darkness是指久向黑暗中睜眼，而感到暗中如有細微的東西之動作，多少帶些病色的。次如（D）「the spangly gloom frth up and down」一語，可說全是病的。在黑暗中如有零金片玉的光撒。其於聽覺音響美，在《Hyperion》II.278-289的十一行是最精到的描寫：

> I threw my shell away upou the sand,
> And a wave fill'd it, as my sense was fill'd
> With that new blissful golden melody
> A tiving death was in each gush of sounds,
> Each family of rapturons hurried notes,
> That fell one after one, yet all at once,
> Like pearl beads dropping sndden from their string:
> And then another, then another strain,
> Each like a done leaving its olive perch,
> With music wing'd inslead of silent plumes,
> To hover round my head, and make me sick
> Of joy and grief at once.

其於嗅覺的，如《Nightingale》中「in embalmed darkness」（芬香的暗中）「guess each sweet」（推算各樣的芳香）這暗中的香氣，可以識別的有：「The grass, the thecket, and the fruit-tree wild; white hawthorn, and the pastoral eglantine; Fast-fading Violets covered up in leaves; And mid-Mays eldest Child, The coming musk-rose, full of dewy wine.」（青草，蕪叢，野果樹，嫩白的山楂花，有刺的野薔薇，葉叢裏包裹的紫羅蘭，如承露釀的異香玫瑰。）其於味覺的，如《St. Agnes》XXX「Jellies soother than the creamy Curd, And lucent syrops, tinct cinnamon.」其於痛覺的，如《Nightingale》的首節中說：

> My heart aches, and a drowsy numbness pains
>> My sense, as though of hemlock I had drunk,
> Or emplied some dull opiate to the drains
>> One minute past, and Lethe-wards had sunk,

（我的胸中奇痛像服了一劑麻藥，我的感覺像在剎那間飲了一劑毒質藥，飲盡了一劑鴉片汁，昏昏沉沉地像沉綿於無有之鄉。）其於冷覺的，如《St. Agnes》第一節中描寫寒夜的說：

> The owl, for all his feather, was a-cold;
> The hare limp'd trembling through the frozen grass,
> And silent was the flock in woolly fold.

其於溫覺的他描寫此寒夜中Madeline的熟睡說：

> the poppied warmth of sleep oppress'd
> Her soothed limbs.

或如《Grecian Urn》中的「Silken flanks」（絲絨般的腹）一語，已夠顯出了。

其次，我們要述他關於通徹想像感覺美了。這一層，他把感覺磨礪的更深入了。其間顯著的特色有二方，一方是將矛盾而反對的感覺，結合而對比之。一方是試作抽象概念之感覺化，即在想像中將感覺溶化，基次之詩的最高價值原也在此。其於將矛盾而反對之感覺結合而對比的，如《St. Agnes》XXXI中說：

> her vespers dons,
> Of all its wreathed pearls her hair she frees;
> Unclasps her warmed jewels one by one.

這兒「warmed jewels」（溫薰的寶石）是冷熱矛盾的結合。又（——XXXIII）說：

> Soon trembling in her soft and chilly nest,
>
> In sort of wakeful swoon, perpex'd she lay.

這兒「soft and chilly nest」（柔而冷的床）「wakeful swoon」（醒透了的失神）是同一手法，其於作抽象概念之感覺化的，在他的《Melancholy》最為明顯，我們試摘出數語如下：

> Ay in the very temple of delight
>
> 　Veil'd Melancholy has her Sovran shrine,
>
> 　　Thongh seen of none save him whose strenuous
>
> 　　　tongue
>
> Can bnrst Joy's grape against his palate fine.

（在歡喜的殿堂之中，戴了面幕的沉鬱，升上至尊的龕座，除了她用別致的顎兒堅強的舌兒弄壞了歡欣的葡萄，再也不見她有甚麼。）還有：

> She dwells with beauty—beauty that must die;
>
> 　And Joy. Whose hand is ever at his lips
>
> Bidding adieu; and aching pleasure nigh,
>
> 　Turning to poison while the bee-mouth sips.

（沉鬱與美所共——與不容不死的美所共；與常用她的手安在唇上，說出再會的歡欣所共：又與蜂尖吸飲時毒而幾於痛的愉快所共。）這是感覺在想像中溶化而成一種抽象的概念，再把這概念來味覺化；全是希臘式的發想。

　　複次，我們要說關於他以感覺為機緣，超越感覺而達於想像的世界之一點。Hancock曾說：「基次非但不失肉體的快樂之溫味，且以快樂為神聖而獻奉於靈魂。美是永恆的歡欣。何以故，地上的歡欣賦予了翅膀，從平地高飛，直登九天，在那邊可得至高的自由而長處。……如其基次是包括一切之感覺的詩人，那末同樣是包括一切之超感覺的詩人。」這幾句話真是基次的知己，他說這話，曾引《Nightingale》詩句為證：

> But on the viewless wings of Poesy,
>> Though the dull brain perplexes and retards:
> Already with thee! Tender is the night,
>> And haply the Queen-moon is on her throne,
>>> Cluster'd aroune by all her starry Fays;
>>>> But her there is no light,
> Save that from heaven is with the breezes blown
>> Throu gh verdurous glooms and winding mossy ways.

　　（但憑詩的無形的翅膀，——雖則愚昧來攪亂而屏障——也必與你偕往！夜是何等溫柔。想月宮女王正坐在她的寶座上，所有的星將都圍拱著她。然這林子裏卻暗澹無光，惟有天風挾了微明，穿過綠蔭下紆縈生苔的道上。）詩的無形的翅膀，便是他奔逸塵的想像的翅膀，他靠了這翅膀，會與飛鳥共登夢幻的童話的世界。

> Darkling I listen; and, for many atime
>> I have been I alf in love with easeful Death,
> Call'd him soft names in many a mused rhyme,
>> To take into the air my quiet breath;
> Now more than ever seems it rich to die,
>> To cease upon the midnight with no pain,
> While thou art pouring forth thy sonl abroad

> In such an ecstasy!
> Still wonldst thou sing, and I have ears in vain
> To thy high requiem become a sod.

　　（暗中我傾聽著，好幾辰光，我不由得和安然的死結了一半的戀愛，在苦吟中幾次喚她的芳名，請我幽涼的生息捲向大空。如今死在半夜裏停住生息，不但不痛苦且甚愉快。並這樣懵懂地，聽你將精靈傾瀉而出的時候。你還不斷的歌唱，唱到我不能聽得。——只好對著你的高聲哀調，變成泥土。）他希求解脫，希求死，在苦悶的呼喊中帶有快樂的音節。這是他超越了感覺，橫絕了時空，向彼岸飛翔。在他以為死是脫離肉體的羈絆，而達到永恆的自由永恆的歡欣之境地的一途。

> Thon wast not born for death, immortal Bird!
> No hungry generations tread thee down;
> The voice I hear this passing night was hward
> In ancient days by emperor and clown:
> Perhaps the self-same song that found a path
> Through the sad heart of Ruth, when, sick for home,
> She stood in tears amid the alien corn;
> The same that oft-times hath
> Charm'd magic casements, opening on the foam
> Of perilons seas, in feary lands forlorn.

　　（不滅之鳥呀！你不是為了死而生的，你沒曾踏下人世饑驅之途。今夜我所聞的聲音，在昔王候野老或也聽過的。或許當時路得驚心動魄含淚思鄉，站在異國的麥田裏，也曾聽過這同樣的歌聲。或許在幽謐的仙鄉，臨了荒海的幻波開著魔窗，也有這同樣的歌聲屢次來迷惑的。）夜鶯是不滅的鳥，詩人是不滅的人；夜鶯有翅膀飛向永恆的歡迎之境，詩人有想像的翅膀也會飛向永恆的歡欣之境。夜鶯的歌聲長留在天地間不會磨滅的，詩人的歌聲同樣長留在天地間不會磨滅的。在這一點上，

基次與夜鶯凝成不可分的一物；在這一剎那間，他以鳥的妙音為機緣，超絕物礙，飛翔於想像的永生的世界了。

　　複次，關於他持一切的感覺，驅使而利用其美，創造新的世界之一點，這簡直是他的象徵主義。我們在《Nightingale》或《Grecian Urn》中發見的，是他以感覺為基件，超越感覺，飛翔於遼遠無垠的想像世界；這個想像向外，不過造成無意識或神秘之世界。他的詩中最足以顯象徵主義的是《Psyche》一作，這裏的想像是向內的，是自意識的。這詩顯有創造者的苦心孤詣之感，有驅使一切，創造自己能力所傾注的世界之強烈的意識。要理解這篇詩，我們可參看他於一八一七年五月十一日給Haydon的信中有幾句話說：「窺見太陽，月亮，群星，大地，及其中的東西；當為造更大事物的材料——造比造化所造更大事物的材料。」（the looking upon the Sun, the Moon, the Stars, the earth, and its contents, as materials to from greater things –greater things than our Creator himself made.）這裏可看出他的抱負。這詩他為了最美的女神，衷心裏吐露出感激讚美崇高的至情，我們把他入後的二節引在下面：

　　　　O brightest! Thongh too late for antique vows,

　　　　　　Too, too late for the fond believing lyre,

　　　　When holy were the haunted forest bonghs,

　　　　　　Holy the air, the water and the fire;

　　　　Yet even in these days so far retir'd

　　　　　　From happy pieties, thy lucent fans,

　　　　　　Fluttering among the faint Olympians,

　　　　I see, and sing by my own eyes inspir'd.

　　　　So lct me be thy choir, and make a moon

　　　　　　Upon the midnight hours;

　　　　Thy voice, thy lnte, thy pipe, thy incense sweet

　　　　　　From swinged censer tuming;

Thy shrine, thy grove, thy oracle, thy heat

 Of pale-mouth'd prophet dreaming.

（啊輝煌者！太晚了為要得往古的盟誓，太晚太晚了為要得易信的琴。神靈出沒的林木如是神聖，空氣水火在昔都是神聖。雖在此時光，快樂的敬神之諸禮已遠退去了，你的透亮的羽翼在沮喪的奧靈比諸神中撲躍，我看了唱了，我的雙眼裏予以靈感了。那末使我成了你的歌團，在午夜的時分作而長歎；成了你的聲，你的琵琶，你的笛，從充溢飄搖的香爐裏來的你的馨香；成了你的龕座。你的森林，你的顯靈之所，夢中灰白的口吻的你的預言者之熱。）

Yes, I will be thy priest, and build a fane

 In some untrodden region of my mind,

Where branched thonghts, new grown with pleasant pain,

 In stead of pains shall murmur in the wind:

Far, far around shall those dark-cluster'd trees

 Fledge the wild-ridged mountains steep by steep;

And there by zephyrs, streams, and birds, and bees,

 The moss-lain Dryall shall be lnll'd to sleep;

And in the midst of this wide quietnwss

 A rosy sanctuary will I dress

With the wreath'd trellis of a working brain,

 With buds, and bells, and stars without a name,

With all the gardener Fancy e'er could feign,

 Who breeding flowers, will never breed the same:

And there shall be for thee all soft delight

 That shadowy thonght can win,

A bright torch, and a casement ope at night,

 To lct the warm Love in!

　　（是的，我將做你的祭司，在我心中沒有踐踏的一方，建造殿堂，那邊把愉快的痛苦要新生一種枝兒，代替松樹會在風中私語；遠遠地這蔭暗繁茂的樹木，會像鳥羽般將山脊枯荒的群峰削成雙出的硝壁；那邊又被微風流水鳥兒蜂兒，會引誘伏在苔中的「森林女神」入睡；於是在廣大靜寂的中央，我要來裝點薔薇的聖地，飾以動作腦髓所編的四方花架，飾以無名的蓓蕾鐘狀星狀的花朵，飾以園丁耽於空想所作的一切同植而不同種的花朵；並且為了你會有夢想不到的一切和易的歡喜，輝煌的松炬，宵夜開著的窗，引進熱情的「愛神」。）

　　基次追念希臘古代，森林空氣水火之中，都宿有神靈。到了近代，祭典不修，諸神沮喪。奧林比的崇樓傑閣，已成一片荒墟。惟最美的女神Psyche，還像明星一般的輝耀著。他要在自己心中沒有踐踏的地方為她建造神殿，自己做祭司；又要以愉快的苦痛新生一切。這詩所謂內蘊的自意識的，就在這兒。即他短促的一生，在「痛苦與繾綣」中所獲得的至高原理至上生活，原也在此。

　　以上所述，基次詩中所顯現的美的思想，大體是四個道程；後年英國唯美派詩人所盤桓的道程，怕也不出乎這四者呢。

先拉飛爾派

一、先拉飛爾派的由來

　　十九世紀，歐洲畫界上有兩個自然主義的大運動：其一是起於英國的先拉飛爾派，其一是起於法國的印象派。先拉飛爾派的運動，雖不如印象派那樣的擴及全世界；然在近代繪畫史上，不可謂非一顯著的革新或解放運動。尤其在英國繪畫史上，寄與了一種不可磨滅的偉績。

　　先拉飛爾派（Pre-Raphaelites）的名稱，我們應該注意的。當時英國畫家們的作品，陳陳相因，毫無獨創精神；他們只是沿襲義大利十六世中葉即拉飛爾（Raphaells Santi, 1483-1520）以後的畫風。拉飛爾的藝術，自有他的特長。但拉飛爾之後，所謂折中派者流，主張藝術家與其直接觀察自然，毋寧模仿歷代大家的作風；不但省去許多精力，且足以

在大家的作品中截其長而補其短。此輩主張既如此陋劣，其他尚有一部分畫家，徒事模仿Michealangelo的作品，至陷入空虛粗暴之地位。且其時適有反新教運動，彼輩要把藝術再當宣教的手段，使藝術不能自律的發展。所以這時代義大利的繪畫，最是墮落的時代。而英國人尚奉為圭臬，可不是連取法都取不來呢！於是畫家米雷（Sir John Everett Millais, 1829-1890）、亨德（William Holman Hunt, 1827-1910）、羅塞帝（Dante Gabriel Rossetti, 1828-1882）三人，於一八四八年組織先拉飛爾社（Pre-Raphaelite Brotherhood）以明示不滿意於當時的畫風，而獨樹一幟。這三人都是青年畫家，都是皇家畫院（Royal Academy）的學員。一八四七或四八年之某日，他們在米雷的畫室中，偶見Pisa, Campo Santo的壁畫之版畫集中義大利畫家Benozzo Gozzoli（1420-1497）的壁畫作品；他們便不滿意於畫院教授們的作品。他們的心中，倏然燃上了烈火一般的感奮起來了。所謂Gozzoli的壁畫，在不合解剖學的形體未純熟的遠近幼稚的明暗圖式的不自由的結構中，自有熱烈的要求，自有清新活潑的生命。質言之，他的畫並不達到知識的正確，未成熟的形式表面結構中，儲藏人心深處的激動，素樸的平凡的原人的崇高。他們在這時的一種驚歎如得啟示的驚歎之中，似已窺見素樸的崇高的原人。進一步窺見義大利的真美術上的一種純粹的精神，自由的表情，輕靈活潑優美的素樸性。所以這個機緣他們不但發見Gozzoli的藝術，且已想見Gozzoli前後之一千四百年代義大利人繪畫的真精神了。十五世紀以後嚴密言之，至拉飛爾於一五○八年離佛羅稜薩到羅馬畫Vatican宮殿的壁畫之時為止，義大利美術已樹立自然的基礎而表出其真實；自此以後，廢棄自然的精察，因襲滯板的風尚，以致一蹶不振而陷於墮落的狀態。先拉飛爾派的諸人之精神，我嘗說是「文起八代之衰」的意味；他們具有這種精神，所以各人的作品上都署有P. R.B.（Pre-Raphaelite Brotherhood的略語）出現一八四九年之展覽會。自從署有P. R.B.的略寫之作品，出現於皇家畫院及自由展覽會（Free Exhibiton）後，大受公眾的譏刺笑罵；當時Dickens也質難者之一人。過了一年，除有少數識者的同情外，仍是反覆笑罵反復質難。這署有P. R. B.的略寫之作品，一時在社會上大起波

動。一八五一年之作品，即為了公眾之波動而撤回。他們為了擁護自己起見，於一八五〇年有羅塞帝之弟William及其他三數人之加入，出版一種月刊，叫做《萌芽》（The Germ），他們的主旨是「Thoughts towards Nature in Poetry, Literature, and art.」各社員交出插畫詩歌小說評論來發表。出刊了二期，大約因銷路不暢的緣故，出版者Tupper教他們自第三期起改稱《美術與詩歌》（Art and Poetry），主旨是「Thoughts toward Nature.」當時社外有Ford Madox Brown（1821-1893）是他們敬服的前輩，曾為一論文：主張歷史畫的根柢，要嚴密描寫Model，如古代歷史畫一般的美化一般化，不應落入徒然的空想，雖如衣服器具等一切附屬物之細微，亦須精密研究。不幸這月刊到了第四期就停刊了。當時John Ruskin又挺身而出，為他們熱烈的擁護者；一八五一年亨德取材於莎士比亞之題為《兩位凡龍那之紳士》（The Two Gentlmen of Verona），被「Times」辱罵了一頓，他揮著世界知名的筆，寫了一封信給「Times」為他們辯護，不久他又發表《先拉飛爾派之理論及Turner》之論文。

　　這時先拉飛爾派諸人的創作，不依教授們的舊法，而依於自然的指示了。他們像一千四百年代義大利人一般的忠實於自然的描寫；譬如全體的結果上不管有所損傷，其細部方面也須嚴密地作自然的描寫。甚至花草中的一片，樹木中的一葉，一葉中鋸齒狀之邊緣，織物經緯的一絲，盤中果子皮的厚薄，都以顯微鏡的精密來表出。相傳米雷某日在牛津附近，描寫景物，對於樹葉，用放大鏡來研究。亨德畫基督，為考察實際之自然與民族，曾前後二次（一八五四，一八六九）旅行東方，備嘗艱辛。他想作第三次旅行時，自佛羅稜薩歸鄉後，結婚未久，便即首途，他的夫人從之，客死於佛羅稜薩的。

　　他們這樣精密的描寫，似乎過甚而不及中庸；然而他們的深思力索，決不以機械的成功為滿足；他們在表面上，是畫聖經文學上所現的人物事蹟；而實質上，是畫自己之神的信仰與人生的理想；表出他們的愛信仰良心等之思想上的信條。為了這個緣故，他們創作時，對於主要的對象，不消說要有精深的體驗；即背景與附屬品等，亦須精密地作自然的描寫。在這一點上，Brown對於歷史畫的主見，和他們的要求全然是一致的。

先拉飛爾派結社的當時，就有畫家James Collinson雕刻家Thoms Woolner文人William Rossetti及F. G. Stephens加入為盟員。同時有畫家Arthur Hughes, Frederic Sandys, Nael Paton, Charles Collins, Walter Deverell等，與先拉飛爾派共鳴，以類乎先拉飛爾的精神來創作。然先拉飛爾派自身；不久已呈分離之象：一因盟員的退社，一因畫風的變易；先拉飛爾派以目的結集的事實，漸趨遙遠了。一八五三年米雷被選為皇家畫院的准會員（Associate），羅塞帝便說：「圓卓之騎士團已解散了」。但羅塞帝自身的畫風，本來不與他的友人一致的。米雷於一八五七年在Manchester陳列之作品，已從Velasquez受到重大的影響；在素日精緻的畫風之外，採取粗大的筆觸以構成對象之方法。拉飛爾前派的精神，他在這時已失去唯一供奉所在的意味了。亨德終生固執此種精神，為一貫其精神起見，他於一八五四年，旅行東方。先拉飛爾派形式的結社，無異告終於是。（亨德Pre-Raphaelitism and the Pre-Raphaelite Brotherhood, Vol. I Chap. V-X. Vol.II Chap. X etc. Muther: History of Painting, Vol. III. Chap. XXVIII.）

先拉飛爾派忠實於自然的努力，在亨德的畫中可檢驗；他於一八五三年的《牧羊奴》一八七三年《死之影》等作中，受日光直射的人物，精彩奕奕；其努力於自然之點，很可注目的。照亨德所說，他於一八四七年在野外描寫自然和米雷一同畫含有濕氣的白色之地上的透明或半透明，畫衣服或露出的肌膚上的日光（Vol. I.P. 111-2, 275-6）。他們注意畫日光是很有意味的；傳稱一八四〇年時，一日之中表出種種時刻的日光染出各種不同的色彩之Brown，亨德也以為曾受他們的影響（277-8），他們在這意味上，互相關係之深，非片言可盡。總之他們於一絲之微一葉之細，精密地忠實於自然，未免理知的。詳究他們的意味，似乎和古典派David及Ingres無甚差異。他們的作品上，除了思想的一方外，他們所留傳的意味，不過位於古典的作家Ingres與寫實的作家Courbet之中間。

然而先拉飛爾派的精神，不是為了結社形式的崩裂而亦崩裂；他們忠實於自然，是一時的手段；他們的同人中畫風的變易，嚴格說來，

並不是分離，而是發展；他們在英國繪畫史上的業績，是一種開展自己的獨創精神。從這運動的出現，不但旋轉了畫風，同時文學上也旋轉了一種詩風。因這派的要人羅塞帝是畫家而兼詩人，Thomas Woolner是雕刻家而兼詩人。接近這派的，又有Neol Paton也是畫家而兼詩人，及Patmore等詩人。後來又有詩人兼畫家Morris，詩人Swinburne等人。這種詩風，在維多利亞王朝的文學上，佔有重要的位置。批評家也稱作先拉飛爾派，或稱唯美運動。

二、羅塞帝之畫與詩

　　為羅塞帝作傳的Sharp曾說：「如其當羅塞帝是先拉飛爾派的父親，那末應該當Brown是這派的父親」。這父親祖父的問題，我們可不必去管；而羅塞帝在這派中地位的重要，是確然的。羅塞帝果是先拉飛爾派的要人，然而他對於自然，沒有採取像他的友人們的態度，沒有用像他們理知的顯微鏡的方式。亨德也說出羅塞帝的理想與作風是否可代表先拉飛爾派的本來目的之含有否定辭的疑問。（Vol. II. P. 163）他的作品中所可看出的，就是詩的表現；他不願意做到自然的忠臣為止境，他逼緊一步直闖入渾樸蘊蓄的詩歌之世界。他平日浸淫於莎士比亞，司各得，歌德，亞倫波，高雷利基，勃郎寧等的作品中；得了許多美酒，潤在他的畫筆上。最有力的啟示他，使他追懷往昔低回不置，是他祖先國的詩人但丁。

　　羅塞帝一八二八年五月十二月生於倫敦；他的父親Gabriele Rossetti，是義大利人，曾任職於Naples的鮑朋博物館（Bourbon Museum）。為了愛國運動，不容於祖國，逃亡到英國。與其同國人——彌爾敦之翻譯者娶英國婦人的——Gaetano Polidori的女兒Frances結婚。一八三一年在King's College擔任義大利文學教授。他是有名的研究但丁的學者；曾著述關於但丁研究的書籍多種。他生了二女二男：長女Maria Francesca，曾著《但丁之影》（A Shadow of Dante），也是一個但丁的研究者。次子即我們要講的Dante Gabriel。三子是有名的文藝批評家，雪萊、基次之研究者William Micheal。四女Christina，是有名的

詩人。他生長於崇仰但丁的家庭，對於祖先國文藝再生始曙的時代歔欷
景慕，不啻自己置身於但丁之詩的世界，Fra Angelico的繪畫之世界。
Fra Angelico的宗教畫，是基於Giotto的敘事詩趣而發展的，在拉飛爾以
前的畫家中最能感動他的一人。所以他的繪畫，在表面上雖帶有幾分P.
R. B.的氣味；而內面所畫的，是追懷中世紀的他的化身，生長於幻境的
他的化身。

　　一八四六年，當他十八歲的時候，進皇家畫院；過了二年，從學
於Brown；並與亨德、米雷相切磋。一八四九年作《瑪利的幼時》，
過了一年作《吾是神之使女》；一八五三年作《描寫天使之但丁》，
過了一年作《Arthur王之墓》等；都可尋出他的特殊畫風的作品。其間
《Arthur王之墓》一作中所顯現的方式，表出像Fra Angelico輩抱有中世
心情的文藝再生初期的畫家與他一層歷史的關係；表出他和昔賢們精神
上的酬酢。一種素樸的，理知上看來不自然的，空想的，精神的，無異
十五世紀諸作家的風尚。Symons說他初期所畫的是Gothic式（A Symons:
D. G. Rossrtti, P. 50）。本來十九世紀中葉，是Gothic精神的復活；這是
前世紀末勃萊克所現的意味，其後綿延其相異的姿形而發展的。

　　這個方式，並不一貫於他的作品，後來只是留存於他的畫面之一
部。在這方式所現的內面，他變易其種種方式而發展的。自一八四九年
的《瑪利的幼時》之後，他的世界，除了希罕的不同外，原則上是與現
實遠離的夢的世界。白晝像夜一樣成深沉幽默的世界。這世界上的人
物，就像他的《瑪利的幼時》以來所畫的人物，常是凝神地守住一半世
界，一半心的深處。這裏有些女性，深陷著瞳子，像白玉上一朵憂鬱的
凝凍，目光並不傾注在現世，是傾注在未知的世界。有些女性，胸中蘊
藏著隱秘，像在傾聽負病的足音。有些女性，惻然心喪地睜開了眼兒，
像在看那白晝的夢寐。她們除了未露出的歎息與微笑外，永久封禁於
幽默沉思的情調裏。這不可思議的凝視與沉默的世界，在他的《洗手
者》一作中也可看出，她並不在洗手，只似乎加了重量給她美玉一般
的雙手。其他示出同一之例的，更不可勝數。一八七一年他作《但丁
之夢》，可以說他的藝術達於頂點了。這作深玄的表現與中世紀式的

結構，是至高的完成。他視但丁是神，視Beatrice也是神。他以往昔畫家們畫聖母的精神，來熱心地畫Beatrice。在這一點上，但丁心目中的神，就是他的神呢。

他醉心於但丁的世界，我們不可不注意的。他畫但丁對於Beatrice的至愛，是他的生涯上的一件大事實；即畫他對夫人的至愛。他於一八五〇年見某衣裝店的女店員Miss Elizabeth Siddall，這位女士曾做亨德的model，曾做米雷之Ophelia的model，即他的許多作品也以她為model。一八五三年，他們倆立成婚約；延至一八六〇年結婚。結婚了二年，她一病死了。他把十年來至情熱血所積的詩稿來給她殉葬（後經友人的敦勸而發掘出的）。他在這無限的悲哀之中，畫陳死的美人Beatrice，畫但丁對他的愛人夢縈魂繞的意境，畫深沉的愛，深沉的悲。也是他的畫筆上蘸了自己心中瀝出的鮮血，來畫他的所愛之人。

他畫但丁與Beatrice的愛，他又畫但丁所頌贊的Paolo與Francesca的愛。他仰慕天堂裏的聖愛，他又頌贊地獄裏的魔愛。他像出沒於夢幻出沒於午夜一般的凝視世界的心情，同時有強力的官感之要求。這裏有證據，可容我們承認的。他畫的許多女性，背後有許多女Model的；最初是Elizaberth，後有威廉茉莉思夫人《Lilith夫人》，又有Fanny Confoth女士等人；他的妹Cristina說：「他畫這般人，不是逼真地畫出她們所有的姿容，他畫他的夢中所見的女人」。所以他所用的Model雖有不同，而他的畫面上總是同一方式的容顏。這容顏非凡的美，但略微瘦削的；披著濃重的頭髮：凡鼻樑兩頰下頷等部，都清瘦的；睜大而深陷的眼睛，若有意若無意的凝視著。這種容顏的表情，是純粹精神性的。不過略厚的嘴唇上描上靈活的曲線，似乎在顫動的樣子；含有強烈的誘惑力與肉性的嬌豔。深陷的瞳子裏，也帶有幾分誘惑性，帶有一種凝視虛玄的魔力。手臂的腕內屈，細長的指尖上躍出一種意向，手握手時更現出沉著的美，顯然也含有官感的緊張。總之他所畫的女性，容顏瘦削似乎精神的，而頸項延長，其身段上有寬廣的肩，有隆起的胸，有肌肉的手足；全身體上是充溢著官感的，他所要求的，就是凝視的靜默與刺戟的官感

之二個相背的條件，共同動著。這就是他所含內心的爭鬥，Symons說：「為了急於追求空想追求美，廢了睡眠，彷徨於午夜的市街上去看幻滅」。

　　一八五〇年，他在《萌芽》雜誌上發表一篇散文，叫做《手與心》（Hand and Sonl）。這篇寓話體的自傳之中，隱潛著他的藝術觀；有一女人的畫像，容色的映麗，夭夭然如有鬼氣，一見知非凡手所畫，這篇寓話即說此畫之由來。當義大利四百年代之時，有一青年畫家Chiaro dell Erma，有出類的天才。此人初欲博聲名而自策其技，果隨心所欲，不久列入一代的大家中。其所畫，不論人物風景，觸眼皆美。然此畫家素深宗教的信仰；自思如今徒以求名，徒以博他人的快感而作畫，未免誤入歧途；以後當寫永遠的真理，描天界的事物；是否走這一條路，一時也不得解決，將謀自殺。忽有一妖豔的美女，默默地出現在他的室中，對他凝眸注視著，他不由得著了慌，這美女對他說：「我是你的靈魂，你此刻將背你的靈魂而別趨藝術的道路，全沒有愛美之念；你只因要示出真而忘記美的世界，遭神明的呵責；你如其忠於自己的靈魂，自會得到傑作，先來畫我的姿態，恢復你先時失去的力。」於是這畫家便畫這自己靈魂的化身之美女，即成此幀無價的古畫。這篇寓話很有些Allan Poe的短篇之奇警的風格，不但是他的一人的藝術觀，也是先拉飛爾派的藝術之精髓；所以在英國藝術批評史上也占一位置。

　　羅塞帝是一個詩人，我們不談他的詩而單談他的畫，是不會理解他的藝術之全體的。他有自己豐富的詩集外，又翻譯但丁的《新生》（Wita Nuova）及義大利初期與但丁同時代諸詩人的詩；永為英國文學史上的奇珍。他在十八歲說所作的《天女》（Blessed Damozel）一詩，（後年有同一題材的畫）似乎受得Keats的影響；用典雅的言辭，細密的描寫，大膽的想像，將超自然的事件，作現實的表現。譬如在第九節中說：

「From the fixed place of Heaven she saw
Time like a pulse shake fierce
Through all the worlds.」

（從天上不動的座位看來，時光經行萬界，像脈弦之急烈的躍動。）這詩一方是在天上幽靜之處，一方是流轉於可憫的人世；質言之，外面是他溫暖的信仰，內面是他熱情的爭鬥。他早年的詩，和他早年的繪畫一樣的，素樸之中甘美而精巧的；純粹從自然的欣歡中產出，不顧一切的傳統而自由創造，所以得達於輕靈的美境。年紀增長，他在自然的清新之氣中，安插了人世的經驗與靈肉的爭鬥；而且技巧方面也發達了，成鮮麗的言辭之織物，把言辭與色彩織成希世的美錦。他的初期作大都取材於神話傳說，如《杖與袋》（The Staff and Scrip）取材於Gesta Romanorum；《忒羅城》（Troy Town）寫Helen在Venus的殿堂祈禱；《伊甸之庭蔭》（Eden Bower）取Lilith的傳說。而初期詩中的《但丁在樊籠那》一作，描寫但丁的流竄時代，五百行中所包含但丁流竄時代之痛苦的生活屈辱孤寂，可謂淋漓盡致；他的詩筆上已蘸著人生的苦味了。

他在《伊甸之庭蔭》一作中，筆下已帶有超自然的恐怖心，後來在《海倫姊》（Sister Helen）一作中更是明顯。詩為Helen自身與其弟的對話，各節上都附著略微變易的覆唱辭（Refrain），有音樂的合唱之趣。Helen心中有燃燒一般的愛與憎，她像被壓在絕望的巨石之下，流涕氣喘，與其弟的天真的話相對照；能力所及用簡單的言辭，以堅強其詩的效果；上面覆著恐怖，到了最後，達到氣息全無的恐怖之頂點了。此外他《Rose Mary》一作，骨幹是純粹浪漫的，全體也受神秘的超自然之支配。

他集注精力而有他特性的詩篇，是《白船》與《王者之悲劇》二作，Pater說：「恐對於新近知道羅塞帝的讀者，請他來指出一作時，他必選出《王者之悲劇》的。」這裏寫蘇格蘭詹姆司王一世的弑殺事，是很優美歷史樂府；一種豐富的想像，可現出他的本領。《白船》寫亨利一世的王子威廉在白船上溺死的事，乘船的眾客沒有倖免，惟有拜羅特一人生還。這是為他的弟弟William幼時諷誦而做的。

他的生平的大作，是《生命之家》（House of Life）一集；全詩積一百〇一首的Sonnet（十四行詩體）而成，為英國文學史上自Beowulf, Caedmon以來綿綿千餘年與莎士比亞相匹敵的巨著。全詩分二部，第一部是《青春與轉變》（Youth and Change）凡五十九首，第二部是《轉

變與運命》（Change and Fate）凡四十二首。全部是他內面生活的顯現，是他靈的經驗即愛的熱情與神秘之紀錄。這Sonnet體，本是義大利的詩形，起句八行，結句六行；既不冗長，也不太短，最可顯出詩的效果。他指Sonnet為剎那時的碑銘，我們可借他的來作證：

A Sonnet is a monent's monument, ——
　　Memorial from the Soul's eternity
　　To one dead deathless hour. Look that it be,
Whether for lustral rite or dire portent,
Of its own arduous fulness reverent:
　　Carve it in ivory or in ebony,
　　As Day or Night may rule; and let Time see
Its flowering Crest impearled and orient.

A Sonnet is a Coin: its face reveals
　　The soul, ——its Converse, to what power tis due ——
Whether for tribute to the august appeals
　　Of Life or dower in Love's high retinue,
It serve; or, mid the dark wharf's cavernous breath,
　　In Charon's palm it pay the toll to Death.

　　羅塞帝所謂「生命之家」，就是「愛之家」和「美之家」；愛與美是包含生命的一切秘密與神秘。全詩雖沒有在一定的計劃上建築，然全體可尋出經驗的進展之跡。先從希望與青春開始，死爰蕭的來踏破甘美的夢，打碎生的花瓶；於是此碎片雜以悲哀與絕望；而後希望的光明漸漸強烈，終達到於忍耐。所以諸詩篇中有寫愛是至上的秘密；有寫愛與美不能分離；有寫美之獨立的存在；有寫可怖的孤寂；有寫從自然與藝術中搜索秘密；有寫追悔往日的情致；有寫死的隱秘；有寫精神上的忍耐；有寫嚴肅的歡悅等；沒一首不是他的心靈的自狀。而其描寫的手

法，也變化不測，有一花一世界的妙處，我們可舉出幾首來看。《熱情
與崇仰》（Passion and Worship）一首說：

One flame-winged brought a white-winged harp-player
　　Even where my lady and I lay all alone;
　　Saying：「Beloved, this minstrel is unknown;
Bid him depart, for I am minstrel here:
Only my strains are to love's dear ones dear.」
　　Then said I：「Through thine hantboy's repturous tone
　　Unto my lady still this harp makes moan,
And still she deems the cadens deep and clear.」

Then said my lady：「Thou art passion of Love,
　　And this Love's Worship: both he plights to me
　　Thy mastering music walks the sunlit sea:
But where wan water trmbles in the grove
And the wan moon is all the light thereof,
　　This harp still makes my name its voluntary.

　　關於這首詩的蘊蓄，我們來抄Myers的一段話來伸說，他說：「The
voluntaries of the white-winged harp-player do not linger long among the
accidents of earth; they link with the beloved name all 'the son' ls sphere of
infinite images', all that she finds of benign or wondrous 'amid the bitterness
of things occult.' And as the lover moves amid these mysteries it apears to him
that Love is the key which may unlock them all. For the need is not so much
of an intellectual insight as of an elevation of the whole being-a rarefaction, as
it were, of man's spirit which Love's pure fire effects, and which, enables it to
penetrate more deeply into the ideal world.」在這些話中，我們不但可以明
白這首詩的意境，且可明白他的許多詩中描寫愛的隱秘，一種沉默的熱

望，幽凄的誘惑，如同他的畫筆；細微精緻顯隱曲直地達到最美的世界。在這點上，我們再看他的《愛之玩具》（Love's Banbles）一首說：

> I stood where Love in brimming armfuls bore
> > Slight wanton flowers and foolish toys of fruit:
> > And round him ladies thronged in warm pursuit,
> Fingered and lipped and proffered the strange store:
> And from one hand the petal and the core
> > Savoured of sleep; and cluster and curled shoot
> > Seemed from another hand like shame's salute,......
> Gifts that I felt my cheek was blushing for.

> At last Love bade my Lady give the same:
> > And as I looked, the dew was lighe thereon;
> > And as I tock them, at her tonch they shone
> With in most heaven-hue of the heart of flame.
> > And then Love said :「Lo! when the hand is hers,
> > Follies of love are love's true ministers.

　　Pater說：「羅塞帝主要詩篇的大部分，都是為這《生命之家》的材料」。這詩在他的作品中之重要，可想而知。他的詩中敏銳的官感的地方，最容易撥人們同情與願望；他是美的崇拜者，描寫戀愛因本身是畫家，所以不忘記肉體美的。在一八七一年，詩人Bnchanan用了假名以道德的眼光指摘他的詩，在《現代評論》上發表了一篇《肉感派的詩歌》（The Fleshly school of peotry）很厲害的攻擊他。然而他所指出的惡點，正是畫家詩人的獨到的佳處呢。

　　他的詩不曾受英國傳統的束縛，與高雷利基，華次華士，雪萊，司各得，拜倫相比，沒有近似；與勃郎寧，阿諾德，丁尼孫相比，也沒有近似；他在獨自的王國裏，移植進了一種外來的情趣（Exotic mood），

南國的幽籟，為輔助英國詩歌發達的一種寶貴的滋養料。十九世紀後葉羅塞帝對於英國文學上的貢獻，便在這兒了。

三、牛津的先拉飛爾派

　　先拉飛爾派因盟員中畫風的分離，而消失他們結社的形式；但我曾說：「分離就是發展」。如其我們當羅塞帝是先拉飛爾派的中心人物，那末先拉飛爾派目的不僅限於忠實自然，其目的乃在開展自己的獨創精神。在這個觀點上，我們要講先拉飛爾派的第二幕面，就是牛津的先拉飛爾派（Oxonian Pre-Raphaelites）。這裏的主要人物，如畫家彭瓊絲，詩人畫家茉莉思，詩人史文明；我所講的也以這三人為中心。

　　一八五六年的一月，牛津大學與康橋大學的相知者們，共同組織一種月刊，名《Oxford and Cambridge Magazine》在倫敦發行。彭瓊絲（Edward Burne-Jones1833-1898）茉莉思（William Morris 1834-1896）是牛津方面之發議者。月刊發行後，茉莉思每月擔任詩文稿件。經過了半年，羅塞帝也供給詩稿於這月刊，因此與彭瓊絲、茉莉思相識。為了這層關係，羅塞帝被請為畫牛津大學Union Society之評議室（今之圖書館）的壁畫。題材取Arthur王的傳聞。其時彭瓊絲在牛津肄習神學，酷愛繪畫而無機會學習；他隨意塗抹的小品，忽為羅塞帝所發見；這小品充滿詩的情趣，羅塞帝便引他為知己，邀他同畫壁畫，成了一個研究的伴侶。茉莉思因彭瓊絲的介紹，也與羅塞帝為知交了。於是羅塞帝到處推崇他們倆為真的天才。這個牛津的結集中，又有Arthur Hughes, Spencer Stanhope, Walter Crane, Ceorge Frederic Watts等加入。他們都曾受先拉飛爾派的忠實於自然的洗禮，此時闖進浪漫的空想之世界，所謂先拉飛爾派的第二幕面。

　　彭瓊絲於一八五二年到牛津肄習神學，那時侯他的希望，是將來做牧師的職業。自從與羅塞帝相知以後，他便休止了神學的研攻，毅然決然隨從羅塞帝學畫。一八五五年的年終，與羅塞帝同往倫敦，從事藝術的生涯。他的畫，羅塞帝給予他的影響當然不小；然而他的天才的發展，刻骨鏤腎，自成機杼。他歡喜畫成群結隊的女性，容顏是出於一個型範（Type），而姿態中纖細的不同處，正是精神的纖細之不同。這一群女

性，像天上的合唱隊，在明月之夜相約遊戲於人世，又怕被人世之發覺，一種防範的用心，減少了她們固有的天真。這是在他的代表作《創造之時紀》（The Days of Creation）、《金級》（Golden Stairs）及《溫娜司之鏡》（Mirror of Venus）等品上可看出。他雖然受了羅塞帝的影響，然而他們所畫的女性，大有不同之處，這是他們內面的要求之不同。Muther曾在他所著的《繪畫史》上作比較的論述說：「羅塞帝所畫的女性，有燦爛的清新的肉體，有近代的故意酷虐的美；是Messalina與Phaedra或Faustina的姊妹。他的所謂女性，畫出靈活的肢體，延長而白的頸項，雪樣的胸膛，油香的頭髮，切望的熱情的眼，魔力的灼熱的口。這們的女性，實是Venus Verticordia的女兒。她們的酷虐的愛情，正像自然力一樣的酷虐；像古代法國故事Fabian tell中的水之精靈；張出了魚網，從珊瑚一般的朱唇裏唱歌；凡一見這妖精的男子，誰不驚為絕世麗姝，願和她一抱而殞命。她們愛男性，因為男性有充滿肉體的力與顏，有青銅一般肌肉。她們不但愛男性，也愛狂風一樣的暴力，但仍能服從自己的意志。是Swinburne所謳歌的羊脂白玉一般的手足，毒花一般刻薄的朱唇。而彭瓊絲所畫的女性則不然，這們的熱情早在地上失去了，紅赤赤的血也消解了，熱情的火炎也燒盡了，愛之諸神的氣力也失掉了。這們的女性，生命上失了光輝，愛情上失了灼熱，世界上失了一切的希望。他們的雙頰是青灰色的，眼睛是水汪汪的，肉體是貧血的，腰圍是瘦細的。灰白色的嘴唇，口角裏浮動憂鬱的微笑；她們陷於不可思議的窘迫，似乎有日暮途窮的悲哀。她們在無補的願望中送去歲月，寒心憔悴，像被捕了的金魚，呼吸不到生命的水滴了」。Muther騁馳其文辭家的筆墨，形容未免有過甚之處；然彭瓊絲的繪畫，以理知的形式美造作浪漫的幻想之傾向，是確然的事實。他和茉莉思同是裝飾趣的畫家，他的天才中，原有裝飾的份子占其大半。

　　他從傳說詩歌中所取的題材之作品，如《Cupid and Payche》與《Love among the Ruins》等作，把奔放的詩趣，逼成嚴肅的氣分。但《Christ on the Three of Life》一作，又把宗教的尊嚴，逼成詩趣的幽靜。以宗教的題材，作感傷的遊戲，是先拉飛爾派諸家之能事。彭瓊絲的嚴峻的筆致明快的結構，自勃萊羅塞帝以來之《哥帝克之復活》（Gothic Revival）的精神，在他尤其明顯了。

　　茉莉思是富家之子，他在牛津的時代，讀到Ruskin所著《威尼司之石》（Stone of Venice）中《哥帝克之特性》（Of the Nature of Gothic）一章，便悟到自己推崇哥帝克之建築而嫌惡文藝再生時代之建築的理由了。Ruskin說：「哥帝克的建築上，有職工表現自己的機會；文藝再生時代及其以後的建築，職工惟建築師之命是從」。茉莉思對於藝術，就是要表現自己，要有自發的生氣。一八五三年他二十一歲，旅遊法國與比利時，觀察哥帝克的建築之遺跡，及北歐古昔畫家Van Eyck兄弟的遺制。歸而和他的朋友彭瓊絲，時時談到藝術的事情。一八五五年卒業於大學，曾從建築師研究哥帝克的建築。後來和羅塞帝相知了後，也從事繪畫。他對於中世紀教堂上的裝飾畫，特別感有興味。他所畫的裝飾圖案，是從中世紀的萬華紋樣（Mille Fleurs）中得到鮮麗的勻美；為先拉飛爾派的作品中別樹一幟的東西。但他的作品不多，後來且對於繪畫廢棄了。他感於當時家屋裝飾的雜亂無章，自己從事家屋之美術的裝飾；有人為他題一綽號叫做「詩人的家屋裝飾者」，別人這樣的諷刺他，他引為非常榮幸。他自己的家屋裝飾作詩的表現，要想普及於社會一般；於是在友人中籌集資本，設茉莉思公司。羅塞帝，彭瓊絲，也是股東。這公司最有名的出品，是糊壁花紙；茉莉思繪畫的伎倆，即發揮於這裏的。這時他一身為藝術家而兼商人。其後公司解散，他和羅塞帝發生了惡感，由師弟之誼而成仇敵。茉莉思四十歲以後，從事於社會主義之運動，熱心提倡社會的藝術化。他曾說：「無藝術的工藝是野蠻，無工藝的人生是罪惡」。Ruskin從純粹的藝術批評家轉而為社會運動家；他也追踵上去，從詩人藝術家而參社會運動，向「全人」的方面飛躍。這問題我們當在別個機會上論列。

　　茉莉思崇仰中世精神（Mediaevalism）的熱烈，在先拉飛爾派的諸人中是最厲害的人。羅塞帝的中世精神，是富於南歐情趣的；而他的中世精神，是富於北歐情趣的。他早年作詩，晚年不廢，平生有很豐的詩篇。Yeats稱他為「多幸的詩人」（The Happiest of the Poets）。本來後期（第二幕面的）先拉飛爾派，通常稱為「唯美派」（Aesthetes）。Hueffer說：「茉莉思是唯美運動的靈魂，羅塞帝是唯美運動的主腦」（Hneffer: Rossetti, P. 41-42）。在詩的一方面說起來，他是一個唯美主義（Aeslheticism）的詩人，我們是不容否認的。

　　他廿四歲（一八五八年）出版第一詩集，叫做《Defence of Cuenevere and other Poems》。這裏「哥帝格之復活」的精神，尤其顯現；一變當時詩風的面目。這一集詩中，有些詩是幽深婉妙，入於神秘的夢幻的境地；而且很明顯的受到Allan Poe的感化；使人覺得和法國惡魔派及神秘派、象徵派的詩人同出於一個源流的。我們引出幾行來作證：

> "I sit on a purple bed
> Outside, the wall is red,
> Thereby the apple hangs,
> And the wasp, caught by the fangs,
> Dies in the antumn night,
> And the bat flits till slight,
> And the love-crazed knight,
> Kiss the long, wet grass."
> 　　　　......Golden Wings.

> "Between the trees a large moon, the wind lows
> Not lond, but as cow begins low."
> "Quiet groaus
> That swell not the little bones
> Of my boson."
> 　　　　......Rapunzel.

　　一八六七年他發表詩篇叫做《吉孫的一生與死》（The Life and Death of Jason），也是充滿夢幻的作品，但和前作有不同的趣向，是一種流麗明快的詩風。這篇一萬行十七篇的長篇敘事詩，取荷馬以前的希臘古代傳說為材料的。自這集出版了後，在英國詩人中，他已被人認為其中的一員了。他的出世作，是一八六八至一八七〇年所著的《地上樂園》（The Earthly Paradise）。凡四萬二千行，分做四卷。這集發表了後，他在英國詩壇的地位，永遠不可動搖了。其中所賦的故事的數目，

共有廿四篇；十二篇取自古典文學，其他一半得之於中世傳說。這裏內容為古代北歐有些人，為要避去本地累次的惡疫，便一同去尋相傳在西海岸的不老不死的仙鄉「地上樂園」，跋涉於風波者且好幾年，然而不但找不到樂園，還在中途遭了幾次的危險，使同行的人減少了，那種困頓勞備之狀實是可憐，於是到了一個古都，這是從年湮代遠的希臘放逐出來的人們所建造的；大家受了意外的歡待，一年之間每月有二次的祭宴，享著美酒佳餚，主客互相談古代的故事，這就是「地上樂園」的結構。所以這作品中，北歐的古傳說與法蘭西系統的中世傳說，德意志晚期的故事相錯綜，從《Nibelungenlied》《Edda》《Gesta romanorum》等中挑出的詩材，一方面又交錯著「Alcestis之戀」「Cupid and psyche」「Atalanta」等的希臘神話，北歐之與希臘，古代之與中世，互相對照映發，那種情趣宛然在初花的煊爛奪目中合以秋天紅葉之沉著的色調。卷中二十四篇各擅勝場，其中《The Lovers of Gudrum》一篇，取北歐傳說中很悲哀的故事，為羅塞帝所推崇。自這詩出世後，當時審美批評家Walter Pater著《唯美詩歌》（Aesthetic Poerey）一文來頌揚他。Swinburne也說：「英國無數的詩人中，從Chaucer以來至此卷之出現為止，再沒有匹敵Chaucer的敘事詩作者了」。

　　茉莉思的作品，確有受古代詩宗Chaucer的《Canterbury Tales》的影響；不但他的簡潔明快的敘述，近於Chaucer的詩才，就從趣向上詩材上用語上以及希臘羅馬的故事使之中世紀的一點上，也有從Chaucer得來的跡象。他曾精心結撰為Chaucer的詩集意匠裝制，他的崇敬其人，可想而知。這些重要的詩篇外，尚有五六種，我們待以後有機會時講了。

　　先拉飛爾派的命脈之不絕，為有牛津的結集；牛津先拉飛爾派的不散，為有史文朋（Algernon Charles Swinburne 1837-1909）從Eton到牛津。他在牛津當一八五七年的時候，結識了茉莉思、彭瓊絲，不久又和羅塞帝交遊；自己就表明在先拉飛爾派的旗幟之下。他精通修辭學和法文、希臘文、義大利文、拉丁文，他能用這幾國的文字寫詩寫散文，可以雜於這幾國的前代作家中不辨真偽。一八六五年，他的傑作《Atalanta in Calydon》出世，在詩壇上占了一個重要的位置。同年又發表了他的

三部曲（trilogy）之一《Chastelard》，其餘二部是在一八七四年出版的《Bothwell》與一八八一年出版的《Mary Stuart》。最引起當時的頌揚與指摘的，是一八六六年出版的《樂府詩集》（Poems and Ballads）。此外的詩集尚有十餘種，其間一八七一年之《破曉曲》（Songs Befone Sunrise）及一八八二年之《Trtstram of Lyonesse》也是名作。

　　史文朋是雪萊以後英國第一個抒情詩人，也是第一個革命詩人，法國革命激起了雪萊的革命思想，而義大利獨立與普法戰爭激起了史文朋的革命思想。雪萊是無神論者，史文朋稱上帝為至惡（Supreme Evil, God. 見 Atalanta）。他有三個上帝即三個崇仰的人物，第一個是 Mazzini，第二個是 Landor，第三個是 Hugo。他敬仰這些人，原是自己要做一個「全人」。他讚歎人是萬物的主宰，在《人的頌歌》中說：

Glory to man in highest! for Man is the mater of things.

　　人是萬物的主宰，我們要做萬物的主宰，不得不努力於生。因為生是最可寶貴的，這寶貴的東西，要及時努力；生是真理的所寄，在《Marching Song》中說：

Rise erethe dawn be risen;
　　Come, and be all souls fed;
From field and street and prison
　　Come, for the feast is spread;
Live, for the truth is living; wake, for night is dead.

　　他所憎惡的是神，而傳統的道德也在他的憎惡之列，他願將罪惡來換道德，他的《Dolores》中說：

The lilies and languors of virtue
For the rapture and roses of vice.

他崇仰Mazzini，同時又崇仰Nilson，又崇仰拿破崙三世。他的詩中，革命精神反抗精神，往往散見；最帶有政治色彩的，是《破曉曲》，在他聲律的背後有他的人格的屏障。

他的詩之格律的美，可謂空前絕後的。他在英國詩壇上的貢獻，原在這兒。他是一個格律的發明者，他熟讀希臘、義大利、法國的古詩人的詩篇，他深通這諸國的詩律；他聚精會神創出了一種比音樂更美的難以方物的英詩格律。希臘的Homer義大利的Laudi法國的Hugo，給他的暗示當然不少。他的壯麗璀璨之調，與其同儕沉綿夢幻之調不同。我們引出情辭並美的幾行來看：

> And there low lying, as hour on hour
> Fled, all his life in all its flower
> Come back as in a sunlit shower
> Of dreams, when sweet-souled sheep has power
> 　　On life less sweet and glad to be.
>
> He drank the draught of life's first wine
> Again; he saw the moorland shine
> The rioting rapids of the Tyne
> 　　The woods, the hrils, the sea.
>
> The joy that lives at heart and home,
> The joy of rest, the joy to roam,
> The joy of crags, and scaurs he clomb
> The rapture of the encountering foam
> Embraced and of the boy.
> The first good steed his knees bestrode
> The first wild sound of songs that flowed
> Through ears that thrilled and beart that glowed
> 　　Fulfilled his death with joy.

　　文史朋的詩之格律的獨特性，全在錯綜的調和之「熱烈的充實」；其調和的周轉，一種節奏之波，像海波流轉於岩石，激起濺沫，亂絲般的飛散。他愛海洋，讚美海洋，甚至稱海是「Mother sea」海波的起伏迂迴旋折往復之狀，他初期與後期的詩中，往往有這般幽揚不斷的節奏。海的潮流是刻刻變化，而他的詩的節奏也刻刻變化的。他的詩無異看了周旋流蕩的海之動力而作的。海波像有感情一般地注入他的血管中，像把變化不測的勝致裝入他的詩律中，他對海洋這樣說：

> I shall sleep and move with the moving ships,
> 　Change as winds change, veer in the tide
> My lips will feast on the foam of thy lips,
> 　I shall rise with thy rising, with thee subside;
> Sleep, and not know if she be, if she were,
> Filled full with life to the eyes and hair,
> As a rose is fulfilled to the roseleaf tips
> 　With splendid summer and perfume and pride.

　　還有一層，他的詩中受到法國詩人的影響的一層，他不但受到法國古詩人的影響，他還受到唯美作家Gautier與惡魔作家Baudelaire的影響。George Moore指出他的三作，最受法國詩人的影響；他說：「The Hymn to Proserpine與Dolores是Mdll. De Maupin（Gautier的小說）之驚異的韻文迻譯；The Leper的形式是英國古格，而色彩是Baudekaire的。」他的《Anactoria》寫Sappho的同性愛，完全是法國人的口吻；一種苛刻的思想，與繾綣的情致，是唯美詩人的本色。我們抄出幾行來看：

> I would my love could kill thee; I am satiated.
> With seeing thee live, and fain would have thee dead.
> I would earth had thy body as fruit to eat,
> And on mouth but some serpnt's found thee sweet.

（願以我的愛來殺你，我與其飽攬你的生，毋寧速你的死。願大地把你的肉體像鮮果一般的吞噬，但只有毒蛇的嘴巴來嚐你的美味。）

O that I

Durst crush thee out of life with love, and and die

Die of thy pain and my delight, and be

Mixed with thy blood and molten into thee.

（我敢把你粉身碎骨長謝人世是以愛來殺你的，死在你則痛苦在我則快樂。要把你血仍融化給你。）從這行詩來看，我們再把Baudelaire的《惡之花》（Fleur du Mal）中的章句來對照。他們倆關係的深切，自不待言。在這點上，在英國文學與大陸同時代的文學相接觸交流，史文朋是其中的一個最先的撮合者，那是無可疑義的了。

先拉飛爾派的詩人，果然不止這幾位；初期除了羅塞帝外，尚有Thomas G. Hake, Christina Rossetti, Thomas Woolner, William B. Scott, J. Noel Paton, Coventry Patmore諸人。後期除了茉莉思、史文朋外，尚有Ernest C. Jones, Robert B. Brough, Richard W. Dixon, J. B. Leicester Warren, Arthur O'Shaughnessy, Philip B. Marston, Frederick Mycrs諸人。現在不能一一論列了。至於先拉飛爾派的文學，復歸中世精神再尚外來風格；英國文學的發展律上，得外來影響的助長，是很順調的。在英國文學史上，與Chaucer的崇尚法國，Elizaberhan時代得大陸的尤其義大利人文主義之影響，Dryden時代復歸法國飄逸的風格，初期浪漫時代為法國革命與德國玄學家所激起；是處於同一位置的。

世紀末的享樂主義者

一、丕德的思想

英國文學，自十八世紀末葉即法國革命時至維多利亞王朝的前半紀，許多文藝家具有社會改造的熱情，身為文藝家一面實為了自由而戰

的戰士。然而他們的苦悶，是一時不能達到他們的奢望。益以科學的發達，工商業的跋扈，使人們的神經起了劇烈的變動，於是到了世紀末在九十年代前後，文藝家大都失了社會的熱忱，遠離民眾；自囚於象牙之塔中，高唱「為藝術而有藝術」（art fo art's sake）的調子。他們視藝術如宗教，視美如神聖，願捧出全生命，在美的祭殿裏身體力行。其先有偉大之唯美的說教者丕德；後有他的信徒王爾德與西門司。丕德發揮於前，王爾德與西門司追躡於後，使英國文學上發出異樣燦爛異樣陰鬱的花朵，也是近世文學史上的一個希罕的業績。

　　丕德（Walter Pater 1839-1894）是一個文藝批評家，近代英國的文學批評史上，丕德以前尚有Carlye, Arnold, Ruskin諸人；他們的學說與活力，都是風靡一世的。同是一種人性主義（Humanism）的精神，然而Carlyle是倫理的人性主義者，Arnold是觀照的人性主義者，Ruskin是美的人性主義者，丕德是人性主義的唯美主義者。其間的不同，是一層深入一層的不同。當那Ruskin傾重印象之藝術的表現，已把批評提高為藝術之一；到了丕德，這印象的傾向更加鮮明了。在Ruslin，可看出他以為藝術從人生的摹寫至一種人生的活動之推移。丕德更進一步，深信以藝術的精神遂所以生，是最充實的遂所以生之方法。他把Carlyle, Arnold, Ruskin的思想綜合而大成。他描摹精神的開展，比Carlyle還深刻；說藝術的教養之精神，是以古代全文化之復興近代精神之覺醒的文藝再生之研究為中心，以明示歐洲文化之主流，比Arnold的研究又進一步了；他又將Ruskin印象批評，提高至純粹的藝術的創作之境。

　　丕德的批評說，是審美批評（Aesthetic critic），他的批評態度，在他的《文藝再生論集》（Renaissance）之序文中最容易看出。他首先便不滿意於形上的美學，他說：「美不是抽象的東西，能力所及要在具象的東西上求美的定義，並不是發見普遍一般的法則，要發現適宜說明的特殊的顯現之法則，那真是美學研者之目的。」他所謂審美批評，這裏又說：「審美批評家將其所關係的一切對象即藝術品的一切自然與人生之美的形象，當做喚起特有的愉悅的感動之勢力或威力。他感到這種影響，以之分析，以之在其成立的要素上條分而說明。」從這幾句話裏玩

味起來，他的批評說，不以享樂的印象主義為止境；他以為將從藝術品所得醒化了的快感來作意識的熔鑄，就是審美批評家的職能。

他的批評精神，是源於他的人生觀之根本思想；他的最高的人生的理想，是要從遂所以生於純一而進於遂所以生於全一的境地。他以為人心有二個傾向，就是內蓄的傾向與外延的傾向，其離了中正在思想及空想的開展上感不到何種的職能，為活動而活動，強其個人的意識，追求歡樂與奢望，要求華麗與眾多，惟恐不及，這是外延的傾向。反之內蓄的傾向，是深信精神為最確實最高貴的東西，求其中正，保持其健全與深刻的反省及勻整之感。前者是擴大而成眾多的精神，後者是深入而成純一的精神。他在《文藝再生論集》的結論中說：「哲學或思想的教養對於人心之寄與，在於喚起一種銳敏熱烈的觀察。每一剎那間，手上或臉上的某種形式生長圓滿起來；山上或海上的某種色調比其他格外優美起來；某種熱情，或洞察，或理知的興奮在我們成為莫可與抗的真實可愛起來──只有在這一剎那間。不是經驗的結果，是經驗自身原是目的。在一個千紅萬紫出沒無常的生命裏，給予我們的只有一個定數的脈搏。怎樣才能在那裏面依了最精微的感覺看見那裏面一切的東西？我們將怎樣最靈敏的從一點移向一點，而始終不離那生命力的最大多數集而成最純粹的精力的焦點？永遠維持這個狂歡，永遠帶著這個強烈的寶玉一般那的火焰燃燒，這便是人生的成功。」他在事物的流轉不息中，纖細地注意剎那的狀態，尋繹深刻的意義，統一於人格上，而不能忘懷於自己的持續，這正是他的遂所以生於純一的態度。他的批評源於這個觀點，所以能避去浮淺的不負責任的判斷，他培養了知的精微，在剛直的原理上予以一種堅強的彈力性了。上古的希臘，與近代之始曙的文藝再生，是他靈魂的住家；他明白文藝再生是希臘精神的再生，希臘人的偉大，他在Leonardo da Vinci的人格中看出；他又玩味Winkelmann所體會的希臘精神，同時在Goethe的人格中看出近代化的希臘精神；Goethe所謂「遂所以生於全一，真，善」（Im Canzen, Guten, Wahren, resolte zu leben）這就是他的理想。達到這個理想的途徑，一面傾重感覺的世界，一面促醒超越時間開展時間的精神之世界。這個途徑，在他的名著《享樂主義者馬劉司》（Marius the Epicurean）中指示給我們了。所以他的

批評，不以各個藝術品或個人之孤立的對象為止境，他要在各個藝術品或個人上認出價值所在的總淵源，而沒入於全文化的批判。

從這個見地上看來，丕德的所謂美，無非是避去生命的缺陷而歸到生命的充實，然而生命常是缺陷的，常是短促的，我們如何彌補其缺陷而遂其充實，只有藝術是唯一的歸趨。不然我們虛度一生太不值得，到了一死，什麼都完了。他在《文藝再生論集》的結論裏說：「我們都像Victor Hugo所說的：人都受了死刑的宣告，不過還聽有不定的期猶豫執行（Les homes sont tous condamnes, avec des sursis indefinis,），我們有這短時間，以後我們的所處再不會自知了。這短時間或者費於怠情，或者費於熱情，至少有「這世界的孩子們」中最才智的人費於藝術與詩歌。因為我們的機會在於擴張那個短時間，在於那個給予我們的限期裏能得多少脈搏就得多少脈搏。偉大的摯熱可以給予我們這生命的銳覺，愛的恍惚與悲哀，各樣摯熱的活動——不管有沒有利害計較心——他們自然的走到我們這兒來。只不要忘掉這是熱情，是熱情給你的這個果實，這個靈敏的複雜的意識。這知慧最多的便是詩的熱情，美的願望，為藝術而有藝術的愛。因為藝術走上前來，率直的明言除了你生的過去之剎那間剎那間上高貴的品質外，甚麼也不給你，——只為那個剎那間而給予——給你的那個剎那間。」這裏所謂「在於那個給予我們的限期裏能得多少脈搏就得多少脈搏」的話，無異是「有花堪折直須折，莫待無花空折枝」的意思；這是因為丕德觸著人生一大問題之「死」的一念而起，在他的《家庭之兒》（The Child in the House）中說「For with this desire of physical beauty mingled itself early the fear of death—the fear of death intensified by desire of beauty.」又在《唯美詩歌》中說：「the desire of beauty quickened by the sense of death.」表面似乎享樂的，背後實是最嚴肅的。反之他的美的人生，就是第一義的音樂的人生；他以為第一義的人生，是以藝術詩歌來渡過。他的《文藝再生論集》中已表明「一切藝常是歸向音樂的狀態」。音樂的狀態是本源的諧和或節奏；是人心之最中正的節奏。達到了這一步，就是達到了「全一，真，善」的生活。全一便是美，美與真善同其根基的；我們的有涯之生，不得不使之成第一義。在這根基上，他所以不贊成以抽象來定義美；他所謂美，

是具象中的具象之純美，是觸著生命之真諦的Idee。這是源於他的研究柏拉圖精神（見他所著《Plato and Platonism》）而來的。

泛泛地看來，似乎他是一個極端的享樂主義者，誠然！但他決不是一個否定人生一味遊戲的逸樂者。他生於羅馬舊教的家庭，幼時歡喜摹擬祭式。在牛津為欲做僧侶起見，研究神學與哲學。他一生是寡欲與孤獨。慘澹中恪守真摯與虔敬的情操。他神游於上古希臘與文藝再生的清新燦爛的文化時代；同時深入自己的創造工程的生活。所以他的思想精深博洽，不可方物。Vernon Lee說：「他始為唯美者，終為道學者。」（He began as an aesthete, and ended as a moralist.）質言之：他是一個極端的享樂主義者，同時是一個嚴肅的人性學者（Humanist）。

二、王爾德與比亞詞侶

我們誰都知道丕德與王爾德有種思想上的牽連，詆毀王爾德的，說他是學得丕德的皮毛；崇拜他的說是丕德的知己者。我們現在暫時不必去管，然而以王爾德與丕德相對照，確是一個很好的題目。

王爾德（Oscar wilde 1854-1900）是世紀末的一個驕子，他的一生野馬似的經歷，最引起人群的物議的。我們要曉得：凡有一群人圍著他，或者趨附他，或者譏罵他，或者不加可否的觀望他；不論他這人是一個瘋子或是偉人，總是一個出色的人物。那末我們至少也要稱王爾德是個出色的人物。他生長於文學的家庭，一八五四年他十九歲進牛津，曾聽過Ruskin的講席。他在寄宿舍裏的牆壁上，掛著許多古代雕刻品，書架上裝著許多古玩，陳設得非常精美；他要實行茉莉思家屋之美術的裝飾之主張。他出了牛津，就大膽地高唱唯美主義的藝術。他從家屋裝飾進一層，自己又實行衣服之美術的裝飾；他熟聞法國唯美者Gautier穿著中世衣服的故事，於是穿著怪誕妖異的服裝，手裏拿一朵向日葵或百合花，到處炫耀，揚言唯美。他自以為合Ruskin與茉莉思為一人，還要比他們年輕與美。一八八〇年十二月他到美國去講演，海關人員檢查他，他說：「除了天才以外，再沒有別的東西」，第二年他在紐約波士頓等地，出其不可一世的辯才，講演《英國文藝再生》（The English Renassance of Art）、《家屋裝飾》（House Decoration）、《藝術與手

工藝人》（Art and the Handicraftsman）等稿。把美國人罵了一頓，就遭了他們的反感與譏笑，過了一年就回國。自一八八五至一八九〇年，他著了多種關係唯美主義的寓話論文，如《假面具的真理》（The Truth of Masks）、《鋼筆鉛筆毒藥》（Pen, Pencil, and Poison）、《虛構的頹廢》（The Decay of Lying）、《為藝術家的批評家》（The critic as Artist）等作。這時候，就是他主張「自然不倦的摹仿藝術」（Nature is assiduous in her imitation of art.）和「第一義的批評，比創造更厲害的創造」（The highest criticism, then, is more creative than creation.），這是他把丕德的主張來誇張化了。一八九〇與一八九一年間，發表他的小說叫做《杜靈格雷的畫像》（The Picture of Dorian Gray），人群對於他的指摘與讚揚，格外厲害，而他的唯美的聲名，也格外轟傳了。

　　這篇《杜靈格雷的畫像》，王爾德以「新希臘精神」（Neo-Hellenism）來標榜。這裏描寫一個美少年格雷，聽了洹敦（Lord Henry Wotton）的享樂主義的主張，實行享樂的生活之一事。洹敦主張以為青春時代最有價值的生活，是官感的享樂，肉體的享樂。格雷就實行享樂的生活，殺人越貨，無惡不作；總以滿足一時的官感為目的。這裏有二個人格，洹敦所主張的，是高尚純潔的唯美的人生論。而格雷所實行的，是沉溺於邪惡，迷惑於衝動的唯美的殺生論。王爾德在《虛構之頹廢》中說：「可傳的肖像畫，不過是含有Model的份子少而含有作家自身的份子多。」假定格雷是王爾德的化身，那末我們把丕德的化身「馬劉司」來比較起來，不幸王爾德只得到丕德的半身。一八九二年他發表的《莎樂美》（Salome），一八九四年發表他的《一個不重要的婦人》（A Women of No Importance），這二種都是劇本。前者描寫女子的肉感主義，後者描寫男子的肉感主義；背後雖都有深刻的寄託，而在外面仍不免妖魔式的誇張。到了一八九五年，他為了一件不好聽的事情，被人反訴下獄。他的內與外的生活，倏然一變的了。

　　我們的生涯，在平平淡淡裏溜過，因為神經的遲鈍，果然摸索不到一個生的真義；但在花花絮絮裏馳騁，因為神經的昏亂，同樣摸索不到一個生的真義。一定要有深沉的思索，或劇烈的刺戟，然後觸到生的真義。丕德的得到生的真義，是由深沉的思索而來。王爾德的得到生的真

義，是由劇烈的刺戟而來。王爾德入獄以前的生活，是在花花絮絮裏馳騁，他的態度是驕狂的，他的人格是分裂的；他入獄以後，他的態度是謙抑的，他人格是統一的了。這是在他獄中所寫的感想裏可看出；就是他死後在一九〇五年出版的《出自深淵》（De Profundis）一書。

王爾德說：「我的一生有二大關鍵，一是我父送我到牛津，一是社會送我到牢獄。」他入獄了後，認識了悲哀，認識了人生的第一義的悲哀，即是藝術的真諦也在這悲哀之中。他說：「在喜笑之背後，或許有粗野無情冷酷的性質。然悲哀的背後，常是悲哀。痛苦沒有戴著像快樂一般的假面具。藝術的真理，不是本質的觀念與偶然的存在間之交涉。不是影與形的類似，不是形體本身與水晶裏映出的形體之類似。也不是以月顯月，以水仙顯水仙那樣的由空谷傳來的迴響。藝術的真理，是物與物的自身之一致，是表現內面的外面，是具體化的靈魂，是精神之躍動的肉體。因此為無比之悲哀的真理了。悲哀在我有覺得為唯一的真理之時，其他的東西或許使人目眩，使人飽滿肉慾的眼或肉慾的迷幻。可是世界是悲哀所造的；小孩或星的誕生時，便有痛苦。不但如此，悲哀中還有強烈的異常的實在。我自己說過我和同時代的藝術與文化有象徵的關係之人，可是和我同住一塊這可憐的地方（獄中）的可憐的人，沒一個不是和人生的隱秘有象徵的關係。因為人生的隱秘是痛苦的，這痛苦是潛在於萬物的背後。我們生活的始軔時，愉快的事於我們極其愉快，痛苦的事極其痛苦，所以我們務須將自己的願望移向快樂的方位，不但像食蜂蜜而生一二月，且一生玩味不到別的食物，然我們實際上把靈魂饑餓的事，茫不察了。」他又讚美基督為藝術家與藝術的典型，他說：「基督在藝術的世界上，把創作之唯一的秘訣的想像的同情（Imaginative sympathy），實現於人們關係的全體上。他已理會患癲病者的癲病，盲人的黑暗，享樂者之悲慘的不幸，富人之奇窘的貧困。」又說：「基督處於詩人同一的地位，他對於人道的觀念，直接從想像力發出的，且因想像力而始得實現。人們與他的關係，正像神與泛神論者的關係。他合分離的種族為一體的第一人。」又說：「他的一生是一首可驚的詩，在憐憫與畏懼的一點上，就是希臘悲劇的全部也沒曾接觸到這兒。」又說：「基督是最高的個人主義者，謙恭，像把一切經驗容受於藝術的，不過是表現的方法，基督常所

追求的是人的靈魂。他稱這靈魂是『上帝的王國』，且在一切眾生的心中找得這個。他把靈魂譬若細微之物，一粒種子，一劑酵母，一顆珍珠。因為人不問善惡離去一切的情欲，後天的一切的教養，外面的一切的所有物，為要實現自己的靈魂。」又說：「藝術上浪漫運動的所在，無論何處無論何法無論何形，總是基督即基督的精神。」他在Romeo and Juliet中，在The Winter's Tale中，在Provencal中，在The Ancient Mariner中，在La Belle Dame sans merci中，在Chatterton 之A Ballad of Charity中。他又說：「吾們有多種多樣的事件與人物，都是他所賜。如Hugo的《哀史》，Baudelaire的《惡之花》，俄國小說中憐憫的調子，Verlaine及其詩，彭瓊絲與茉莉思的幔幃圖案及十五世紀式的作品，……都得自他的。」這書全篇的精髓，隨在可見；最可著眼的，是關於悲哀和基督的話。他從痛苦悲哀出發，以美的精神把基督相結合；而出示第一義的生。在這兒，他已達到反省的境地，把宗教與藝術合一，在宗教與藝術中發見了真，出示「遂所以生於全一，善，真」的頭緒。和他入獄以前的態度一變了，不是一變，他自己說是進化了。他以前的驕狂浮華，他自己認為不是無意義的。雖然有這《出自深淵》一書在，我們對於他的疑難，至少要冰消一半了。至於先前他高唱唯美主義時，自稱為創造唯美主義者，這是為他評價的Ransome說得好：「實在他與一八八〇年的唯美運動的關係，適為Gautier與一八三〇年的浪漫運動的關係是一樣的。Gautier與王爾德，都是在戰爭的中途加入戰爭的，不意成為最甚的勝利者。」

　　為詩人的王爾德，在他生涯上不甚重要的。一八八一年發表他的詩集，不十分成熟，而以詩人自居。一八九四年的《Sphinx》與一八九八年的《雷敦獄歌》（The Ballad of Reading），才有獨特之處。尤其後者是他出獄後所寫的，不問是韻文是散文，總是他的名作；全體哀婉淒異，有言外之音，我們試看：

> I never saw a man who looked
> 　With such a wistful eye
> Upon that little tent of blue
> 　Which prisoners call the sky,

And at every drifling cloud that went
　　With sail of silver by.

　　（我從不曾見過人有那樣煩愁地眼望那囚徒們稱為天空的青蒼的小
天幕，對著張掛白銀片帆的浮雲經行。）這悲痛的一節，三言兩語中，
含蓄不盡。這詩他舍去了裝飾的絢爛的文字而易以簡潔素樸的文字，是
他成功的作品。為詩人的王爾德，有先拉飛爾派的流風餘韻，或是結束
先拉飛爾派的人；和畫家比亞詞侶，結束先拉飛爾派的畫風是一樣的。
　　比亞詞侶（Aubrey Beardsley 1872-1898）是世紀末的薄命畫家，他
二十六歲的短生涯，還是在半途以後從事繪畫的。他從事繪畫的年代，
莫有十年，而他留與人們的記憶已不止十年了。他幼時就患病的，他的
藝術的天才，先是在音樂上萌芽過的，他十一二歲時，和他的姊姊曾在
倫敦音樂廳上，博聽眾的喝彩。十六七歲時，曾在倫敦的建築工程處和
保險公司任職。那時候他已歡喜塗抹，不過是消遣的玩耍。他的小品忽
被彭瓊絲和法國畫家Puvis de Chavannes所看見，他們就勸他棄去商業，
從事繪畫。一八九二年入Westmister美術學校，過了一年他的《Arthur王
之死》的插畫出世，就被人呼為繪畫界的鬼才。
　　《Arthur王之死》中的插畫，潔淨高雅之處，顯有受彭瓊絲的影響，
尤得力於調戲宗教的一點，然他的獨創之天才，已在這兒出示自由自發
的本領。自後他的作品，發表於當時有名的雜誌《黃面志》（The Yellow
Book）和《The Savoy》，他與當時有名的文人相周旋，更把他的天才
毫不遲疑的傾泄而出了。一八九四年他所作《莎樂美》的題材數種,他的
異想天開的才智,可謂達到最高點了。不幸羸弱的身體上，受了酷熱的風
寒，種了咯血病的根基；病中雖不輟製作，但不多幾年，便物化於法國。
　　他的作品差不多全是黑白畫，這些畫又大部分是文學作品的插畫與
封面畫。但他用利刃一般的筆觸，刺入人世的肌膚裏，剖出了陰鬱的暴
虐的美。這種美，正是躍動在世紀末之詩人的筆尖上的節奏；也是世紀
末的人群的心底，潛藏的一種不自知的恐慌與緊張。他的《莎樂美》之
插畫中，如《舞姬的賞品》（The Dancer's Reward）一作，約翰的頭盛
在白銀的盤裏，鮮血和他修長的頭髮一起掛下，示出聖徒的憂鬱。而莎

樂美的左手當在銀盤上，右手緊握住約翰的髮，對著他發出殘忍的苦笑與絕望的煩憂之表情。她穿著一襲寬大的夢幻一般的衣服，更顯出無限的妖異。一種悽愴之氣，直欲辭紙而逼入。其他如《孔雀裙》（Peacock slirt）、《海羅特的眼》（The Eyes of Herod）、《腹舞》（The Stomach Dance）、《莎樂美的化粧》（The Toilette of Salome）、《約翰與莎樂美》（John and Salome）、《頂點》（The Climax）等作，都充滿一種妖魔的情調與官感的哀樂。這等作品，他的潑辣的構想，像一個寡婦鑽在人叢中，找他死了的丈夫，背後不知道有幾多量的悲慘。

他的用筆細緻工整，似乎從先拉飛爾派的清新，回復到古典的勻淨。然而他所描一種人物，奇警的經營，又像脫胎於希臘古瓶上的畫，所以含有最高的裝飾意義。因為他自身的天才漫不拘束地創進，自身藝術觀與人生觀的獨具隻眼；他的畫《莎樂美》正像勃萊克之畫《約百記》、Bottcelli畫《神曲》，處處是自己的開展。在這點上我們不能以裝飾畫家例他，更不能以插畫畫家例他呢。

他是一個神經質的人，是豐於情感的人；如果藝術是全人格的表現，那末他的畫和Baudelaire的詩是一樣的；對於人生的幻滅的觀望與調戲的態度，背後有種最嚴肅的真理屏障著。他是一個刻苦的享樂主義者，他明白人在死刑宣告之下一個執行猶豫的短時間之可貴；他像利刃一般的藝術給自己殉葬。時間之在他，尤其短之又短，他把一生傾注於一時間，他不待日暮，急急於白天裏營完。這是Symons所說的：「He had the fatal speed of those who are to die young; that disquieting completeness and extent of knowledge, that absorption of a lifetime in an hour, which we find in those who hasten to have done their work before noon.」

三、西門司

丕德給予世紀末的文人的影響，在王爾德的生涯與藝術上，是很顯明的了。還有一位是可驚異的追躡丕德的人，這人就是我們現在要講的西門司（Arthur Symons）。他生於一八六五年；一八八九年他當二十四歲，他的第一詩集《晝與夜》（Nights and Days）出世，就是他對於舊

文學反抗的第一聲；此詩集的出世，即在世紀之最後的「十年」。當時
丕德給他指出真意，曾在《Guardian》雜誌上，做了一篇《言中有物的
詩人》（A Poet with something to say）來讚揚他。後來他與丕德交遊，
成為丕德的私淑者，那時丕德已近晚年了。他熱心地聽丕德的講演，
一八九〇年十一月，聽丕德在「London Institution」講《美利曼論》
（Proser Merimee）；一八九二年，聽丕德在「Toynbee Hall」講《拉飛
爾論》（Raphacl）；他對於丕德的敬仰，從此根深蒂固的了。不久他
就一躍而為當代第一流的詩人和批評家。世紀末的文學的中心之《黃面
志》和《Savoy》，有了他真是生色不少。

西門司所敬仰的詩人在本國有Browning，這是在他所著的《An
Introduction to the Study of Browning》中可看出的；他的詩情Browning給
他不少的感發。在法國有Verlaine，這在他對Verlaine評論和他自己作詩
的意見中可看出。他的第二詩集《影像》（Silhonettes）第三詩集《倫
敦之夜》（London Nights）中，有以寫實的手法，描寫劇場音樂廳妓
院和背道的戀愛之細瑣的事，當時舊派批評家，稱他的詩是不健的。他
對於此輩的辯難，曾在一八九六年《影像》再版的序，與《倫敦之夜》
再版的序上，表明作詩的態度，並表明他對於藝術與道德的問題上之觀
點。他的意思是藝術或有崇奉道德之事，然決非道德的奴役，何以故？
因藝術的原理是永遠的，道德的原理隨時代精神的變化而動搖的。今人
所服從的道德之戒律，往往與昔人所服從的別一道德之戒律相反對的。
藝術是固定不易的，我人因藝術的指示，熱情願望精神的激動，看盡官
感人心的天國地獄及一切人類的心情；教我們把自然的原料弄成藝術
的，巧妙得像美的模範一樣的精品，為永久本質之一部。人心的情調做
我的詩材，藝術的界限也就在此處。我的詩集中的作品，沒有公佈那一
種是事實的記錄。我的詩都是表白我把不會再有的獨自的情調，表現那
剎那間自己僅有情調的存在之真實的試驗。他這們一說，我們曉得他的
詩，是剎那間熱情的燃燒，剎那間生命的充實，剎那間全我的捕獲；這
剎那間在他是不朽的無限，因為他的短促的人生，在剎那間擴大到無窮
了。這種態度是象徵詩人的態度，他的詩當然帶有象徵的色彩了。我們
找出他的《影像》集中《晚秋》（Autumn Twilight）一首的幾行來看：

The long September evening dids
In mist along the field and lanes;
Only a few faint stars surprise
The lingering twilight as it wanes.

（長時期的秋九的晚天，在田野與狹路間的陰霧中死了。只有幾顆興盡的星兒，驚動這落魄般的彷徨的黃昏。）他的稀薄的感傷正像他的詩筆的淡描一樣。還有《樂後》（During Music）一首：

The music had the heat of blood,
A passion that no word can resch;
We sat together, and understood
Our own hesrt's speech.

We had no need of word or sign,
The music spoke for us ,and said
All that her eyes could read in mine
Or mine in hers had read.

（音樂中有血潮的熱旺，有不能言語伸說熱情；我們倆大家坐著，只明白我們倆自己心中說的。我們用不著口說與指劃，音樂告訴我們倆，這樣說她的眼在我的眼中玩誦，又我的眼在她的眼中玩誦。）這些靜默中有灼熱的豔麗的官感，在他的三言兩語中傳神出來，非有剎那間的神力，如何會有這等收穫呢。他在音樂廳上有這們寧靜的鬱勃，他在劇場上成了別一境地，一種絢爛靡麗的氣分，只使人恍惚迷魂；他寫跳舞的幾行說：

Skirts like the amber pefals of a flower,
A primrose dancing for delight
In some enchantment of a bower
That rose to wizard music in the night

A rhythmic flower whose petals pirouette

In delicate circles, fain to follow

The vague aerial minuet,

The mazy dancing of the swallow;

看了這幾行詩，我們可以說他是一個「人工的樂園」之主人。他混跡在腥穢的都城，罪惡的市場，他眼中的所謂愛，最徹底最直截的又告訴我們了。他所謂愛，只期望「剎那間的物事」（Momentary thing），無需那遙遠的「永久」（eternity）。他的《贈物》（Gifts）一詩說：

It was not for your heart I sought,

But you, desr foolish maid, have brought

Only your heart to me.

Ah, that so a rare gift should be

The gift I wanted not!

I asked a momentary thing

But'tis eternity you bring

And with ingenuons eyes,

You offer, as the lesser prize,

This priceless offering.

世間一切的神秘莫如愛，而愛這樣東西，像鬼一樣可真可假的。在現實方面，誰可驗出鬼的真相？而在理念上推究，愈想愈奇。愛也是這樣，就使愛的寄託物的女人，也是可真可假的。總之世間物事，再沒有比現實更神秘的東西了。他是一個求現實中的現實之人，我們可看他的《理想主義》一詩中說：

I know the woman has no soul, I know

The woman has no possibilities

Of soul or mind or heart, but merely is
The mastepiece of flesh: well be it so.

It is her flesh that I adore; I go
Thirsting afresh to drain her empty kiss
I know she cannot love; 'tis not for this
I rush to her embraces like a foe.

Tyrannously I crave, I crave alone,
Her body, now a silent instrument,
That at my touch shall wake and make for me
The strains that I have dreamed of, and not known;
Her perfact body, Earth's most eloquent
Music, the divine human harmony.

　　他的詩是把Browning的熱烈的生，和Verlaine的殘缺的愛合而為一的了。但他對於生與愛，自有獨特的見地，我們可引他的話來作他詩的注解。關於生，他在《文學上象徵派的運動》（The Symbolist Movement in Literatue）中說：「我們的生只是短時間的，急急把過去與未來的所以然來思索，把此生之唯一的所有而不容存在的現在來思索，這是現世各人之必要的營為。然此現在除記憶與希望外，我們不能有別的享樂，所謂記憶與希望也有不確實性或無用性，我們又不能精粹地認識其一部分，到這現在離我們而去的時候，我們覺悟著明白承認自己的無知且悟及此無知指示我們至何處而感到一種的恐怖。關於我們所占真實的地位上之優越的意識，——那是以慈悲來湧現於我們的剎那間正當炫耀的閃光灼熱的利劍之刺戟相類的意識，使各人統統失去感覺。這時候救濟我們的就是我們的懷疑，胸中藏著的明辨和智力的妥當。」關於愛，他又在這兒說：「所謂愛是試除去個體的孤冷，試將自己溶解於非自己的某物；又試將心中冰冷而難以克服的殘餘之內的要素，包與自然

的願望之溫暖，給予他人或自他人享受。愛是人類希求那無限的一個欲
望，然人類是有限界的，愛達到此限界時只有悲哀復歸於自己。所以人
類的愛不單是恍惚而且是絕望，如其這絕望到了最深刻，其所複歸的也
最熱烈。」綜他所說，生既是這樣的難以捉摸，我們不得不以活力來抵
抗；愛既是彷徨於絕望，我們不得不以喜怒來抵抗。他的詩想之源泉，
怕就出發於此處的呢。

　　西門司之詩的背景有Browning，正像他的批評的背景有丕德。他是
丕德以後今代英國第一個審美批評家，既沒有丕德那樣的感傷之弊又沒
有丕德那樣學問的拘泥；他真是體現創造的批評之人。在英國現今的文
學界上，他和Cosse, Moore等同樣輸入法國、義大利、比利時的清新的
文藝，並和愛爾蘭的Yeats相呼應，擊賞勃萊克的天才，努力於唱導神
秘主義象徵主義，他的卓識與功績已是不可磨沒的了。他最初發表他的
特有的思想，是一八九九年的《文學上象徵派的運動》一書。書中論列
Gerard de Nerval, Verlaine等，及其他法國的象徵主義者。他所謂象徵派的
文學，首先引Comte Goblet d' Alviella的話「象徵不以再現為指歸，乃是
一種表現」來開端。物質的事物，不過是壁間的投影。文學上的象徵，
是避去寫實主義的凡調，避去現實界的領域，依於言語的使用，外觀不
過是衣服，而努力於表出內的理想界之美。所以象徵的文學，一種霧網
中的光撒，為美的物事，而獨立存在的。國語成了記號與文飾，藝術
之於象徵家，依於文飾與模樣，不過努力於反映靈界之美。這書可說是
他第一次表見他的批評本領的論著，其後發表的有一九〇三年Academy
雜誌上載的《戲劇演藝音樂》（Plays, Acting and Music），一九〇四
年的《散文韻文上的研究》（Studies in Prosw and Verse）、《兩國文
學》（Two Literature），一九〇六年的《七種藝術的研究》（Studies in
Seven Arts），一九〇九年的《英國詩歌上的浪漫運動》（The Romantic
Movement in English Poetry）及後年的《近數世紀的畫像》（Figures of
Several Centuries）等作。在這些論著上，更可看出他的有力的批評精
神。他不但有銳敏的理解力，且涉及廣泛的範圍，凡於文藝、音樂、演
藝、舞蹈、繪畫、建築、雕刻等都有優異的經驗。他是兼有學者的智

力與藝術家的天賦，Williams評他說：「西門司在《Yellow Book》及《Savoy》的青年文人中是代表的有特徵的批評家，又是明辨者。不問他的批評與詩，他的志趣在他的同人中，最靈妙而最富於理解的。他把這時代上的各種作家之寫實觀與神秘觀萃於一身，而最漂亮的代表了。說他單是描寫舞臺跳舞背道的戀愛之寫實的詩人，是不公平的。何以故？在西門司對於花，霞，山的一類像Wordsworth般，是象徵的，日常生活之平凡的外觀中，以可見的世界為衣服，是要作察破理想界的嘗試。」

　　他的審美批評和對生的見地，得力於丕德的地方，在他的各種論著上，都可尋出些微的跡。丕德在《文藝再生論》的結論中的金玉之言，有王爾德承襲他，又有西門司來承襲他。我們看《近數世紀的畫像》中有幾段說：「如其你在剎那之又剎那，不依著這般巧智的享樂——只限精神上的享樂主義也是相同的——，在剎那的一切之美的愚蠢的或炫耀的一種明靜的辨別的容認之中，把人生的本質煎熬出了，就明白人生正是盡所以生，人生滿足其自身。」又：「此世界想向著萬人開拓，他相信有真實的一碧無涯的大地，他相信得握住那日月經行中之實感的剎那。」又：「日常最注意的是對於給予我們的那過去之剎那上最高的品質。」從這些話來看，他與丕德的關係，無須煩言的了。自丕德以來，享樂主義（Hedonism）的標語上，附隨著一個剎那（Momen）。似乎人生的享樂，只限於現在的剎那；然而細觀他們的立說，並不否肯未定或永恆；而未來或永恆，都從剎那產出，都從剎那擒獲；那末這剎那便是最永恆的物事了。

　　　　附注：篇中引用文句，或附原文而不迻譯，或已迻譯而不附原文，或以大意與原文並列；這是一時興會的結果，並沒有甚麼標準的。本想弄成一律的形式，因這稿無暇重抄，已沒有添削的地位了。望閱者原諒！

【注釋】滕固著《唯美派的文學》，獅吼社叢書之一，上海光華書局1927年7月初版，1930年7月再版。

詩人乎？畫家乎？

　　一九二五年的春天，何月何日，已記不起了。那時我乘了火車到杭州，想遊覽西湖。車到杭站，已夜色蒼茫，街燈歷歷的了。我驅車過白公堤，到陶村；沿路只聞到荷香，聽得水面的歌聲。在中途我微吟偶得的斷句：「敢滅銀燈排繡闥，索得西子帳中看。」的時候，前面有幾個童子軍，攔住了行人；他們救起了一個投流自殺的少年，正在施人工呼吸。我便下車，審視自殺的少年，赤裸了身體躺在地上，任著他們啟手啟足。我撫了胸襟歎息一回，一種恐怖的氣氛逼上來，使我不能安於久立；不等待這自殺者的復活，我復驅車上前。頭頂上黝黑無際的大空，懸著一塊龐大「死」的問題，倏忽間，那位自殺的少年，像追了上來，隨在我的身傍。我雖然不敢正視，但約略看出他披了長髮，赤裸全身；瘦骨峻嶙，活像科學研究所裏陳列的人體骨骼模型。這人一步緊一步隨著我，發出幽揚而悽苦的聲音來，告訴我說：

　　「你要不要黃金？要不要名譽？要不要美人？如其你要成全一切的願望，快來跟我求去……」！

　　呀，黃金，名譽，美人嗎？這三者我都歡喜的，我都要的；現在我正是困疲於這三者的空想。我這樣想了，待要回頭去詢問他；而空中一塊龐大的甚麼東西壓到我的頭上，我立刻驚醒；睜開眼兒一認，是睡在陶村的空室裏。窗上的晨曦，像母親似的溫存地撫慰我說：「孩子，不要驚慌」！

　　起身洗漱了後，神志似乎清醒了些；撫胸追問，自己當時所處的一種境遇，前途非常湫狹，確乎近於「死」的國土了。在陶村的廢園裏，繞步了一回，蔓草瓦礫之間，伸出無數雪嫩的小手來，似乎引誘我去埋葬。乘了片舟，泛入中流，清澈的湖心深處，貼著一塊處女的胸膛，又

像引誘我去躍入她的懷中。大約時間還沒有到來，我雖然和她們的緣分很深，可是一時還不敢倉促應命。

這種無名的沉鬱，佔據我的心臟，使我全沒有人氣的了。偶然踱到靈隱寺，遇見濟遠先生，他在畫《誦經》一作；我靜待他畫畢，審視所作，久而久之，我的緊壓的心情，似乎放寬了一些。後來我和濟遠先生，時時一同泛舟湖上，遊覽幾處別莊；到龍井，穿過九溪十八澗，登南高峰。他每到一處地方，像小孩兒見了初出的月亮，懷著說不出的欣歡來作畫。他畫成了後，我也懷著說不出的欣歡來看他的畫。這樣一天天的過去，到了我回上海的時候，我的胸懷中所有無名的沉鬱，一起消失了。

這次遊覽西湖，西湖本身，不曾予我多大的領略。只有這二件事，算是最深刻的印象了。關於自殺的事情來激動我，那是有種種原因，自己還能檢省得到。而關於濟遠先生的作品來激動我，他的作品具何種魔力，那我一時也理解不來。到了現在《濟遠畫集》出世了，我才發見這個不可思議奇跡。

試檢出這畫集中他的說明：在《普陀》一作中說：「設身於此者，忘其平昔塵事之羈絆；惟有一腔熱烈之情，剎那間吐露於畫面，聊與海山握手傾談」。在《秦淮河》一作中說：「興來塗抹幾筆，而筆下如聞笙歌怨慕之聲」。在《誦經》一作中說：「我畫數個和尚，而我意不在和尚也」！在《湖上別墅》一作中說：「只於波心蕩漾中，感得離群岑寂之遐思耳」。在《鳳林雲影》一作中說：「紅葉蕭疏，湖光嫵媚，近林遠靄，一望悠然；生死榮辱之念，至此消失盡矣」。在《武林春水》一作中說：「在綠蔭碧流之間，蘊藏無數色彩；時而燦爛，時而灰暗，時而灰暗中雜以燦爛」。在《傍水人家日影斜》一作中說：「吁素樸之天籟，永久之天籟，全心為之陶醉矣」！在《虎跑寺》一作中說：「白雲自流，空谷無人，而花香蕩漾，點綴池上者如繁星之歷歷，此曲只應天上有」。在《南天門》一作中說：「俯仰海天，胸懷豪豁；安得有一天馬，駕之神遊海上」。這一類的發想和意境，是詩人天稟的東西；但是濟遠先生會把它移入於畫幅上了。

　　記得曩年，讀威廉茉莉思（Wliiiam Morris）的《地上樂園》（The Earthly Paradise），幽情綿邈，飄飄欲仙。我就感到走進樂園，不必磨頂放踵，假手於殘酷的上帝；只要諷誦茉莉思的詩篇。《濟遠畫集》出世，我禁不住起同樣感激。裴德（Waltre Pater）論《地上樂園》的文中有一句話說：「由死的意誠，激成美的願望」（The desire of beauty quickened by the sense of death.）。我看了《濟遠畫集》，又禁不住重念一遍。

一九二六，七，四。作於未修福齋

【注釋】原載《濟遠水彩畫集》，上海天馬出版部1926年8月20日出版。

從高爾基的六十歲說到中國文藝

一個作家，在前後作風的變化中，可以看見時代的樣態。我們就把最近轟傳的六十歲的高爾基而論，在他互於多方面的創作力之複雜性與矛盾性中，可以看出這個時代是怎樣的。

他的初期作品，是浪漫主義以至理想主義的作品。最近他用敘述的寫實主義的方法，對於實有科學的研究之企圖與實驗，這是在他的《阿爾塔莫諾夫事件》《我的大學時代》《葛利姆沙金的一生》等諸作品間，有廣大的距離。

高爾基早年，蒙著一層個人主義的思想，這不是偶然的，他的個人主義尤富於尼采式的色彩。這是我們要明白當時智識份子之中，大部分崇拜尼采《查拉脫司德拉》中的崇高的警句。他被時代的狂氣所催眠，也就讚揚這種異樣的勇氣了。

這種讚美勇氣的思想，發現於詩歌上，便成頹廢的一個症候。高爾基也從這個漩渦裏，受著象徵派或頹廢的個人主義的勇猛心的利刺戟，成了他獨自的勢力主義。不久俄國社會的重心，轉變起來；昔之尼采主義的傳人主義者的，成了社會主義者，昔為浪漫派的詩人的他，成了今日的人生之真實的研究者了。

鬧了多年的中國的新文藝，轉變時期已在我們的對面了。在先幾年的道險中毒和假扮唯美的文學，果不能滿足我們的欲望，而莫索里尼式的霸王文學，當然也不是我們所希冀的。倘單從這種文學裏觀測我們中國幾年來的社會，和它跡在時代裏的樣態，我們除了痛哭之外，還有何話可說。

人是向好，向再好的生活努力的動物；人的群集的力，是推進其自身向好的路上走的力。道險中毒和假扮唯美的文學的死滅，也是必然的事，我們不但無所致惜，我們並且讚美之不暇。一切醜惡的暴露，是使

人急於向好的路上走的一種最大的助力；我的意見，到了這個時候，有時代意志的寫實的文學，是我們最切要的了。文學到了這個地位，才可負起指導人的向上的責任。我想現社會的污濁的波蕩中，已可汲出這種清新的流了。我們不要固執，不要迷戀，我們認識了高爾基，就是認識了我們過去的迷盲，亦即是我們意識變的轉方向的時機到了。

【注釋】原載1928年《海角》叢刊創刊號，署名固（目錄頁作滕固）。

《前鋒》發刊詞

在我們的預期中，這個刊物應該於上個月就可以和讀者見面的。因為省黨部遷移前後不免有些瑣事要料理，所以把它擱了起來，所擱的文稿中，又有一部分到現在已失去了時間性，必需重新徵集的；這是稽遲至今的一個原因。雖如此說，而我們工作的遲鈍，也是咎無可辭的。

在始刊的機會上，這刊物，我們應當努力表現的幾點，願向讀者一說：

第一，為指導革命之唯一原則的總理遺教，精深博大；黨內同志，黨外識者，爭相闡發，原是一個絕好的現象。然而錯誤的認識和惡意的曲解，也隨之以起；呈現像現在這樣理論的混亂狀態。在這一點上，我們願意於總理遺教的本身，導示同志有正確的認識；於各種龐雜的理論，導示同志有銳利的識別。

第二，在革命的現階段上，我們要負起建設的責任，這是誰都知道的。但是責任愈重大，工作愈困難。革命事業，既無前例可以憑藉，我們偶一鬆懈必致停滯中道，或誤入歧途。要衝破這個難關，只有遵照中央的命令和決議案，從而不斷的鑽研不斷的實踐。在這一點上，我們願意對於中央的命令和決議案，加以說明，導示同志在每一個階段上，有更新的認識和努力。

第三，我們的實際工作，較以前繁複得多了。即以宣傳工作而論，對於黨員對於民眾，要在廣泛的領域上切實地給他們指出應該努力的範疇；以求國民革命迅速的發展。要獲得這個效果，在乎黨有適宜的指導；二適宜的指導，又依存於我們工作的效率。在這一點上，我們願意對於實際工作導示同志通過科學的鍛煉，以求效率的增進。

第四，在黨外無政政外無黨的今日，同志是不用說了，即革命的民眾，對於國外政治的現勢，都應該有深切的理解。不但對於每個問題不

應輕輕看過；即對於本黨領導下政治的展開和國際政治的推移的全景，也該注意周到。而且從這裏，可以更緊切第關心自身關心民族。在這一點上，我們願意搜集國內外政治材料，加以解釋或批評，導示同志對於政治有明晰的理解。

　　以上四點，簡單說：一、闡發本黨的革命理論；二、說明中央的命令和決議案；三、指導實際工作；四、指示國內外政治的現勢。這刊物的任務，大概如此。能夠做到甚麼程度，在能力有限的我們，未敢預必。但願勉力做去！

【注釋】原載鎮江《前鋒》1929年第1期，署名滕固。

總理為革命而生為革命而死

　　民國十三年十一月二十日，總理為貫徹國民會議以打到軍閥廢除不平等條約以打到帝國主義的主張，毅然北上。由廣東而上海，繞道日本，折往天津，於十二月三十一日抵北京。沿途對各界演說，大抵暴露帝國主義的醜態，及其與軍閥相互禍國的情形。一時反帝國主義反軍閥的革命熱潮，得總理的指示，像海水一般的洶湧起來。而總理因以積勞致疾，到了北京，反革命的段政府又不能實行總理的主張，於是於十四年三月十二日將革命大業遺給於本黨的同志和全國的民眾而長逝了。「為革命而生為革命而死！」總理偉大的崇高的全生涯，永遠在我們悲痛的記憶裏顯現著。

　　「我在三十年前便提倡革命，當中失敗，總計不下二十次；但每失敗一次，勢力便加大一次。」這是總理在逝世的前一年所說的話。辛亥以前十次的失敗，民二至民五間的討袁，民五以後的護法，以至北上前後的反帝國主義，總理一生無日不在這樣艱難困苦中奮鬥。有異族二百餘年的專治，乃有十次失敗換得一次的成功；有軍閥割據，殃民賣國，有帝國主義者宰制中國助長內亂；而討袁護法及反帝國主義的運動以起。世界歷史上革命的環境，從沒有像中國那樣的複雜險惡；然而總理總是「愈挫愈奮，再接再厲」，不曾因失敗而休止過奮鬥的。所以同時世界革命領袖當中，像總理那樣的堅持著恒久的百折不撓始終如一的精神，也是絕無僅有的。

　　總理逝世以後，軍閥的橫行，帝國主義的侵略，更無忌憚的日甚一日。殘害革命同志，屠殺民眾的事件，層出不窮。本黨在憂患中接受總理的遺囑，於十五年出師北伐；中間雖有共產黨的搗亂，卒因同志的奮鬥，民眾的擁護，不到二年就統一了中國。現在軍政告終，訓政開始，本黨方遵照總理的革命方略，集中全國民眾的力量從事革命的建設，以

保障武力的成功，進而徹底的和帝國主義周旋。忽又禍生肘腋，不久以前有桂系的叛變，最近在總理奉安期間又有西北的叛變，坐使垂成的局面，回復到革命的前夕。啊！中國現在革命的環境還像以前一樣的複雜險惡，而領導革命百折不撓始終如一的總理，在四年前已離我們而長逝了。

十三年本黨改組的時候，總理就對我們說：「本黨此次改組，就是本總理把個人負擔的革命重大責任，分之眾人。希望大家起來奮鬥，使本黨不要因為本總理個人而有所興廢。」同時又對民眾說：「我為革命始終奮鬥，鞠躬盡瘁，死而後已。至成功與不成功，是人民的責任。」總理死後這個革命的重大責任，明明白白遺給本黨同志和全國民眾共同擔任了。那末，別的不說，總理北上的時候，在宣言中，指出剷除軍閥，打倒帝國主義，以解決國際地位，農民、工人、產業、文化、法律等問題；試問四年以來，這些問題有沒有解決，或者解決了其中一個或二個？帝國主義在中國的勢力有沒有消除？或消除了萬一？軍閥崩潰了有沒有繼起的？這個責任既是我們擔負的，在新軍閥叛變的今日，我們怎樣回答呢？「故革命成功以後，許多革命黨人，反藉革命以謀個人利權，養成個人勢力。以俟個人勢力既成，反而推翻革命。」革命不徹底，即革命成功後反革命派必然複起，並且反革命派的刁頑比任何國家革命時期的反革命派來得利害，總理也曾告訴我們說「俄國有個革命同志曾對我言，謂中國反革命派的聰明本事，俄國反革命派實望塵莫及，俄反革命派為官僚與知識階級，當革命黨發難時，均相率逃諸外國，故俄國革命党能成功。中國反革命派聰明絕頂，不僅不逃避，反來加入，卒至破壞革命事業；而革命黨人，流離轉徙，幾至消滅。」這是有前事可稽，有近事可證。所以上面說，中國革命的環境，為世界歷史上所從未有過的。在陰暗的險惡的前路，我們惟有學總理的精神奮身前進！

舊軍閥倒了新軍閥繼起，但是軍閥終竟要崩潰的；帝國主義縱然猖獗，但是愈近沒落。歷史給我們的教訓，事實給我們的指示，都是如此的。我們不要畏縮，所以在總理奉安的今日，不僅僅追想總理為革命而生為革命而死的全生涯，我們還要想到總理死後本黨四年來在艱難中

奮鬥的歷史，在總理偉大的啟示之下，於短時期內把新軍閥肅清，換言之：即把口口聲聲以革命自炫的假革命黨肅清，把帝國主義在中國的勢力一起消滅，以完全總理未竟之志。這是我們的同志和全國的民眾，應該在嚴肅的沉靜裏下這個決心。

【注釋】原載鎮江《前鋒》1929年2期，署名滕固。

中國藝術史學會緣起

晚近藝術史已成為人文科學之一門，有其獨自之領域與方法，非若往昔僅為文化史或美學之附庸也。是以各國學府，設科目以講求，遠紹旁蒐，文獻日增，名家輩出，而各民族之藝術創制，因亦大顯於世。

吾國前代藝術產品，夙稱豐富，雖喪亂之際，屢遭毀失，而所遺留於今日者，各國尚無與倫比，自來學者欣賞鑽研，非不勤劬，顧其著作流傳，品藻書畫，率偏趣味，考訂金石，徒重文字，而雕塑建築且不入論域，求其為藝術史之學問探討，不可得也。域外人士，於數十年來，接踵而至，作為計劃之旅行探險，蒐求材料，從事藝術考古，撰為專著，故謂對於中國藝術作現代研究，始自西人，非過甚之言。於此期間，吾國藝術珍品，被攫取捆載以去，而散佚海外者，亦不可以數計。今吾人於探討之時，若干部分須採其印本以為參考，或竟須遠涉重洋以求目驗，恥孰甚焉。

乃者國運更新，一切學術，急起直追，顯有長足之進步。彼外人所挾之治學方法，吾人亦得而運用之，於是對藝術之現代研究，日漸抬頭，有所創獲，外人視之，亦感瞠乎莫及。然以環境所限，物力匱乏，未能擴大範圍，更求深造，識者惜之，欲期今後賡續研討，分工合力，普遍達於各時代各部門而並得卓越之成績，則有待乎吾人之昕夕蒐求，刻勵孟晉。同人等為輔助工作，廣益集思，特發起中國藝術史學會，以期藉組織之力量，使藝術史學問，在中國獲得更深切之認識，使吾民族之藝術業績，在世界文化上獲得更正確之評價。

學會工作之綱領如下：

一、分工研究本國各時代各部門之藝術，及與本國有淵源關係之邊徼域外藝術。

二、流通關於藝術史之罕見及新出材料。

三、發刊已整理之材料及各項研究報告，並介紹外人有價值之論著。

四、蒐集國內外出版之藝術圖籍。

五、協助政府保護本國藝術珍品。

六、與各國藝術史研究團體，作知識之交換與合作。

【注釋】原刊盧冀野主編《民族詩壇》第三卷第三輯（總第十五輯），1939年
　　　　7月出版。原注「民國二十六年五月十八日」，即該會在南京中央大
　　　　學成立之日。查常任俠日記1939年8月21日：「上午赴小石先生家，
　　　　取來滕固寄來中國藝術史學會緣起通告及會員名錄二十份。」據此推
　　　　斷該文出於滕固之手。

在茶寮裏說書

一、聖者與魔術家

藝術家的情感，比常人豐富，比常人銳敏；他們於一切愉快的東西，首先感到，陶醉之惟恐不及；於醜惡的事情，也首先感到，厭惡之惟恐不及。我們中國的藝術家，處在現今醜惡的社會裏，這醜惡，藝術家當然最先感到；於是同聲地叫道：社會如此醜惡，如此慘無人道，如此，如此，快絞出血與淚來，和社會反抗。待到改造社會的重擔，加上他們的兩肩時，他們兩腳軟化，僕在地上，眼睜睜地一聲不作。社會的黑影在譏笑他們，他們安然地忍受！空言無補，結果原來是這樣。

試翻閱大藝術家的歷史，古來不少反抗社會的藝術家，然而社會的醜惡，慘無人道，並不因之滅絕，並不因之稍減。那末藝術家是無用的東西了？不，所謂反抗社會的藝術家，不必像辯論那樣口頭裏說幾句空話；不必像革命家那樣耀武揚威的反抗反抗，並且不必像厭世家那樣什麼不好什麼無聊的放出一批嫌惡之情來。只要把你們的嫌惡之請，移入於藝術，靜化而為同情憐憫於醜惡的社會，或變相而遊 戲謔笑於醜惡的社會。同情憐憫是聖者的態度，遊戲謔笑是魔術家的態度。前者俗稱人生派的藝術，後者俗稱唯美派的藝術。

我暫時不想說：藝術家的情感比常人豐富銳敏。（如其常人不作生理上有殘缺的人解釋）因為藝術只是人類理想的一方面；人各有各的理想，有人努力於升官發財，也是要實現他們的理想，和藝術家努力於藝術是一樣的。他們對於升官發財，也具有過人的情感。這過人的情感不注入藝術，而注入於別一方面——升官發財——就是了。但是升官發財的一理想，是一時的物慾；這卑下的理想，其他動物或也是有之！而藝術一理想，是悠久的欣歡；除了至人以外，便沒有這根器了。

至人，藝術家，原也是常人；做到至人，藝術家，不過要有一步工夫；就是聖者的苦行精神，與魔術家的修煉精神。苦行與修煉的對象，就是醜惡的生活；這醜的社會，就是藝術家的上帝，藝術家的妙藥。那末醜惡的社會，與其說是藝術家的仇敵，毋寧說是藝術家的恩人。

二、石濤體無完膚

「石濤和尚體無完膚！」——這算甚麼話？在說者不負責任的說了，而聽者一定要奇怪的。待我慢慢說來：宋人的筆記裏，有一段故事說：「錢惟演、楊億，好為玉溪（李商隱）體詩，創為西昆體；一時台館諸公，悉為效法，翕然成風！時有一伶人，飾李玉溪上場，衣服破碎，形容憔悴，曰：我被館閣諸公，搏擸殆盡矣！滿座哄然。」現今一般畫家學石濤的畫，比錢楊諸人學玉溪的詩更加起勁。假使有一伶人飾了石濤登場，石濤一定要說：「我被畫苑諸公，剽竊皮毛，至矣盡矣！」這叫做石濤和尚體無完膚！

夠不上學石濤，只好說是剽竊石濤，夠不上剽竊石濤心臟，只好是剽竊石濤的皮毛。啊，我所尊敬的藝術家們，你們竟成剽竊皮毛的嫌疑犯。如果石濤複生，真說這句話，可不要把你們的臉藏在褲襠裏，你們的尊嚴就此顛倒了。

「石濤曾申明版權所有！」——這又算甚麼話？石濤並不曾做過書店老闆，怎麼有這回事？他的畫語錄中說：「我之為我，自有我在；古之鬚眉，不能生在我之面目；古之肺腑，不能安入我之腹腸。我自發我之肺腑，揭我之鬚眉。」這不啻是不必剽竊人家的自白，「我之為我自有我在」不啻是版權所有的申明。剽竊人家的藝術，和翻印人家的版權，同樣是下流的事。

世俗是盲目的，智者就可利用盲目，搬出剽竊的藝術來炫耀於群盲之前。石濤、八大、Matisse、Gogh、Rousseau都成了被剽竊者，被翻印者，一旦他們告發起來，如果上帝做審判官，那些剽竊大家，定要處精神的無期徒刑了。

　　剽竊大家，原是智者；聽了這些話決計不服的，並且要嘔出冷冰冰的反駁話來說：「石濤、八大那些陳死人會來告發嗎？……上帝真有其物嗎？」啊，智者畢竟是智者，我也無如之何！不過最後我要說：「真理」與「宇宙」同其悠久，「宇宙」有一日之存在，「真理」一日不滅，真理不滅，天下有眼兒的人，都是上帝。

【注釋】原載新藝術社編《新藝術全集》，大光書局1935年版，收入《民國叢書》第三編58，上海書店1999年版，署名滕固。

《歐特曼教授哀思錄》序言

　　閱讀多篇紀念歐特曼教授博士的文章，他的整個形象又在我們眼前浮現，而再次展示的仍是歐特曼教授精深的學識和他不倦的工作熱情。雖然歐特曼教授博士已告別了這樣的人生，但他的諸多業績卻伴隨著我們，這些都在他眾多友人和學生的回憶錄裏得到了生動的印證。出版這本紀念文集的主旨在於紀念歐特曼教授博士，同時也將此作為有意繼續他畢生事業的人的一個規範。它意味著致力於在中德文化生活方面相互理解的事業！

【注釋】原刊《歐特曼教授哀思錄》，1934年由南京國華印書館印刷。原文為德文，比據李樂曾先生譯文。

影印毛生甫先生休復居詩文集啟

　　寶山毛生甫先生嶽生，少遊於姚惜抱先生之門，詩古文辭，為嘉道間宗匠，及交李申耆劉楚禎輩，益以實學相砥礪，凡典章制度天文歷數地理邊徼，靡不貫穿，黃汝成撰日知錄集釋，祁韻士撰皇朝藩部要略，皆得先生之諟正而成書也。先生為錢竹汀先生之再傳弟子，竹汀先生嘗病元史疏略蕪雜，為增益志表，欲再建元史，未竟而卒。先生繼之，發憤蒐稽撰元史校正，今集中附刻之元史後妃公主傳，即其手定稿也。先生歿後，嘉定黃氏為刊遺稿曰休復居詩文集，印數十部分贈先生生前之知友，而版片毀於洪楊，故流傳絕少，朋儕中有知固生先生之里者，每託購其集，常慊無以應命。茲謹就家藏原刊本影印，聊藉存哲人瑰著供同好之求云爾。滕固啟

附辦法

一、休復居詩文集附刊元史後妃公主傳補全書約三百五十頁用本國上等
　　連史紙及上等毛邊紙印刷六開本每部分訂四冊

二、本書共印三百部預計本年五月內出版

三、本書原為非賣品惟集資影印不能不收回成本抵償凡願得是書者每部
　　繳價兩元如於四月十五日前繳款預定者以八折計算

四、凡預定者逕函南京行政院滕固接洽

【注釋】原刊《金陵學報》第五卷第二期，1935年11月出版。

《詠歸堂集》跋

余家舊藏詠歸堂集一冊，明上海遺民陳長倩先生所著，光緒上海縣誌著錄於藝文門，然未見刊本傳世，書首有此君書屋朱文方印，葉騎縫處亦題此君書屋，字跡秀整，似出閨閣，蓋清初精鈔本也。按上海縣誌人物門陳曼自長倩，川沙人，諸生有聲幾社，性高潔，有倪高士風，甲申後林間寂處以畫為事，畫宗二米，饔食寄焉，莫秉清為之傳，是集所收題畫小品，投贈詩章，往還尺牘，不第刻考見先生性行造詣身世郊遊，而其中作社兄社翁之稱謂者，殆皆幾社中人物，東南社事之遺獻亦於焉可徵，集尾所附一傳，當係莫秉清所作，復考上海縣誌莫秉清字紫仙，號葭士，華亭如忠曾孫，入邑庠，有聲明季，避兵浦東，易道士裝隱焉。性耿介，不妄交人，古文辭具有高致，自稱月下五湖人，著有采隱草行世，書法力摹晉人，門人吳徵秌以為孤梅鐵幹，猗蘭幽芬，雪淡風高，與俗徑庭，為得其概，縣誌藝文門又載其所著傍秋軒文集三卷，集今罕傳，獨此文附以存吉光片羽，彌可珍。已往者先君子嘗邂逅長倩先生詩鈔數頁，恒以未獲借鈔為恨，及余稍長寓滬，奉命訪求，遍詢舊家通人以及浦東松江嗜藏郡邑文獻之士，知先生姓氏者且鮮，詩鈔尚存天壤否亦不能臆決，茲謹先校斯集，正其脫誤，排版印行，俾世藏有先生詩鈔者聞而覽觀，或出以相示，或踵以付刊，使成完璧，揚佚民之幽光，存海隅之文獻，胥於是賴非徒予以克完先志為私蘄已也。丙子十一月後學寶山滕固記。

【注釋】 原刊明‧陳曼撰，滕固校《詠歸堂集》，鉛印線裝本，上海光華書局1936年出版。

徵求周書《澹廬詩稿》啟事

　　婁東（寶山縣）周澹廬先生，於乾隆向遊幕粵東，曾修恩平縣誌，其所著《魚水緣傳奇》等，尚有精刻傳本。惟其所著《澹廬詩稿》及續稿，今頗罕見，傳聞當時亦刻於粵東。如海內藏書家藏有先生詩集者，或慨讓或借鈔，皆所禱望，請通函南京行政院滕固君接洽為禱。

【注釋】原刊1937年3月《書林半月刊》第一卷第五期，署名滕固。

舊檔案之保存與整理

一、舊檔案之價值

　　檔案是公共機關的一切法規文書報告及記錄，這是誰都知道，不用再予以解釋。現在各機關所積存的檔案，為了日常處理公務作必要之檢查與稽考，固然要把它們保存與整理，而舊時檔案因其本身意義及其內包含種種珍貴難得的史料，同樣必須要設法保存和整理。舊檔案之價值可分兩層說明。

(一) 舊檔案為古文書學及古文字學的對象　歷史學輔助科學中之古文書學起於中世紀檔案真偽的論爭，中世紀以帝王詔令為證物，凡遇權利之爭，有時提出矛盾之文書，法官如不確定何者為真品何者為偽品，則不能下判決。而鑒別古文書真偽的學者，因此等事件而產生。嚴格言之，此學創始者為十七世紀末二個法國的學者名Mabillon及Montfaucon，一八六七年奧國學者Theodor Sickel又承諸前輩之緒論，予此學以新基礎。他先設定中世紀帝王為書寫詔令，必有若干王室繕寫者，故同一時代所流傳之原本，大多數表出同一風尚的手跡。凡相距遙遠之各教堂各城市中，所藏詔令證件，其書法風尚如出於一人之手，則此等文件必非偽造；反之，則不可靠。但作偽者處心積慮，無微不至，Sickel又將已認為真品之古文書，由於外形及內容，再加以精密之檢討，製成繕寫者一覽表；再由此推究當時王室組織即當時的官廳習慣，以求與古文書符合。德國著名之《日爾曼歷史總匯》所蒐帝王詔令，皆用此方法以編訂的。對以此學，不但德國，而法國之檔案學校及奧國之歷史學研究所，皆甚盡力作可觀之貢獻。其次古文字學亦為歷史學輔助科

學之一，它和古文書學的來歷相同，自Mabillon著《論古文書狀態》、Montfaucon著《希臘書體》對於古代文字之形體與發展，詳究源流，其後日益發達，以為認識古文書之必要條件。今舉二例如下：

甲、以字形斷定檔案之真偽　世傳路得手寫之詩歌《惟我上帝作我堅城》一行，有Wort一字寫作Wortlyn，足徵偽造；蓋路得使用縮小意義之語尾常作lin而不作lyn。夫一時代有一時代的字體，一地方有一地方的風尚，一人有一人的習慣，非藉多量之材料嚴加研討，不易辨別。

乙、以字意決定檔案之涵義　同一文字，往往因時代的推移而變更其意義，例如Consul一字，原義為羅馬大統領，後變為議員；Proconsul一字初作副統領解釋，後變為市長了。在所謂康士坦丁贈與文件內，稱以意大利全部或西境省分贈與教皇。「或」字原文為Seu，在此處不作「或」字而應作「及」解釋。

　　由此可知有舊檔案之存在，可促使有關科學如古文書學古文字學的發達，此等科學之發達，對於歷史研究之裨益，實不可忽視。

(二) 檔案為本色之史源　此為研究歷史學者熟知之事實，茲且舉一個簡單之例，天聰元年太宗致袁崇煥書，其開頭東華錄作「大滿洲國皇帝致書大明國袁巡撫」，滿文老檔譯本作「滿洲國皇帝致書於袁巡撫」，而原稿則標「汗致書於袁老先生大人」（參看中央研究院明清史料第一冊徐仲舒文）。又石刻中有宋朝的檔案，亦可以正史誤，例如中書門下牒廣州南海廣利王，原牒著明康定二年十一月，而《宋史·禮志》說康定元年詔封南海為洪聖廣利王；此為史書之誤。史書康定僅一年，而碑稱康定二年者，蓋當時尚未改元之故。（參考陸耀遹《金石續編》卷十四）蓋今日接觸於吾人眼簾之史料，不知經過若干之轉述而有意或無意地改變了真是之史事。舊檔案即為未變面目

之史料；其可貴之處，未被引用之檔案，在某程度內可視為新史料；已被轉輾引用之檔案可以原檔訂正後代所成史書的謬誤或缺略。關於此點，例證甚多，亦為我人常識內之事，故不再列舉。

二、檔案庫設立之必要

檔案之重要，既如上述，凡有歷史之國家莫不重視檔案，而保存檔案之歷史亦可以溯諸遠古。古代東方諸國以及希臘羅馬，皆有檔案庫之設置，中世教堂寺院，以其權利所在，尤珍視檔案，庋藏不遺餘力。近世歷史學發達，保存檔案之舉，又闢了一個新的局面。至今日各國首都，如巴黎之Archives Nationales，倫敦之Public Record Office，維也納之Haus Hof-und Staatsarchiv，柏林之Reichsaschiv等等，皆為國家檔案庫，著聲於世；此外各國中尚有地方檔案庫。彼不惜斥其財力而從事於此者，豈無故哉。吾國為文物之邦，保存檔案在昔亦曾致力，觀於歷代史籍之豐富，世界各國莫與倫比，此皆保存多量的舊檔案而獲得之結果。其後檔案愈富，愈不知珍惜，故在今日，明以前之檔案，除石刻內當保存若干外，幾如鴻毛麟角矣。近十餘年來，學者漸漸注意及此，中央研究院、故宮博物院及北京大學，嘗收納舊檔案而予以整理，不可謂非空谷之足音。我以為吾國欲保持文物之邦的聲譽，國家檔案庫之設置，甚不容緩。

前幾個月，有人向中央提議重行設立國史館，這個案子交行政院審查，聽得說行政院主張不設國史館而設檔案庫，茲探錄其審查報告如下：

「竊查重設國史館案，既經四中全會通電，自應照案籌設；惟究其性質與事實，尚多困難問題，此不能不先顧慮及之。茲略舉數端如下：

(一) 在現代潮流上，舊式國史館之意義，已甚微薄，蓋在學術發達言論公開之今日，含有保守性之國史館，工作必難期完善。民國以來雖有清史館與國史館之成立，除清史館完成利用清室遺老撰成一稿，至今未發佈外，國史館則毫未有工作之表現。

(二) 即用新式科學方法編撰國史，則必非專掌功勳人物之立傳，而有關國史史料之檔案，皆在整理研究之列，此類檔案範圍十分廣泛，除一極小部分在黨史編纂委員會外，其他皆散在於各機關，因為時較近，各機關在行政與事業上，皆須隨時參考，斷不能集中一處，致妨礙現有工作之進行。

(三) 各機關歷年所積累之檔案，類皆有專門性質，以組織繁複分工細密之今日，欲事整理廣泛之檔案，殊非若干但擅文墨之士所能為力。

(四) 今日之調查報告行政報告以及年鑒等，類皆舊史中之志表也，教育部編教育年鑒，事業部編經濟年鑒、勞工年鑒、中國實業志，有專家為之主持，需時需費，已屬可觀（北京大學、故宮博物院、中央研究院整理舊檔案亦然）。以現在國家之財力與人材而論，官撰新式國史，尚非其時，即雄於財力而又儲備科學人材之先進國家亦未有是舉。

以上困難情形皆係事實，竊以為今日在國史整理上之需要從事者，不在國史館而在下列兩事：

一、搜索史料以及整理在時間上已可公開之檔案，應委託學術機關從事，作為一種科學工作。

二、未到公開時期而不專屬任何機關，或現屬某某機關而堆積不用之檔案，應設立直隸行政院之國立檔案庫，為之分類編目，庋藏高閣，以保存國家文獻，減少將來學術工作必經之手續。」

行政院以此意見報告中央，中央亦採納而交行政院辦理。聞行政院對於國立檔案庫先組織籌備處，已起草章則，卒以國庫短絀，暫時未能實現。

觀於上述，可知政府已注意國家檔案庫之設置，不管何時可實現，我們應該同情政府目光的正確。夫檔案庫為保存史料的重要場所之一，它和圖書館博物院處於同一地位，為今日學術界不可或缺之作場。無論國家之財力如何困難，應該於可能範圍內籌設總檔案庫以樹風氣。而地方舊檔可暫時歸入地方圖書館兼理，正如地方圖書館蓄儲古物而兼營博

物院之事業。如此方法，所費亦頗有限，我們應竭力鼓吹，以督促此種事業之實現。

三、舊檔的整理問題

上面說過檔案庫和圖書館博物院同為保存史料之場所，圖書的庋藏和古物的陳列，各有系統，各不相襲；而檔案的整理自然和圖書院及古物的整理又複不同了。故宮博物院文獻館告訴我們說：

「顧整理檔案較諸部勒群籍，難易迥殊。書籍以整部全帙為單位，檔案以零件散頁為單位一也。書籍分類有中西之成規可循，檔案則無定法二也。書籍編目有書名可據，檔案須隨件摘由三也。故以言分類必先考據職官之隸屬，衙署之司掌。以言編目，必先研究公文之程式，檔案之術語。凡此種種須於檔案本身中探討外，尚須參證典籍，訪詢耆獻，以期及早完成此基本工作。然後仿紀事本末之體例，將關於清代各大事之按件，依事按目，編成索引，藉作重修清史之長編，以供史家之參考。」（見該館二十三年八月份工作報告序言）

這一段話，是一種甘苦之談，我們不可認為泛泛的應酬文章。從來舊檔案之整理，放在歷史家的手裏來做的，所以其著眼處也就是便利於歷史研究者。最顯著的例子是法國，把檔案的原來狀態攪亂，依其性質試作歷史的，編年的，風土的及事件的分排。這固然是一種苦心孤詣的工作，在歷史研究者，即如我本人有歷史興趣的人異常希望而贊同的。可是問題起了，一學者把關於「救貧事業」的一批檔案歸在一起，以為如此便於研究救貧事業的人了；另一學者研究教會法，發見有許多有關檔案，恰巧歸入了救貧事業的一宗裏，那末要不要把已經整理的一宗拆開來？拆了開來，則前一次的整理，徒耗了勞力與時間。顧了這方面的便利而妨害了他方面，這種偏狹的方法，自然不是整理舊檔案的正常途徑，而且其後檔案件數，日有增加，此種人工的方法更覺難期完善了。所以今日一般的趨勢，都以來源的原則（Prinzip der Proveniez）為依歸，即將事件一任原機關與原官署的處理順序而不予變更。故我以為整理舊檔案像上述故宮博物院文獻館提出的基本工作，十分正當，應該傾

全力以期作有效之表現。至於仿紀事本末之體例而為之編纂，為將來之事，換言之，非整理檔案者之事而為歷史家之事。

　　整理舊檔之趨勢，既以來源的原則為憑，則吾人愈感覺現機關對於檔案有妥善保存與整理之必要。常聽得機關中銷毀某年以前之檔案，銷毀某類不用之檔案，這無疑地是一種損失。我們希望現機關注意檔案之保存與整理，使將來減少些麻煩的手續。檔案整理，既不偏於歷史研究者之便利，那末歷史家要檢尋史料，不能不對於原來的行政組織，求其門徑而資研究。於此為保存檔案根源之行政組織，亦宜使之合理而完善。

　　上述所昭示我人的，整理舊檔案，須以一般使用之便利為前提，已甚明顯。至於整理上之細部問題至為專門而技術的，我亦為門外漢不敢多談。即上面所講亦系研究歷史時所獵涉之皮毛，實不足道，務乞見諒指正。

【注釋】原刊行政院及所屬各部會檔案整理處印《檔案論文彙編》第一種，1935年2月。署滕固講，謝葆元記。

檔案整理處的任務及其初步工作

　　在去年有些關心文獻的人士，向中央建議設立一個國史館。這個案子經過行政院的時候，行政院方面的意見，以為從前北方也有過此類組織，沒有甚麼成績可言；況且在現代潮流上，此類組織之需要，十分薄弱。真要保存文獻，不如建設一個國立檔案庫，較有用場。剛巧行政院效率研究委員會，也顧慮到了檔案的保管和整理。於是把這兩方面的意見集合起來，就產生了現在的檔案整理處。

　　檔案整理處的任務，在它的組織條例上規定得很明白：（一）擬具院部會處理檔案劃一辦法，呈請行政院長核准施行，並監督指揮院部會辦理檔案人員依照辦法規定處理檔案。（二）擬具院部會整理舊案劃一辦法，呈請行政院長核准施行，並監督指揮院部會辦理檔案人員依照辦法處理舊案（見第二條）。還有一個最後的目的，要由這種準備而促成國立檔案庫（見第一條）。在這個機會上，我想把這幾層意見，略加引申。

　一、用科學方法處理檔案，有叫做檔案學（Archivswesen）的學問，在歐洲也是近百年來發達的事。官署、公團以及特種事業機關所積存的記錄文件，時時要檢查稽考，時時要根據它來做測比，統計，研究等工作；總之時時要應用它。於是有人考究處理檔案的方法，如何編目，如何庋藏等種種問題，應運而生；積了幾代人的經驗，日益細緻化了。它同圖書館的管理一樣，到了近時已有驚人的效果。在中國圖書館事業，經過十餘年的努力，已有可觀的成績；而在檔案，則仍停滯於師傅傳給徒弟的舊式管理。為便於日常應用增進行政效率，我們固然要追趕上去；即以檔案為史料，我們也得早早準備。因為舊檔案的整理，雖然試過了好幾種方法，現在的趨勢仍以來源的原則（Prinzip der Proveniez）為上乘（參看K. R. Erslev: Historische Technik第十二面）。不然，將來又要費一番手續了。

二、整理舊檔案在歐洲特別起勁，乃源於歷史家重視檔案；就是它跟著史源學（Quellenkunde）一同發達的。這種情形在德國法國等處，獲得了很大的成效。我國素稱文物之邦，然舊檔的情形怎樣，請看下面所引的一段話：「北都部院檔案多毀於庚子之役，然庚子以後，存者復有幾？……前朝軍機處為大政中樞。辛亥以後，由總統府移入國務院，統未中絕，而所存舊檔，已至零落。今其餘存大高殿，故宮博物院為之整理，然亦僅矣。其毀於無知細人之手者，不可追矣。」（見《東方雜誌》三十一卷一號，兌之《志例叢話》），這種巨大的損失，我們倘不謀補救和防止，以後的中國人，研究本國歷史，所遇的難關應該是怎樣。所以整理舊檔案的重要，已為有識者所共喻的了。

三、獨立機關的檔案，日積月累漸至不可勝數，於是散失和無標準的銷毀，成了不可免避的事。有了國家總檔案庫（Hauptarchiv des Staales）蒐羅時間上較古而現行機關不恒取用的檔案；此在消極方面可補救獨立機關因堆積而損失的情事；在積極方面，替歷史學者設置了一所貴重的作場。照目前情形，國立檔案庫的實現，雖不知尚需多少時日，但必有一部人天天在禱祝其產生。我們不但希望有國立檔案庫，並且希望推行到地方，而有地方檔案庫之設置（德、奧、瑞士諸國皆設地方檔案庫，即為一例）。從前章實齋主張州縣設立志科（見《文史通義》卷六《州縣請立志科議》），其性質頗似地方檔案庫。這種先見之明，可惜一直沒有實現。近年有許多人熱烈同情於章氏的主張，我以為倘使地方有了檔案庫，不但把章氏的用意包含無遺，並且更切合於現代的需要。

回頭說到我們目前的工作；關於檔案整理，內政部最先試驗，由他們的經驗知道此種試驗工作是不容易的事。在這兒發生了種種問題：譬如舊有的習慣完全革去抑部分的改作；以目前人力物力的條件下運用怎樣的方法最為適宜；估計將來發展的可能，我們應以何種方式為根基。

對於此等問題的解答，非空言所可奏效。所以整理檔案處成立之始，就從小小處著手，做了一番調查的工作；把行政院及所屬各部會內處理檔案的實況觀察清楚。有了事實，我們就根據它擬出了幾個關於檔案管理和整理的意見，這些意見都以最適合目前的需要為觀點。讀者看了本刊各文以後，就可明瞭我們的初步工作，這裏不用辭費了。

　　這種工作在中國為最初的試驗，我們唯一的希望有更多的專家來指示我們；各機關儘量給我們以便利和幫助；使我們的工作逐漸推進，以期達到政府所給予我們的使命。

【注釋】原刊《行政效率》第二卷第九第十期合刊，1936年5月（延期）南京出版。署名滕固。

獎勵史地研究加強史地教育案

　　為增進對於國家民族至上之觀念，與國土環境之認識，堅定抗戰到底收復失地之信念起見，實有獎進史地研究加強史地教育之必要。

辦法：

一、對於現有之史地讀物，除過於專門的著作外，所有教科用的，通俗用的，應加以一詳密之審查，凡優良的又合於水準之讀物，竭力予以介紹，不合水準之讀物，應令出版機關予以改善。

二、國家應利用專家，編輯較完善之史地教科書及高級的普通的通俗之史地讀物。

三、責令公私史地研究機關團體，儘量發佈近年來之研究報告。

四、補助已有成績及可能發展之史地研究團體。

五、獎勵關於史地之有價值的私人著述及考察報告。

六、利用大學及學術團體之遷移，補助經費，組織邊疆及內地史地考察隊，有計劃的蒐集材料，予以整理發佈。

七、對史地研究報告及著作之印刷，國家應予以補助及種種便利。

八、完善的年表地圖索引等之編制與印刷，應集中人才，特為設備，以期在短期間制出有用之圖表，輔助該項教育及研究。

【注釋】收入《第三次全國教育會議報告》，國民政府教育部1939年編印。原注「滕固原案，審查會送部參考，大會決議成立」。

編後瑣言

　　1941年5月20日，滕固病逝重慶中央醫院，年僅四十歲。身後蕭條，家庭解體，文稿散佚，收藏不再，一代才學，在動盪的歲月中漸漸被封塵淡忘，長達半個世紀之久。直到二十世紀末葉，他的相關著述才重新得到收集再版，大體囊括了滕固在藝術史、美學、文學理論等領域的研究、創作成果，為讀者瞭解滕固在中國現代文學史和藝術史等領域的成就，有了較為全面的讀本；對研究者深入探討作者在諸多學科領域的學術貢獻，提供了文獻依據，引起了學術界的高度重視，對滕固在多種學科領域下取得的成就，給予了重新審視和評價。本書的編輯，就是在上述各種版本的基礎上，將作者散見的相關著述加以輯佚而成，主要包括了文學創作、日記、書信和文史論述四個方面。

　　在文學創作部分內，收錄了冠以「義俠小說」、「社會小說」的《骷髏洞》和《酬勞品》兩篇，正可看到作者早期摹仿、編譯中外文學作品，以博時好的特點。與其他不同時期創作的五篇中、短篇小說對應閱讀，可以勾勒出作者思想及創作轉化之脈絡。戲劇創作《紅靈》則是目前所見作者唯一發表的劇本。滕固幼讀私塾，曾從鄉賢陳觀圻問學。大學時期，又從天虛我生（陳蝶仙）學習古詩文，對中國古典文化修養頗深。他在舊體詩詞創作上的成就，同代友人多有品評：「細讀滕固詩，深賞之」（吳宓）；「詩皆真性情語」（常任俠）；滕詩「有李義山之旖旎，龔定盦之才氣。……近年好作古風，朴質無華，而情見乎辭，慰堂評之曰『古而豔』深得其真。會當糾集同好，刊行問世，以成一代文獻也。」（朱偰《吊若渠》），這些與時人唱和之作，雖生前未結集出版，然經輯佚，亦得三十餘首，時間跨度大體與其創作年代相從，聊備一格；新詩創作起於1920年前後，從譯介外國詩人作品漸進到創作嘗試，部分收入詩文

集《死人之歎息》內，還有大量作品散見報刊中，經搜集整理擇入集中。

日記、書信是研究作者生平、思想、治學等最重要的一手材料，透露著作者的真性情。滕固有寫日記的習慣，這從已經發表的日記年代和他自述中可以確認。他的日記選篇《東行漫記》，刊登在《地學雜誌》1922年13卷4／5合期中，記述的是1920年秋留日行程及遊覽日比谷公園等感受。《關西之素描》亦於同年7月間在上海《時事新報·學燈》連續刊登，以後收入《死人之歎息》。《無窮的創痛》雖未指明具體的年份，但經考辨，確定為1924年間的那場「三角戀愛」風波的記錄，是不會有太大出入的。1926年發表的《舊筆尖與新筆尖》一文，若細加審辨，也是可以從中讀出作者自身的影子，作為對作者生平事蹟考察的參考性文獻。至於1934年12月間受中央古物保管委員會之委託進行豫陝古跡視察、研究保護方案之《視察豫陝古跡記》，早已成為中國現代考古史的重要文獻。1940年9月下旬《吳宓日記》中記載的滕固贈其《九日日記》及《離開安江村》自傳式小品文，又該對作者生平研究具有何等重要的價值？心存企盼，可惜不知是否仍存天地間？

收集作者文稿，書信尤為難得，因為它主要是寫信者與收信人之間的信息傳遞，不易保存和為他人所知。但私人書信中所表達的思想感情、生活經歷、治學心得等，又是揭示作者內心感受最深切、展示作者自身修養最直接、考證作者活動信息最準確的重要參考物。目前搜集到的書信謹有十數通，其中與馮至（君培）的九通明信片，雖文詞簡約，作為滕固歐洲遊蹤記載，極為難得；與常任俠的最後通信，直可作為遺囑來看，並可鉤稽出一件鮮為人知的共同創辦中國藝術史學會的珍貴史實。

當前，學術界對滕固的研究已經拓展到多個學科領域。本書收錄了他出自「夙昔的愛好」而寫成的《唯美派的文學》一書，該書的出版也使之成為我國最早系統介紹西歐唯美主義學理的代表人物。他在《舊檔案之保存與整理》、《檔案整理處的任務及其初步工作》兩篇文章中系統地講述舊檔案的價值、檔案庫設立的必要及用科學方法對舊檔的整理

問題，並主張促進國立檔案庫的建立，具有開拓性的遠見。另有數篇有關書刊序文、徵集影印先賢著述啟事跋文、《中國藝術史學會緣起》、會議提案諸文，展現出作者對社會政治文化教育的關注和多領域的研究視野。

縱觀滕固短暫而勤奮的一生，他在文學理論與創作、藝術史學等領域所取得的成就，具有開風氣之先的作用。在他從事文藝創作和學術研究的二十餘年間，為世人留下了近二十種專著和編、譯著作以及有待發掘的散佚文章、史料。本書的編輯出版，雖屬拾遺補缺，然希冀為讀者展示作者多方面的創作、研究成績，為研究者提供更加全面的有關滕固著述和史料，使世人記住這位學貫中西、英年早逝且對中國現代文化事業做出積極貢獻的一代學人。

感謝蔡登山先生及秀威資訊科技股份有限公司給予本書出版的熱情幫助。

謹以此書紀念滕固先生誕辰一百一十周年、逝世七十周年。

沈寧2011年5月4日於北京殘墨齋

語言文學類　PG0560

被遺忘的存在
——滕固文存

作　　者／滕　固
編　　者／沈　寧
主　　編／蔡登山
責任編輯／林千惠
圖文排版／陳宛鈴
封面設計／王嵩賀

發 行 人／宋政坤
法律顧問／毛國樑　律師
印製出版／秀威資訊科技股份有限公司
　　　　　114台北市內湖區瑞光路76巷65號1樓
　　　　　電話：+886-2-2796-3638　傳真：+886-2-2796-1377
　　　　　http://www.showwe.com.tw
劃撥帳號／19563868　戶名：秀威資訊科技股份有限公司
　　　　　讀者服務信箱：service@showwe.com.tw
展售門市／國家書店（松江門市）
　　　　　104台北市中山區松江路209號1樓
　　　　　電話：+886-2-2518-0207　傳真：+886-2-2518-0778
網路訂購／秀威網路書店：http://www.bodbooks.com.tw
　　　　　國家網路書店：http://www.govbooks.com.tw
圖書經銷／紅螞蟻圖書有限公司
　　　　　114台北市內湖區舊宗路二段121巷28、32號4樓
　　　　　電話：+886-2-2795-3656　傳真：+886-2-2795-4100

2011年08月BOD一版
定價：350元
版權所有　翻印必究
本書如有缺頁、破損或裝訂錯誤，請寄回更換

國家圖書館出版品預行編目

被遺忘的存在 : 滕固文存 / 滕固著 ; 沈寧編.-- 一版.
  -- 臺北市 : 秀威資訊科技, 2011.08
    面 ； 公分
  BOD版
  ISBN 978-986-221-749-8(平裝)

  1. 滕固

848.7   100007700

讀者回函卡

感謝您購買本書，為提升服務品質，請填妥以下資料，將讀者回函卡直接寄回或傳真本公司，收到您的寶貴意見後，我們會收藏記錄及檢討，謝謝！
如您需要了解本公司最新出版書目、購書優惠或企劃活動，歡迎您上網查詢或下載相關資料：http:// www.showwe.com.tw

您購買的書名：_____

出生日期：_____年_____月_____日

學歷：□高中 (含) 以下　　□大專　　□研究所 (含) 以上

職業：□製造業　□金融業　□資訊業　□軍警　□傳播業　□自由業
　　　□服務業　□公務員　□教職　　□學生　□家管　　□其它_____

購書地點：□網路書店　□實體書店　□書展　□郵購　□贈閱　□其他

您從何得知本書的消息？

　□網路書店　□實體書店　□網路搜尋　□電子報　□書訊　□雜誌
　□傳播媒體　□親友推薦　□網站推薦　□部落格　□其他_____

您對本書的評價：(請填代號　1.非常滿意　2.滿意　3.尚可　4.再改進)

　封面設計____　版面編排____　內容____　文／譯筆____　價格____

讀完書後您覺得：

　□很有收穫　□有收穫　□收穫不多　□沒收穫

對我們的建議：_____

_____

_____

_____

11466
台北市內湖區瑞光路 76 巷 65 號 1 樓

秀威資訊科技股份有限公司　　　收

BOD 數位出版事業部

⋯⋯⋯⋯⋯⋯⋯⋯⋯⋯⋯⋯⋯⋯⋯⋯⋯⋯⋯⋯⋯⋯⋯⋯⋯⋯⋯⋯⋯

（請沿線對折寄回，謝謝！）

姓　　名：_____　年齡：_____　性別：□女　□男

郵遞區號：□□□□□

地　　址：_____

聯絡電話：(日) _____　(夜) _____

E-mail：_____